A Sociedade do S

Susan Hubbard

A Sociedade do

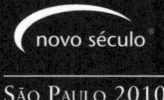

São Paulo 2010

The Society of S
Copyright © 2007 by Blue Garage Co.
All rights reserved, including the right to reproduce this book or portions thereof in any form whatsoever. For information address Simon & Schuster Paperbacks Subsidiary Rights Department, 1230 Avenue of the Americas, New York, NY 10020.
Copyright © 2010 by Novo Século Editora Ltda.

PRODUÇÃO EDITORIAL	Equipe Novo Século
PROJETO GRÁFICO E COMPOSIÇÃO	Sergio Gzeschnik
CAPA	Diego Cortez
TRADUÇÃO	Paulo Ferro Jr.
PREPARAÇÃO	Guilherme Summa
REVISÃO	Cátia de Almeida
	Luciana Moreira

Dados Internacionais de Catalogação na Publicação (CIP)
(Câmara Brasileira do Livro, SP, Brasil)

Hubbard, Susan
   A sociedade do S / Susan Hubbard; tradução Paulo Ferro Jr. – Osasco, SP : Novo Século Editora, 2010.

Título original: The society of S.

1. Ficção norte-americana I. Título.

09-10955   CDD-813

Índices para catálogo sistemático:

1. Ficção: Literatura norte-americana 813

2010
IMPRESSO NO BRASIL
PRINTED IN BRAZIL
DIREITOS CEDIDOS PARA ESTA EDIÇÃO À
NOVO SÉCULO EDITORA LTDA.
Rua Aurora Soares Barbosa, 405 – 2º andar
CEP 06023-010 – Osasco – SP
Fone (11) 3699-7107 – Fax (11) 3699-7323
www.novoseculo.com.br
atendimento@novoseculo.com.br

Para R

Agradecimentos

Agradeço do fundo do meu coração aos amigos e conhecidos que me deram inspiração, informação, e todos os tipos de suporte para que este livro pudesse ser escrito. Entre eles, Ted Dennard da Savannah Bee Co., Staci Bogdan, Sheila Forsyth, Mary Pat Hyland, Anna Lillios, Adam Perry, Kristie Smeltzer e Sharon Wissert. Agradecimentos adicionais para Clare Hubbard, Kate Hubbard, Mary Johnson, Tison Pugh, Pat Rushin e, em especial, Robley Wilson, por ter tido tempo de ler e comentar o manuscrito. Agradecimentos especiais para Marcy Posner, minha agente, e Denise Roy, minha editora, por seus talentos extraordinários e amizades verdadeiras; para Rebecca Davis e Leah Wasielewski, da Simon & Schuster, por orquestrar, alegre e eficientemente, a publicidade e o marketing e para Fuchsia McInerney, da Pearse Street Consulting, pelo elegante design das páginas da Web.

Assim como Deus é o supremo criador da natureza do bem, ele é também quem rege as vontades do mal, e ainda que estas vontades façam mal uso da natureza do bem, Deus usará para o bem as vontades do mal.
— Santo Agostinho, *A Cidade de Deus*, XI, 17

Por aquilo que não era – por aquilo que não tinha forma – por aquilo que não tinha pensamento – por aquilo que não tinha sensibilidade – por aquilo que não tinha alma, ainda que sua matéria não ocupasse espaço – por todo o seu nada, e mesmo assim por toda esta imortalidade, sua sepultura ainda era um lar, e aquelas horas corrosivas, companheiras.
— Edgar Allan Poe, *Colóquio entre Monos e Una*

A luz estará com vocês ainda um pouco mais. Andem enquanto vocês têm esta luz, para que a escuridão não se abata sobre vocês: pois quem anda na escuridão não sabe para onde vai. Enquanto vocês têm a luz, acreditem na luz, para que possam ser filhos da luz.
— João 12:35

Prólogo

Em uma noite fresca de primavera em Savannah, minha mãe está caminhando. Seus tamancos soam como cascos de cavalo quando tocam o chão de pedras da rua. Ela passa por entre jardins de azaleias no auge de sua floração e vivos carvalhos cobertos de musgo espanhol, e entra em uma praça muito verde onde há um café à margem.

Meu pai está sentado em um toco de árvore perto de uma mesa de ferro moldado. Dois tabuleiros de xadrez espalhados em cima da mesa, e meu pai havia acastelado um deles quando olhou para cima, viu minha mãe e derrubou um peão, que caiu sobre o tampo da mesa e rolou para a calçada.

Minha mãe se abaixa para pegar a peça do xadrez e a entrega de volta para ele. Ela desvia seu olhar dele para os dois outros homens sentados à mesa. Seus rostos não têm expressão. São altos e magros, todos os três, mas meu pai tem olhos verdes-escuros que, de alguma maneira, parecem-lhe familiares.

Meu pai estica uma mão e segura seu queixo. Vê dentro de seus olhos azuis-claros:

– Eu conheço você – diz ele.

Com sua outra mão, ele traça o formato de seu rosto, passando duas vezes sobre sua testa, no limite onde começam seus cabelos. Cabelos longos e grossos, castanho avermelhados, com pequenos cachos que ele tenta afastar de sua testa.

Os outros homens da mesa cruzam os braços, esperando. Meu pai esteve jogando com os dois, simultaneamente.

Minha mãe olha para o rosto de meu pai – cabelos escuros caindo sobre a testa, sobrancelhas negras e retas sobre aqueles olhos verdes, lábios finos e desenhados como o arco do cupido. Seu sorriso é tímido, assustado.

Ele solta suas mãos e desliza para fora do tronco. Eles se afastam, caminhando juntos. Os homens na mesa suspiram e limpam os tabuleiros. Agora, terão que jogar um com o outro.

– Vou ver o professor Morton – diz minha mãe.
– Onde é o escritório dele?
Minha mãe aponta na direção da faculdade de artes. Ele coloca as mãos em seus ombros, levemente, deixando que ela o guie.
– O que é isso? Um bicho no seu cabelo? – diz ele, de repente, puxando o que parece ser um inseto.
– Um prendedor – ela tira a libélula de cobre do cabelo e a entrega para ele – É uma libélula. Não é um bicho.
Ele balança a cabeça, e então sorri. Diz:
– Não se mexa – e cuidadosamente passa um cacho de seu cabelo pela libélula e a prende atrás de sua orelha esquerda.
Eles dão as costas para a faculdade. Estão de mãos dadas agora, descendo por uma íngreme rua de pedras. Está escurecendo e esfriando, mesmo assim, param e sentam em uma mureta de cimento.
Minha mãe diz:
– Esta tarde eu me sentei à janela, observando o escurecer das árvores enquanto o sol se punha. Pensei: *estou ficando velha. Restam-me apenas alguns muitos dias para ver o escurecer das árvores. Alguém poderia contá-los.*
Ele a beija. É um beijo breve, um rápido toque de lábios. O segundo beijo demora mais.
Ela treme.
Ele se inclina para cobrir seu rosto – testa, bochechas, nariz, queixo – com as pequenas e rápidas pinceladas de seus cílios:
– Beijos de borboleta – diz ele – para te manter aquecida.
Minha mãe olha para longe, maravilhada consigo mesma. Em questão de minutos, ela deixa muita coisa acontecer, sem hesitação nem protesto. E ela não vai interromper agora. Pergunta-se qual idade ele pensa que ela tem. Tem certeza que é velha o suficiente – ele parece ter cerca de vinte e cinco, ela recentemente completou trinta. Imagina quando irá contar para ele que é casada com o professor Morton.

Eles se levantam e continuam caminhando, descem por degraus de concreto que os levam direto ao rio. No início dos degraus, há um portão de ferro fundido fechado.

– Eu odeio momentos como este – minha mãe diz. Seus sapatos não são para escalar portões.

Meu pai pula o portão e o abre.

– Não estava trancado – diz ele.

Quando ela o atravessa, tem um sentimento de inevitabilidade. Ela está seguindo na direção de algo inteiramente novo, mesmo que predeterminado. Sem qualquer tipo de esforço, ela sente anos de infelicidade sendo apagados.

Eles caminham ao longo da margem do rio. À frente, veem a luz das lojas de lembranças para turistas e, quando chegam até elas, ele diz:

– Espere.

Ela observa enquanto ele entra em uma loja que vende produtos irlandeses importados, e o perde de vista dentro da porta de vidro ondulado. Ele sai carregando um macio xale de lã. Ele o enrola nela e, pela primeira vez em anos, ela se sente linda.

Será que iremos nos casar?, ela se pergunta. Mas não precisa se perguntar isso. Eles continuam andando; já são um casal.

Meu pai me conta essa história duas vezes. Eu tenho perguntas. Mas as guardo até que ele termine de contar pela segunda vez.

– Como você sabia o que ela estava pensando? – é minha primeira pergunta.

– Depois ela me contou seus pensamentos – diz ele.

– O que aconteceu com o professor Morton? – pergunto em seguida – Ele não tentou impedir que ela o deixasse?

Tenho treze, mas meu pai diz que estou indo para os trinta. Tenho cabelos compridos e negros e olhos azuis. Com exceção dos olhos, puxei ao meu pai.

– O professor Morton tentou segurar a sua mãe – meu pai diz. – Tentou ameaçá-la. Tentou forçá-la. Já o tinha feito antes, quando ela havia falado em deixá-lo. Mas agora ela estava apaixonada, e não tinha mais medo. Arrumou suas coisas e foi embora.

– Ela não foi morar com você?

– No começo não. Não, ela conseguiu um apartamento no centro, perto do cemitério Colonial. Um apartamento que algumas pessoas ainda dizem que é assombrado.

Eu olho firme para ele, mas não vou ser distraída pelo apartamento assombrado.

– Quem ganhou a partida de xadrez? – pergunto.

Seus olhos se arregalam:

– Essa é uma boa pergunta, Ariella. – diz ele – Eu gostaria de saber a resposta.

Meu pai normalmente sabe a resposta para tudo.

– Você percebeu que ela era mais velha que você? – perguntei.

Ele hesita:

– Eu não penso sobre isso. A idade nunca teve importância para mim – ele se levanta, anda até a janela da sala de estar e fecha as pesadas cortinas de veludo. – Está na hora de você ir dormir – diz.

Tenho outras centenas de perguntas. Mas eu balanço a cabeça, concordando, não faço objeção. Nesta noite ele me contou mais do que jamais contou antes sobre minha mãe, que eu nunca conheci, e mais ainda sobre si mesmo.

Com exceção de uma coisa – a verdade que ele não quer contar, aquela que passei anos tentando entender. A verdade sobre quem nós *realmente* somos.

Parte 1
Na casa de meu pai

1

Eu estava parada do lado de fora de nossa casa sob um crepúsculo azul profundo. Devia ter quatro ou cinco anos e, normalmente, não ficava sozinha fora de casa.

O conjunto de janelas do andar superior era como retângulos dourados emoldurados pelas videiras verdes, as janelas do andar de baixo eram cobertas por olhos amarelos. Eu olhava fixo para a casa quando subitamente caí de costas na grama macia. No mesmo instante, chamas irromperam do porão. Eu não me lembro de ter ouvido nenhuma explosão. Em segundos, a noite se encheu de uma luz azul e amarela; em seguida, um fogo vermelho surgiu no céu. Alguém me arrebatou e me carregou para longe da casa.

Essa é minha memória mais antiga. Eu me lembro do cheiro que havia no ar aquela noite – fumaça misturada com essência de lilases –, a aspereza de uma capa de lã contra o meu rosto e uma sensação de flutuar enquanto nos afastávamos. Mas eu não sei quem me carregou, ou para onde fomos.

Mais tarde, quando eu perguntei sobre o fogo, Dennis, o assistente de pesquisas de meu pai, falou-me que eu devia estar sonhando. Meu pai simplesmente se virou para o outro lado, mas não antes de eu ver em seu rosto os olhos distantes e cautos, e os lábios exprimindo um tipo de resignação que eu viria a conhecer muito bem.

Um dia, quando me senti entediada, como sempre me sentia quando era criança, meu pai disse que eu deveria escrever um diário. Até mesmo uma vida monótona vale a pena quando lida, ele disse, contanto que o escritor preste atenção suficiente aos detalhes. Ele encontrou em sua mesa um caderno de notas azul bem grosso, e puxou uma cópia de *Walden*, de Thoreau, de uma prateleira. E me entregou.

E então eu comecei a escrever. Mas nem todos os detalhes do mundo fariam com que meus primeiros doze anos valessem a pena de serem lidos. Eu escrevi que crianças vivem uma rotina muito monótona, mas a minha vida era mais monótona do que todas as outras. Tenho que contar essas coisas pois são necessárias para que você entenda o que virá a seguir.

Eu vivia com meu pai, Raphael Montero, onde eu havia nascido, uma casa vitoriana em Saratoga Springs, Nova York. Se você algum dia desejar se esconder do mundo, viva em uma cidade pequena, onde todo mundo parece anônimo.

A casa de meu pai tinha muitos cômodos, mas nós usávamos poucos. Ninguém usava a cúpula no topo da casa (apesar de muitos anos depois eu passar muitas horas olhando pela sua janela redonda, tentando imaginar o mundo além da cidade). Na base da torre, um longo corredor passava por seis quartos vagos. Uma larga escadaria frontal nos guiava para o andar de baixo, interrompida por um recesso sob um vitral; no chão, um carpete cobria todo o lugar e, sobre ele, diversas almofadas marroquinas ficavam espalhadas, onde eu sempre me deitava para ler e ficar observando os cortes geométricos de vidro vermelho, azul e amarelo brilhantes. O vitral era muito mais interessante que o céu, que, em Saratoga Springs, parecia cinzento a maior parte do ano, tornando-se um azul berrante no verão.

As manhãs começavam quando a sra. McGarritt chegava. Ela era uma mulher pequena e frágil, com cabelos vermelhos e curtos; seu rosto fino havia se causticado em marcas de preocupação e de sorriso em igual medida. Quase sempre ela tinha um sorriso para mim, durante aqueles dias.

Depois de deixar seu próprio rebanho na escola, a sra. McGarritt vinha para nossa casa e ficava até três e quinze da tarde, quando seus diversos filhos voltavam para casa. Ela cozinhava, limpava e lavava a roupa. Primeiramente, fazia meu café da manhã: geralmente cereal, servido com creme ou manteiga e açúcar mascavo. A sra. McGarritt não era muito de cozinhar – conseguia deixar a comida meio crua e meio queimada ao mesmo tempo, e nunca colocava sal. Mas, tinha um bom coração. E, em algum lugar, eu sentia que tinha uma mãe que entendia de comida.

Isso era algo muito importante sobre minha mãe e que ninguém jamais havia me contado. Você pode até pensar que eu inventei isso, para compensar o fato de nunca tê-la conhecido. Mas eu tinha certeza de que minhas intuições eram verdadeiras, baseada no fato de que eu simplesmente não era responsável por elas.

A sra. McGarritt disse que ouviu isso da boca da minha mãe antes que ela ficasse doente, que foi logo depois do meu nascimento, e ir para o hospital. Dennis, o assistente do meu pai, dizia que ela havia "sido levada de nós por razões que ninguém pode entender". Meu pai não dizia nada. Todos concordavam apenas em uma coisa: minha mãe desapareceu depois do meu nascimento e não foi mais vista desde então.

Em uma manhã, depois do café, sentei na biblioteca para estudar e senti o cheiro de algo doce misturado com o cheiro habitual de goma. A sra. McGarritt tinha a mania de usar muita goma quando passava minhas roupas (e passava tudo o que eu usava, exceto roupas de baixo). Gostava do jeito antigo de cozinhar as roupas no fogão.

Fiz uma pausa e fui para a cozinha, um cômodo no formato hexagonal pintado de verde-maçã. A mesa de carvalho estava coberta de farinha, tigelas e colheres, e a sra. McGarritt estava parada ao lado dela, espiando dentro do forno. Parecia que havia encolhido perto do fogão – um Garland, gigantesco, com seis bocas (o caldeirão de goma sempre presente, fervendo em uma delas), dois fornos, uma grelha e uma forma redonda para bolos.

Um livro de receitas com as páginas amareladas repousava na mesa perto de mim, aberto na receita de um bolo de mel. Alguém havia desenhado três estrelas em tinta azul perto da receita e havia escrito as palavras: "Fica melhor quando feito com nosso mel de lavanda em julho".

– O que significam as estrelas? – perguntei.

A sra. McGarritt soltou a porta do forno, deixou-a bater e virou-se para mim:

– Ari, você sempre me faz pular de susto – disse. – Eu não ouvi você entrar – passou suas mãos cheias de farinha no avental. – As estrelas? Acho que era o jeito de sua mãe dar nota a uma receita. Quatro estrelas é a maior nota, acho.

– Esta é a letra da minha mãe? – era inclinada para a direita, com alguns círculos e arabescos.

– Esse é o velho livro de receitas dela – a sra. McGarritt começou a juntar as colheres e a colocar as xícaras dentro das tigelas. Colocou tudo na pia. – E ele vai ser seu. Eu devo dá-lo a você, suponho. Ele sempre esteve naquela prateleira... – apontou para uma parede perto do fogão – ... sempre, desde que eu vim trabalhar aqui.

A receita pedia meia xícara de farinha e meia de mel, três ovos e alguns condimentos.

– Nosso mel de lavanda – li novamente. – O que isso significa, sra. McG?

A sra. McGarritt se virou rapidamente e, quando voltou, eu repeti a pergunta.

– Ah, é o mel produzido pelas abelhas que bebem nas folhas de lavanda – disse ela sem se virar da pia. – Você sabe aquela grande porção de lavanda que temos no jardim perto da cerca lá fora?

Eu sabia. As mesmas flores que estavam no papel de parede do quarto lá em cima, o quarto que meus pais um dia dividiram.

– Como o mel é feito? – perguntei.

A sra. McGarritt começou a fazer muito barulho com a água e as louças e eu soube que ela não tinha a resposta.

– Você podia perguntar para o seu pai, Ari – disse, finalmente.

Quando voltei para a biblioteca, peguei o pequeno caderno de notas espiralado que sempre carregava comigo e escrevi a palavra *mel* na lista de perguntas, que eu já havia feito, para as aulas da tarde.

Todos os dias, à uma da tarde, meu pai subia as escadas do porão. Ele passava as manhãs trabalhando em seu laboratório; sua companhia de pesquisa médica se chamava Seradrone.

Ele me dava aulas na biblioteca de uma até cinco da tarde, com duas pausas: uma para ioga e meditação e uma para o lanche. Às vezes, se o tempo permitisse, eu ia andar no jardim e encontrava Marmelada, o gatão laranja dos vizinhos, que gostava de tomar sol perto das lavandas. E então eu voltava para dentro e ficava com meu pai na sala de estar, onde ele lia seus jornais (alguns científicos, alguns literários; ele tinha uma certa afeição pela escola literária do século XIX, em particular os trabalhos de Nathaniel Hawthorne e Edgar Allan Poe). Eu podia ler qualquer coisa que eu quisesse da biblioteca, mas na maioria das vezes escolhia os contos de fadas.

Às cinco, nós passávamos para a sala de estar. Ele se sentava em sua poltrona verde-escura de couro e eu me sentava em uma poltrona de veludo vermelho-escuro na qual eu cabia perfeitamente. Às vezes, ele me pedia para abrir um envelope; tinha dificuldade em abrir coisas, ele dizia. Atrás de nós ficava uma lareira que nunca havia sido usada, pelo que eu sabia. E uma tela de vidro com borboletas desenhadas ficava em frente à lareira. Eu bebericava leite de arroz, e ele bebia um coquetel vermelho que chamava de "Picardo". Ele nunca me deixou experimentar, dizendo "você é muito nova". Parecia que eu sempre era muito nova, naqueles dias.

Agora, eu quero descrever meu pai: um homem alto, de uns dois metros, com ombros largos e uma cintura fina, braços musculosos, pés bonitos (só me dei conta de como eram bonitos quando eu vi como os pés das pessoas eram feios). Sobrancelhas pretas e retas e olhos verdes profundos, pele branca, um nariz comprido e reto, uma boca fina cujo lábio superior se curva para cima e o lábio inferior se vira para baixo nos cantos. Seus cabelos são negros como cetim e caídos por cima da testa. Mesmo quando eu era menor, sabia instintivamente que meu pai era um homem extraordinariamente bonito. Ele se movia como um dançarino, com graça e leveza. Você nunca o ouvia chegando e saindo, mas sentia sua presença no momento em que ele entrava na sala. Eu achava que se meus olhos fossem vendados e meus ouvidos fossem tapados, saberia se ele estivesse ali; o ar ao seu redor se tornava de uma luminosidade quase palpável.

– E como o mel é feito? – perguntei para ele naquela tarde.

Seus olhos se estreitaram. Ele disse:

– Tudo começa com as abelhas.

E então traçou todo o processo, do néctar ao favo e à coleta:

– As operárias são fêmeas estéreis – disse ele. – Os machos são bastante inúteis. Sua única função é cruzar com a rainha. Eles vivem por poucos meses, e então morrem – sua boca endureceu quando pronunciou a palavra "morrem", como se ela viesse de um idioma não familiar. Depois, descreveu o jeito como as abelhas dançam quando elas retornam à colmeia. Usava as mãos para demonstrar os movimentos e sua voz emitia um som bonito demais para ser real.

Quando ele chegou na parte sobre os apicultores, foi até uma prateleira e voltou com um dos volumes da enciclopédia. Mostrou-me a ilustração de um homem usando um chapéu com uma longa aba e um véu escondendo seu rosto, segurando um aparelho com um bico para defumar as colmeias.

Agora eu tinha uma imagem de minha mãe: uma mulher usando luvas grossas, vestida com um longo véu. Mas eu não mencionei isso para meu pai, ou perguntei a ele sobre "nosso mel de lavanda". Ele nunca respondia questões sobre minha mãe. Geralmente, mudava de assunto. Uma vez, disse que tais questões o deixavam triste.

Eu imaginava qual era o gosto do mel de lavanda. O único mel que eu havia provado vinha de trevos, de acordo com o rótulo no pote, e ele evocava o sabor dos verdes prados no verão. Lavanda, creio eu, devia ter um sabor forte, cortante, floral, com um toque de fumaça. Deveria ter o sabor azul-violeta, a cor do céu no crepúsculo.

No mundo de meu pai, o tempo não tinha significado. Eu acho que nunca olhou para o relógio de meu avô na biblioteca. Mesmo assim nós mantínhamos uma agenda regular – basicamente, eu suspeitava, para meu próprio bem. Todas as tardes, às seis, ele se sentava comigo enquanto eu jantava o que a sra. McG (cansei de escrever seu nome inteiro, então é assim que a chamo) sempre deixava no forno morno: macarrão com queijo, ou ensopado de *tofu*, ou chili vegetariano. E tudo tinha o gosto meio cru no fundo e meio queimado em cima, insípido e salubre. Depois que eu terminava, meu pai cuidava do meu banho. Quando fiz sete anos, ele passou a me deixar tomar banho sozinha. Perguntou-me se, sendo uma garota crescida, eu ainda queria que ele lesse para mim antes de dormir, e é claro que eu respondi que sim. Sua voz soava como se fosse de veludo. Quando eu tinha seis anos ele leu Plutarco e Platão para mim, mas Dennis deve ter dito algo para ele, porque depois ele começou a ler *Beleza negra*, *Heidi* e *A princesa e o duende*.

Perguntei ao meu pai por que ele não jantava comigo e ele disse que preferia comer bem mais tarde lá embaixo. Havia uma segunda cozinha (eu a chamava de cozinha noturna) no porão, junto com duas fornalhas, um laboratório onde meu pai trabalhava com Dennis, e três quartos pensados originalmente para os empregados. Eu raramente visitava o porão; nunca fui explicitamente proibida, mas às vezes a porta para o porão, que ficava na cozinha, ficava trancada e, mesmo se não ficasse, sabia que não me queriam lá. De qualquer modo, eu não gostava do cheiro: produtos químicos de laboratório e comida estragada da cozinha noturna misturados ao odor do metal quente das fornalhas. Sim, eu preferia o cheiro da goma. A cozinheira e assistente para todos os assuntos de meu pai, a repugnante Mary Ellis Root, chefiava os domínios do porão, e sempre olhava para mim com olhos que irradiavam hostilidade.

– E então, você gostou? – a sra. McG olhava indecisa por cima da mesa do café da manhã, torcendo uma toalha entre as mãos. Seu rosto estava brilhante e seus óculos precisavam de uma limpeza, mas seu impecável vestido caseiro xadrez vermelho e verde, amarrado na cintura, havia sido passado e sua saia continuava em dobras onduladas.

Ela estava me perguntando sobre o bolo de mel.

– Muito bom – eu disse, quase sinceramente. O bolo, uma fatia do qual eu já havia comido de sobremesa na noite anterior, tinha uma maravilhosa riqueza concentrada; se ele tivesse sido assado um pouquinho menos, e se a assadeira tivesse sido bem mais untada, ele realmente estaria delicioso.

– Se eu tivesse feito na minha casa, teria usado banha de porco, – disse ela – mas seu pai é um vegetariano tão rigoroso.

Um segundo depois, Mary Ellis Root bateu a porta que levava ao porão e entrou como uma tempestade.

– O que você disse para o serviço de entrega? – disse ela para a sra. McG. Sua voz soava áspera e baixa.

A sra. McG e eu olhamos para ela sem expressão. Não era de seu feitio colocar os pés ali em cima, muito menos tão cedo. Seus cabelos negros eriçados pela estática, seus olhos reluzentes, e ela ainda não havia olhado para nenhuma de nós duas. Em seu queixo, três longos pelos cresciam de uma enorme verruga; eles tremiam quando ela falava. Às vezes, eu me imaginava arrancando eles dali, mas o simples pensamento de tocar nela me deixava enjoada. Ela vestia um gigantesco vestido negro que parecia estar engordurado, cheirava a metal e mal conseguia contê-la. Ela atravessou a sala com passos de besouro – sem se importar com nada, a não ser suas funções de inseto –, parando apenas para bater seu punho gordo na mesa.

– Bem, vocês vão me responder? Já são quase dez e ninguém chegou.

A van prateada da empresa de entregas passava em nossa casa duas ou três vezes por semana, trazendo suplementos para as pesquisas de meu pai e levando caixas brancas com o rótulo SERADRONE. Nas portas e nas laterais da van, ficavam o nome e o logo da companhia: CRUZ VERDE.

A sra. McG disse:

– Eu não sei do que você está falando – apesar disso, sua sobrancelha esquerda e sua mão direita se retorceram.

Mary Ellis Root fez um som agudo e baixo, um tipo de rosnado, e bateu a porta de volta ao porão, seguida por um tardio odor de metal.

– Nunca falei com a Cruz Verde, moça – disse a sra. McG.

As entregas sempre vinham pela porta dos fundos que dava direto para o porão. O rosto da sra. McG denunciava que seu dia havia sido destruído naquele curto espaço de um minuto.

Eu me levantei da cadeira. Peguei o livro de receitas da minha mãe em sua prateleira e o folheei:

– Olha – disse, para distraí-la. – Ela colocou quatro estrelinhas perto desta.

Era uma receita de pão de queijo feito com mel. A sra. McG espiou por cima de meu ombro a receita, com certa dúvida no rosto. Inclinei-me discretamente para sentir o calor de seu corpo, sem tocá-la. Eu sentia que isso era o mais perto de uma mãe que eu poderia me aproximar.

Suponho que ser educada em casa tenha algumas vantagens. Não preciso me preocupar com o que vestir para ir à escola ou em como fazer amigos. Periodicamente, tenho que fazer uma prova exigida pelo estado, e em todas as vezes respondi corretamente a todas as perguntas. Meu pai havia enchido meu cérebro com conhecimentos sobre História, Matemática e Literatura; eu podia ler em Latim e um pouco em Grego, Francês e Espanhol, e meu vocabulário em Inglês estava tão avançado que, às vezes, eu tinha que explicar à sra. McG as palavras que eu usava. Ocasionalmente, Dennis me ensinava um pouco de Ciências; ele dizia que havia sido estudante de Medicina, mas mudou para Biologia, que ele lecionava na faculdade ali perto por meio período. Por conta de seu treinamento, Dennis servia como médico e dentista da nossa família, exceto quando fiquei muito doente, umas duas ou três vezes; nesse caso, o dr. Wilson foi chamado. Mas Dennis aplicava as vacinas em mim e em meu pai e nos fazia os *checkups* anuais. Por sorte, eu tenho dentes fortes.

Dennis me ensinou a nadar, usando a piscina da faculdade, e também era muito meu amigo. Ele era a única pessoa em nossa casa que gostava de rir e de me fazer rir. (A sra. McG era muito nervosa para dar mais do que um sorriso, e mesmo assim era um sorriso nervoso.) Dennis tinha cabelos ondulados vermelhos-escuros que ele cortava todos os meses, ou algo do tipo; e, nesse meio-tempo, ele crescia até quase chegar aos ombros. Seu nariz sardento era curvado como o bico de um falcão. E, assim como o meu pai, ele era alto, por volta de um metro e oitenta, mas Dennis era mais parrudo. Era mais tranquilo também; ele nunca hesitava em dizer a Root quando ela estava sendo particularmente rude ou abrasiva, e isso fazia dele um herói para mim.

Um dia, no fim do inverno, quando eu tinha doze anos, Dennis me contou "os fatos da vida". Corou quando eu lhe fiz perguntas, mas respondeu a cada uma. Deu tapinhas na minha cabeça quando eu não consegui mais pensar em nenhuma outra pergunta. Depois que ele voltou para o porão, fui até o banheiro e me olhei no espelho. Cabelos negros como meu pai, olhos azuis, pele pálida. Um pouco de teimosia no rosto.

Depois, naquela mesma tarde, sentei-me e fiquei observando os sincelos pendurados, como toldos, do lado de fora das janelas da sala de estar pingando devagar, bem devagar. Por meses, os dias haviam sido de uma única cor: cinza. E agora eu conseguia ouvir a chegada de uma nova estação.

Do lado de fora, meu pai estava parado no caminho de entrada. Parecia que estava falando sozinho. De tempos em tempos eu o via ali, absorto em relação ao clima, em profundas conversas com ninguém.

A sra. McG me perguntou se eu não me sentia sozinha, e eu não tinha ideia do que responder. Eu sabia pelos livros que as pessoas tinham amigos, que crianças tinham companheiros para brincar. Mas eu tinha meu pai, Dennis e a sra. McG (e Mary Ellis Root, ai de mim), além de todos os livros que eu queria. E então, depois de alguns segundos, respondi que não, não me sentia sozinha.

Aparentemente, a sra. McG não se convenceu. Eu a ouvi falando para Dennis sobre a minha "necessidade de sair de casa". Ela continuou:

– Eu sei o quanto ele a ama, mas superproteção não é uma coisa boa.

E um pouco depois daquela conversa, encontrava-me no carro da sra. McG em uma tarde chuvosa. A ideia era jantar em sua casa, conhecer sua família, e então ela me traria de volta sã e salva antes das dez da noite, minha hora de dormir.

Estava chovendo tanto que ficou difícil de enxergar pelo para-brisa, que parecia coberto com uma película de água imediatamente após o limpador passar. Eu me lembro das mãos da sra. McG agarrando o volante. E me lembro do silêncio quando o carro passou por um túnel. Fiquei maravilhada com a mudança repentina com a qual as coisas podem acontecer, como subitamente elas voltam ao normal.

Eu estava animada? Acho que estava mais para assustada. Raramente eu saía de casa, apenas para ser levada às provas periódicas na escola pública local. Hoje, não tinha ideia do que esperar. Meu pai havia me dito que eu tinha o sistema imunológico fraco, que ele também tinha, e que era melhor para nós se ficássemos longe das multidões. Eu havia sido uma criança pequena, com aparência frágil, mas agora que tinha doze anos, parecia que eu estava mais forte, e minha curiosidade a respeito do mundo também havia crescido bastante forte.

Não se pode dizer que eu não tinha "conhecimento do mundo". Eu lia muito; conhecia "os fatos da vida". Mas nada havia me preparado para a casa da sra. McG.

Ela viva no lado sul de Saratoga Springs. A casa era pintada de branco – ou havia sido, há algum tempo. Os invernos haviam arrancado a tinta, e a casa parecia um pouco surrada.

Lá dentro, uma barragem de sons, cores e aromas me deixaram tonta. Essa casa tinha cheiro de gente. Pilhas de sapatos e botas de todos os tamanhos descansavam perto da porta, cercados por poças de neve derretida. Capas de chuva e roupas de neve ficavam penduradas em ganchos e cheiro de suor e lã molhada se misturavam com o de chocolate, torrada e mais alguma coisa que eu não conseguia identificar, e que depois descobri vir a ser cheiro de cachorro molhado.

A sra. McG me levou por um corredor até a cozinha. Lá, uma mesa toda estropiada de cima a baixo juntava seus filhos ao seu redor. Um menino de uns seis anos interrompeu o ato de cuspir em uma de suas irmãs para dizer:

– Temos companhia!

Os outros olharam para mim. Um grande cão amarelo se aproximou e enfiou seu nariz em minha perna.

– Oi – disse um dos meninos mais velhos, de cabelo escuro, que usava uma camisa xadrez.

— Quem é você? – uma garotinha de olhos verdes olhava para mim.

Uma garota, mais alta, jogou suas longas tranças vermelhas sobre os ombros e se levantou. Ela sorria:

— Esta é a Ari – disse para os outros. – Eu sou Kathleen – disse para mim. – Mamãe disse que você viria.

— Senta aqui – a garotinha de olhos verdes puxou outra cadeira para perto dela na mesa.

Sentei-me. Havia ali dez deles, todos juntos. Tinham olhos brilhantes e bochechas coradas, e todos me olhavam com curiosidade. O cachorro se enrolou embaixo da mesa, sobre meus pés.

Kathleen colocou na minha frente uma caneca de chocolate quente com um enorme *marshmallow* derretendo em cima. Alguém me deu um prato de torradas cheias de manteiga e canela. Dei uma bebericada e uma mordida.

— É delicioso – disse, e eles ficaram felizes.

— Não tenha pressa e se acalme – disse a sra. McG. – Mais tarde, você pode tentar aprender os nomes deles. Você nunca vai se lembrar de tantos.

— Nem a mamãe consegue se lembrar, às vezes – Kathleen disse. – Ela nos chama de "garota" ou "garoto".

— Você gosta de andar de trenó? – perguntou outro garoto de cabelo preto.

— Eu nunca tentei – disse. Lambi a espuma de *marshmallow* que havia grudado em meus lábios.

— Nunca tentou andar de trenó? – sua voz era cética.

— A srta. Ari não passa muito tempo fora de casa – disse a sra. McG. – Ela não é uma bagunceira, como todos vocês.

— Eu não sou uma bagunceira – disse a garotinha de olhos verdes. Ela tinha um nariz bem pequeno com duas sardas nele. – Sou muito pequenininha pra ser bagunceira.

— Pequenininha! – alguns dos irmãos repetiram a palavra, imitando-a com suas vozes.

— A Bridget é bem gordinha, e não pequenininha. Gordinha como uma porquinha – disse o garoto mais velho. – Meu nome é Michael – disse ele, enquanto Bridget protestava.

— Quando Michael vai para a cama de noite, ele dorme como um soldado – disse Kathleen. Ela ficou em pé, reta e rígida, com os braços esticados. – É assim que ele dorme. E não se mexe a noite toda.

— Mas não sou como a Kathleen – disse Michael. – Ela empurra todas as cobertas para fora da cama e depois acorda tremendo de frio.

Eles me pareciam infinitamente fascinados uns pelos outros. Novas vozes surgiam, falando sobre como um acorda antes de amanhecer, e como outro fala enquanto dorme. Eu comi minha torrada e bebi meu chocolate ouvindo-os como se fossem pássaros viajantes capazes de contar suas aventuras.

– Você está bem? – era a voz de Kathleen, perto do meu ouvido.

– Estou bem.

– Somos uma turma bem barulhenta. Mamãe diz que somos piores que macacos. – Kathleen jogou suas tranças para trás novamente. E elas davam um jeito de sempre voltarem para frente, não importava quantas vezes ela as jogava para trás. Tinha um rosto pequeno, bastante liso, mas formavam-se covinhas quando ela sorria. – Você tem treze anos?

– Doze – disse – Vou fazer treze no verão.

– Quando é o seu aniversário?

Aos poucos, os outros saíram da sala, e, finalmente, somente Kathleen e eu sobramos na mesa. Ela falou sobre bichos de estimação, roupas e programas de televisão, coisas das quais eu não sabia muito – quase nada, apenas o que havia lido nos livros.

– Você sempre se veste desse jeito? – disse, sem maldade.

Olhei para minha camiseta lisa engomada de algodão branco e para minhas calças pretas largas, também engomadas:

– Sim – senti que deveria incluir: *"Culpa da sua mãe. É ela quem compra minhas roupas"*.

Para ser justa, nem sempre a sra. McG me comprou roupas estranhas. Quando eu era muito jovem, talvez com dois ou três anos, comprou-me uma brilhante roupinha de brincar estampada, suas cores eram uma mistura de vermelho, verde e azul. Meu pai estremeceu quando viu aquilo e pediu para que ela tirasse a roupa de mim e nunca mais a colocasse.

Kathleen vestia jeans justo e uma camiseta roxa. E eu me perguntei: por que elas não estavam engomadas?

– Mamãe disse que você precisa de um pouco de cor na sua vida. – Kathleen se levantou. Venha ver o meu quarto.

No caminho para o quarto de Kathleen, passamos por um espaço bagunçado com uma televisão do tamanho de uma das paredes.

– Essa é a televisão de tela grande que papai nos trouxe de Natal – Kathleen disse.

Os McGarritt estavam jogados em dois sofás e várias cadeiras, outros estavam deitados em almofadas no carpete; todos os olhos estavam grudados na tela, que exibia imagens em movimento de uma criatura esquisita.

– O que é isso? – perguntei a ela.

– É um alienígena do espaço – respondeu. – O Michael é o maior fã do canal de Ficção Científica.

Eu não contei para ela que nunca tinha visto uma TV antes. Eu disse:

– Ray Bradbury escreve sobre alienígenas espaciais.

– Nunca ouvi falar dele – ela estava subindo as escadas agora, e eu a segui. Abriu a porta de um quarto ligeiramente maior que o armário do meu quarto:

– Entra – ela disse.

O quarto estava entulhado de coisas: um beliche, duas pequenas escrivaninhas, uma mesa e uma cadeira, um carpete vermelho peludo no chão cheio de sapatos. Não havia janelas, e as paredes estavam cobertas de pôsteres e fotos recortadas de revistas. De uma caixa preta em cima de uma das escrivaninhas saía música; perto dela havia caixinhas de CDs, mas nenhum que eu reconhecesse; em casa, a maioria das músicas que tínhamos era clássica, sinfonias e óperas.

– Que tipo de música você gosta? – perguntei.

– *Punk*, *pop*, *rock*. Isso é The Cankers – ela apontou para um pôster acima da mesa: um homem de cabelos compridos vestido de preto, sua boca aberta como se estivesse rosnando. – Eu adoro eles. Você não?

Ela olhou para mim por um segundo e disse:

– Ah, esquece. Acho que é verdade o que a mamãe diz, né? Que você leva uma vida protegida?

Eu disse que achava tal descrição muito justa.

Minha primeira visita à casa dos McGarritt às vezes parecia interminável, mas, enquanto voltávamos de carro para casa, pareceu-me durar apenas alguns minutos. Eu estava desconcertada pela minha falta de familiaridade com aquela situação. O sr. McGarritt, um homem grande, redondo e com uma grande cabeça careca, havia chegado em casa para o jantar; era espaguete, e a sra. McG fez um molho especial sem carne para mim, que tinha um sabor surpreendentemente bom.

Todos se amontoaram ao redor da longa mesa, comendo, falando e interrompendo; as crianças mais novas falavam sobre a escola e como um garoto chamado Ford os estava importunando; Michael prometeu que daria um jeito em Ford; sua mãe disse que ele não iria fazer nada; seu pai mandou parar com isso, e o cachorro amarelo (eles o chamavam de Wally, diminutivo de Wal-Mart, uma loja ali perto onde ele foi encontrado) soltou um uivo. Todos eram sorridentes, até mesmo o sr. e a sra. McG.

– É verdade que você não vai para a escola? – Bridget me perguntou. Ela terminou de comer antes de todo mundo.

Com a boca cheia, balancei a cabeça.

– Sortuda – disse Bridget.

Eu engoli:

– Você não gosta da escola?

Ela balançou a cabeça:

– As pessoas tiram sarro da gente.

A mesa ficou quieta por um momento. Virei-me para Kathleen, que estava sentada ao meu lado, e sussurrei:

– Isso é verdade?

Foi difícil entender a expressão de Kathleen; ela parecia brava e embaraçada, e com vergonha de seus sentimentos, tudo ao mesmo tempo.

– Sim – disse, com a voz baixa. – Nós somos os únicos que não têm computador e telefone celular – e então, com uma voz mais clara, ela disse: – Os mais ricos tiram sarro de todos os alunos. Não é só com a gente.

A sra. McG se levantou e começou a limpar os pratos, e todos começaram a falar de novo.

Não era nada parecido com o jeito como as conversas ocorriam lá em casa; aqui, eles interrompiam e discordavam, e gritavam e riam alto e falavam enquanto comiam, e ninguém parecia se importar. Em casa, as frases sempre eram finalizadas; diálogos eram lógicos, calmamente compassados, racionais; eles progrediam em espirais hegelianos ondulados, considerando-se todas as alternativas antes de alcançar as sínteses. Não havia muitas besteiras em minha casa, percebi naquela noite, enquanto a sra. McG me levava para casa.

Depois que eu a agradeci e entrei em casa, encontrei meu pai lendo em sua poltrona perto da lareira, aguardando-me.

– Como foi o seu passeio? – ele perguntou. Estava encostado no fundo da poltrona de couro, seus olhos invisíveis pelas sombras.

Pensei em tudo que eu havia visto e ouvido e me perguntei como seria possível descrever tudo aquilo:

– Foi muito bom – disse, cuidadosamente.

Meu pai hesitou ao ouvir aquelas palavras.

– Seu rosto está vermelho – disse. – É hora do você ir para a cama.

Quando saí da casa dos McGarritt, Kathleen havia colocado seus braços em volta de mim em um impulsivo abraço de despedida. Imaginei-me atravessando a sala e dando um abraço de boa noite em meu pai. Até mesmo o pensamento de tal coisa parecia ridículo.

– Boa noite – eu disse, e subi os degraus, ainda vestindo meu casaco.

Bem cedo na manhã seguinte, alguma coisa me acordou. Ainda meio dormindo, tropecei para fora da cama e fui até a janela.

E, então, ouvi um som – um uivo alto e agudo – como eu nunca tinha ouvido antes. Parecia vir do jardim dos fundos. Mais alerta agora, fui para a janela de onde podia ver de cima, espiando, não enxergando nada mais do que um pálido brilho de neve no escuro.

O barulho cessou. Um segundo depois, escutei uma batida, como se algo houvesse atingido a casa. A forma sinuosa de uma pessoa passou correndo pelo jardim em direção à rua. Segui a figura com meus olhos. Era meu pai?

Devo ter adormecido novamente, porque a próxima coisa que ouvi foi a sra. McG gritando. O quarto estava iluminado. Corri escada abaixo.

Ela estava parada do lado de fora, tremendo um pouco, vestindo seu casaco de inverno (com o colarinho de imitação de pele de raposa) e um chapéu de imitação de pele de marta. Ela parecia estar encolhendo quando me viu.

– Não olhe, Ari – disse ela.

Mas eu já tinha visto Marmelada deitado nos degraus, a neve perto dele manchada de sangue.

A sra. McG disse:

– Pobre gato. Pobre criatura inocente. Que tipo de animal faria tal coisa?

– Volte para dentro – Mary Ellis Root sibilou as palavras para mim. Ela me levantou pelos ombros e me colocou no corredor da cozinha. E, então, empurrou-me para dentro e fechou com firmeza a porta atrás dela.

Depois de alguns segundos, eu rapidamente abri a porta. A cozinha estava vazia. Fui até a porta dos fundos e, pela janela perto dela, vi Root levantando o gato. O corpo de Marmelada estava rígido; seu pescoço havia sido quebrado, e a visão de sua mandíbula voltada para o céu me fez querer gritar.

Root carregou a carcaça até além da janela, fora da minha vista, mas quando passou por mim pude ver seu rosto, seus lábios vivazes curvados em um sorriso apertado.

Eu nunca contei à sra. McG sobre a figura sombria que eu havia visto naquele dia mais cedo. De alguma forma, estava claro para mim que contar só faria as coisas piorarem.

Mais tarde, naquele dia, enquanto estava na cozinha, esperando meu pai chegar para começar as aulas do dia, ouvi vozes vindas do andar de baixo.

– Meus parabéns – Root disse.

A voz de meu pai disse:

– Obrigado. Pelo quê?

– Por mostrar sua verdadeira natureza – disse ela, sua voz radiando satisfação. E então ela completou: – Eu enterrei o gato.

Corri para a sala de estar, não queria mais ouvir.

2

No ano em que fiz treze anos, aprendi que quase tudo que haviam me contado sobre meu pai era mentira. Ele não tinha lúpus. Não era vegetariano. E nunca quis me ter.

Mas eu descobri a verdade aos poucos, não em um momento de ofuscantes revelações – que eu teria preferido, dramaticamente. Esse é o problema de escrever sobre sua vida: de alguma forma, você tem que lidar com os grandes pedaços monótonos.

Por sorte, a maioria está no "Capítulo um". Minha infância foi, em resumo, sossegada daquele jeito; olhando para trás, vejo que estive sonhando acordada. E agora quero me movimentar mais para dentro dos momentos despertos, o tempo real dos meus treze anos e o que se seguiu.

Foi o primeiro ano que eu tive uma festa de aniversário. Nos outros anos, meu pai me dava um presente na hora do jantar e a sra. McG fazia um bolo úmido com cobertura de açúcar. Esses eventos aconteceram este ano, como em todos os outros, mas, para completar, a sra. McG me levou para casa com ela no dia 16 de julho, o dia seguinte ao meu aniversário. Eu iria jantar e passar a noite lá: outra coisa que faria pela primeira vez. Eu nunca havia dormido em lugar nenhum, a não ser em casa.

Da sala de estar, ouvi meu pai discutindo os planos com a sra. McG. Ele teve de ser convencido de que eu ficaria bem em uma casa estranha.

– A menina precisa de amigos – disse firmemente a sra. McG. – Ela ainda está chocada com a morte do gato dos vizinhos, eu acho. Precisa se distrair.

Meu pai disse:

– Ari é frágil, sra. McGarritt. Ela não é como as outras crianças.

– Ela é superprotegida – disse a sra. McG, com uma segurança que eu nunca pensei que ela possuía.

– Ela é vulnerável – a voz de meu pai era calma, mas autoritária. – Eu só espero que ela não herde as mesmas aflições que eu, já que nos faltam meios de saber com certeza.

– Eu não havia pensado nisso – disse a sra. McG, contendo sua voz. – Desculpe-me.

Depois de uma pausa, meu pai disse:

– Eu consinto que Ari passe a noite, contanto que me prometa que vai ficar de olho nela e vai trazê-la para casa caso aconteça alguma coisa.

A sra. McG prometeu. Fechei silenciosamente a porta da sala de estar, perguntando-me sobre o que meu pai estaria tão preocupado. Em suas preocupações excessivas, ele me lembrava o pai da princesa em *A princesa e o duende*, que vivia aterrorizado pela ideia de que sua filha fosse sequestrada por coisas bestiais que entrariam em seu quarto durante a noite.

Michael estava ouvindo uma música *rock* bem alta quando nós chegamos, e as primeiras palavras do sr. McG foram:

– Abaixa isso! – Kathleen desceu as escadas dançando para me receber. Ela ainda vestia seu uniforme da escola: um vestidinho sem manga xadrez verde-escuro sobre uma blusinha branca de manga curta, meias brancas na altura do joelho e mocassins. Ela tinha que frequentar o curso de verão porque havia sido reprovada em História Mundial.

– Olhe para você – disse ela.

Pelo meu aniversário, eu havia pedido, e ganhado, uma roupa nova, que é o que eu estava usando: uma camiseta azul-clara e um jeans lavado combinando; os dois ficavam mais justos em mim do que minhas roupas habituais. E eu estava deixando meu cabelo crescer, que antes era cortado por Dennis na altura do queixo.

– O que você acha?

– *Sexy* – disse ela, e sua mãe falou:

– Kathleen!

Mas eu soube que ela não estava mentindo quando Michael entrou na sala. Ele deu uma bela olhada em mim e se deixou cair de costas no sofá, em um desmaio de mentira.

– Ignore-o – Kathleen disse. – Vamos subir para eu me trocar.

No andar de cima, deitei-me na cama de Kathleen enquanto ela vestia um jeans e uma camiseta. Ela havia transformado seu uniforme em uma bola e o chutado para o canto do quarto.

– Era da minha irmã Maureen – contou-me. Maureen era a mais velha, e eu raramente a via porque ela cursava uma faculdade de administração em Albany.

– Quem sabe quantos mais devem ter usado antes dela? Lavei outro dia e mesmo assim continuou com o cheiro estranho – Kathleen fez uma careta.

– Sou tão sortuda por não ter que usar uniforme – disse, derrotando-a, porque era sempre ela quem me dizia isso duas ou três vezes por semana.

Passamos a conversar pelo telefone todas as noites por uma hora, ou mais se ninguém reclamasse, e a maldição do uniforme era um dos assuntos regulares. Assim como uma brincadeira que fazíamos chamada "Besteiras que fazemos", na qual tentávamos superar uma à outra nos imaginando fazendo as coisas mais nojentas possíveis em nome do amor; e a vencedora até agora:

– Você comeria o fio dental usado de seu amor? – Kathleen havia saído com essa. Ela também estava muito interessada na lúpus do meu pai, que sua mãe havia lhe contado. Em algum ponto da conversa, ela havia me perguntado se eu achava que tinha também.

– Eu não sei – disse. – Aparentemente, não existem exames para diagnosticar lúpus.

E, então, eu disse que não queria mais falar sobre isso, e ela disse que entendia.

– Então me diz, o que ganhou de aniversário? – ela sentou no chão, soltando os cabelos.

– Estas roupas novas – eu a lembrei. – E sapatos.

Eu levantei as barras da calça e estendi minha perna.

– All Star Converse! – Kathleen pegou um de seus mocassins e atirou na minha direção. – Agora você está tão bacana quanto eu.

Ela fingiu que chorava deitada em cima dos braços, depois olhou para cima e disse:

– Na verdade, não.

Eu joguei um travesseiro nela.

– E o que mais? – ela perguntou.

– O que mais eu ganhei? Hum, um livro.

– Sobre?

Hesitei, porque suspeitava que a mãe dela estava por trás do livro.

– É um tipo de guia feminino – falei rápido para acabar logo com isso.

– Não é o *Tornando-se uma mulher*?

Concordei, e ela soltou uma risada bem alta:

– Ah, pobre Ari. Coitadas de nós.

Eu já havia dissecado o livro, uma edição de capa mole de cor azulada, publicada por um fabricante de "produtos de higiene feminina" (uma amostra grátis do produto veio em um saco plástico colado na capa). E havia nele frases como esta: "Seu corpo é realmente único, um verdadeiro milagre, que merece ser estimado e protegido todos os dias". E esta: "Você está prestes a entrar no terreno sagrado da feminilidade!" E esse tom inflexivelmente animado me deixava preocupada. Será que eu deveria assumir uma atitude similar para que pudesse entrar no reino sagrado?

– E a sua, já começou? – Kathleen me espiava através de uma cortina de cabelo.

– Ainda não – eu não disse, mas não conseguia imaginar a experiência que era aquela provação mensal que o livro tentava fazer parecer como algo que valia muito a pena. Com as cólicas e toda aquela confusão geral, eu sentia que preferiria evitar o negócio todo.

– A minha começou há cinco ou seis meses – Kathleen jogou o cabelo para trás e, repentinamente, pareceu mais velha para mim. – Não é tão ruim. As cólicas são a pior parte. Minha mãe me disse o que esperar, e ela é muito mais honesta do que aquele livro idiota.

Eu pensei em minha mãe, e Kathleen olhou bem para mim.

– Sente falta da sua mãe?

– Eu nunca a conheci – disse. – Mas sinto falta dela mesmo assim. Desapareceu quando eu nasci.

– Mamãe nos contou – Kathleen disse. – Disse que ela foi para o hospital e nunca saiu de lá. Você sabe, Ari, às vezes as mulheres ficam um pouco loucas depois que têm seus bebês.

Isso era novidade para mim.

– Você está dizendo que minha mãe ficou louca?

Kathleen se aproximou e tocou meu braço.

– Não, não. Eu não tenho ideia se é isso que aconteceu. Mas é uma possibilidade. Aconteceu com a sra. Sullivan lá do final da rua. Ela teve bebê e, alguns dias depois, levaram-na para Marcy. Você sabe, o manicômio. E uma vez que você entra lá, nunca mais sai.

A sra. McG gritou para que fôssemos jantar, e eu me senti mais do que pronta. Mas Kathleen havia me dado uma nova imagem de minha mãe, a mais indesejável possível: uma mulher sem rosto, presa em uma camisa de força, trancada em uma cela com as paredes acolchoadas.

Eles puseram a mesa de um jeito especial, colocando no meu lugar um prato colorido com pinturas de pequenas folhinhas verdes, em vez da louça branca lascada que os outros tinham. E perto do prato estavam os presentes: cinco ou seis pequenos pacotes embrulhados e com grandes laços em cima. Vários laços haviam sido levemente mastigados por Wally, o cão.

Eu nunca esperava algo desse tipo. Em casa, nós não tínhamos presentes embrulhados, nem louça especial. Mesmo no Natal (que Dennis nos obrigou a celebrar, com a participação indiferente de meu pai e de Root), nunca nos preocupamos em embrulhar presentes, e cada pessoa recebia apenas uma coisa, sempre algo prático.

— Abra-os agora — disse Kathleen, e os outros começaram a insistir para que eu abrisse. Rasguei o papel para encontrar presilhas para meu cabelo, sabonetes de essência, uma vela votiva dentro de uma flor de vidro azul, um CD (The Cankers, é claro) e uma câmera fotográfica descartável.

— É para você tirar fotos da sua casa para nos mostrar — disse Michael.

— Mas você pode ir e vê-la pessoalmente — eu disse.

Ele balançou a cabeça:

— Mamãe disse que não.

A sra. McG estava na cozinha, então não consegui descobrir porque ela falou isso. Disse a mim mesma que perguntaria depois.

— Muito obrigada a todos vocês — disse.

Quando eles acenderam as velas e cantaram para mim, quase chorei — mas não pelas razões que você está pensando. Parada em frente ao calor das pequenas velas rosadas, observando-as, fiquei comovida pela maneira como eles eram unidos, como todos eles, até mesmo o cão vira-latas, davam-se bem juntos. E, pela primeira vez na minha vida, realmente me senti sozinha.

Depois do jantar, a família McGarritt se reuniu na sala de estar para ver TV. Eles brigaram um pouco sobre o que assistir, e então concluíram: primeiro, um documentário para todo mundo; depois, os adultos levariam os McGarritt mais jovens para a cama e deixariam nós três assistirmos ao que quiséssemos.

Uma experiência esquisita, assistir à televisão pela primeira vez aos treze anos de idade. A enorme tela tremeluzia com cores e formas; parecia estar viva. O som não parecia vir da tela, mas das paredes ao nosso redor. Quando um leão brigou com uma hiena, eu tive que fechar os olhos; as imagens eram muito vívidas, muito reais.

O som que quebrou o feitiço da TV foi da voz de Michael. Ele se sentou ao meu lado (Kathleen e eu estávamos nas almofadas no chão) e tinha o hábito de inserir comentários, como se os próprios animais estivessem falando. Um leão, com uma aparência bastante nobre, que de uma colina olhava fixo para sua futura refeição, um antílope, disse:

– Isso aí vem com fritas?

Todos nós ríamos; mesmo quando eu não entendia a piada, também ria. Mas o pai de Michael achou isso irritante e o mandou parar.

Quando o documentário acabou, o sr. e a sra. McG reuniram os mais jovens e saíram da sala. Eu me sentei.

– Onde você está indo? – disse Michael – A diversão está prestes a começar – ele pegou o mecanismo de controle e fez as imagens da TV mudarem. E, pelo que sei, logo em seguida eu estava vendo meu primeiro filme de vampiros.

Talvez fosse a sala apertada, ou a predominância da enorme tela, ou o grande pedaço de bolo que eu havia comido depois do jantar. Ou talvez fosse o filme mesmo: as criaturas pálidas com suas presas que dormiam em caixões, levantando-se à noite para beber sangue humano. Seja qual for a causa, com cerca de dez minutos de filme, uma onda de náusea me pegou de jeito.

Eu corri para o banheiro e havia acabado de fechar a porta quando a segunda onda surgiu. Segurando as laterais do vaso, fechei os olhos enquanto me esforçava para vomitar. E não os abri até que meu estômago estivesse vazio, e os espasmos tivessem acalmado.

A água da torneira estava fria, e joguei um pouco em meu rosto. No espelho sobre a pia, vi uma imagem ondulada de meu rosto, branco, úmido de perspiração, meus olhos negros e arregalados. Abri a boca e joguei água sobre meus dentes e minha língua para tirar o gosto amargo e, quando olhei novamente, o rosto no espelho não era o meu.

Você nunca viu em seu reflexo o rosto de outra pessoa? Com olhar desafiador, ele me olhava de volta: pequenos e brilhantes olhos de animal, um focinho no lugar do nariz, a boca como a de um lobo, caninos longos e pontudos. Ouvi uma voz (minha voz) suplicando: "não, não".

E então, subitamente, desapareceu. Meus próprios olhos assustados me encaravam; meus cabelos negros jaziam bagunçados sobre meu rosto. Mas, quando abri minha boca, meus dentes haviam mudado; eles pareciam maiores e o canino estava mais pontudo.

– Ari? – a voz de Kathleen veio do lado de fora.

Dei a descarga, lavei as mãos, joguei o cabelo para trás.

– Estou bem – eu disse.

Festa demais – esse foi o diagnóstico de Kathleen.

– Você não está querendo voltar para casa, está?

– Claro que não – mas eu também não queria passar a noite conversando. – Preciso dormir um pouco – disse.

O que eu queria mesmo era um tempo para pensar. Mas, assim que Kathleen apagou as luzes, caí no sono quase ao mesmo tempo. Não sonhei e não acordei até a manhã seguinte, quando a casa ganhou vida com os sons do assoalho rangendo, portas batendo, água correndo pelos canos, e uma voz petulante dizendo:

– Mas é a *minha* vez.

Eu estava dormindo na cama de baixo do beliche (Bridget havia passado a noite em um dos outros quartos). Olhei para cima e vi que Kathleen não estava na cama. E, então, deitei-me novamente, pensando sobre a noite anterior. Eu não queria pensar sobre o espelho ainda, por isso me foquei no filme. Era a maneira como os vampiros se moviam, decidi, que havia me perturbado. Nenhuma das outras coisas – dormir em caixões, cruzes e alho, estacas no coração – haviam me perturbado. Mas as levitações sem nenhum esforço e as graciosas entradas e saídas dos lugares lembravam-me meu pai.

Kathleen entrou, totalmente vestida.

– Você tem que levantar, Ari – disse ela. – Senão vamos perder os cavalos.

Kathleen já me conhecia bem o suficiente para não perguntar se eu já havia estado em corridas de cavalo antes.

– E eu aposto que você também não consegue andar de bicicleta. Estou certa, Senhora Vida Superprotegida?

– É triste, mas é verdade – eu disse.

A manhã estava ensolarada, mas nuvens de neblina escureciam o ar, deixando gelados meus braços nus. Caminhamos depressa rua abaixo. Às seis da manhã quase ninguém ainda está circulando.

– Essa é a melhor parte de viver em Saratoga Springs – disse ela. – Você vai ver.

Andamos vários quarteirões, passando por pequenas casas – a maioria delas se parecia com retângulos modernos, e não com as grandes casas vitorianas do meu bairro –, e pegamos um atalho por um grande gramado.

– A pista de corridas é logo ali – Kathleen apontou na direção de mais neblina. – É aqui onde eles exercitam os cavalos.

Ela nos guiou ao longo de uma cerca branca. Algumas outras pessoas estavam ali paradas, bebendo café, esperando alguma coisa.

Nós os ouvimos antes de vê-los. Golpes macios de cascos na grama, como batidas mudas de tambor, e então eles emergiram da névoa enfumaçada, correndo livres, com os jóqueis curvados sobre seus pescoços. Dois cavalos brancos, dois mais escuros, que rapidamente surgiram e novamente desapareceram na neblina.

– É uma pena que não consigamos ver mais – Kathleen disse.

Eu estava muito animada para dizer que discordava que ver uma momentânea manifestação dos cavalos era muito mais mágico do que uma visão clara e limpa. E agora vinha outro, movendo-se mais lentamente – a névoa branca se partindo para revelar uma beleza castanha-escura com uma crina negra. Seu jóquei se abaixou, aproximando-se de sua orelha, e cantou para ele com sua voz suave.

Kathleen e eu nos olhamos e demos um grande sorriso.

– Isso – eu disse a ela. – é o melhor presente de todos.

Começamos a andar de volta para a casa dos McGarritt, passando pelo gramado perto dos estábulos. Kathleen estava me contando sobre um garoto que ela gostava na escola; mas eu parei de ouvir.

Alguém estava me observando. Minha pele se arrepiou, confirmando isso. Olhei ao redor, mas só vi névoa e grama.

– O que foi? – Kathleen perguntou. Ela parecia tão preocupada que eu fiz uma careta para ela, que riu.

– Vamos correr – eu disse.

Corremos uma contra a outra de volta à rua. E então, a sensação já havia desaparecido.

Mais tarde, naquela manhã, a sra. McGarritt me levou para casa e Kathleen veio junto. Aparentemente, a sra. McG havia reconsiderado sua proibição, ela ficou no carro e deixou que Kathleen me ajudasse a carregar as coisas para dentro. Como sempre, nossa casa estava fria e as persianas das janelas haviam sido baixadas por causa do calor.

– Você tem tanto espaço – disse Kathleen, olhando ao redor em meu quarto: paredes em azul-claro, lambris de marfim e frisos em formato de coroas, cortinas de veludo azul-escuro presas ao lado das janelas.

– E você não precisa dividir com ninguém. Tem até o seu próprio banheiro!

Ela gostou especialmente da luminária ao lado da minha cama, que tinha um quebra-luz de porcelana com cinco lados. Desligado, o quebra-luz parecia ser de marfim esburacado. Aceso, cada lado tinha um painel que ganhava vida com a imagem de um pássaro: um gaio azul, um cardeal, carriças, um papa-figo e uma pomba. Kathleen ligava e desligava, várias vezes.

– Como ele faz isso?

– Os painéis são chamados de litofone – eu sabia porque havia perguntado a meu pai sobre a luminária, anos antes. – A porcelana é esculpida e pintada. Você pode ver se olhar por dentro do quebra-luz.

– Não – disse ela. – É mágico. Eu não quero saber como isso foi feito.

Ela desligou a lâmpada.

– Você é tão sortuda – disse ela.

Tentei ver aquilo com seus olhos.

– Eu devo ser sortuda em alguns sentidos – disse. – Mas não me divirto tanto quanto você.

E era a mais pura verdade. Ela segurou meu braço.

– Eu queria que fôssemos irmãs – disse ela.

Estávamos descendo as escadas quando, lá embaixo, meu pai passou com um livro nas mãos. Olhou para nós:
– Que alívio – disse ele. – Vocês parecem uma manada de elefantes.
Ele apertou a mão de Kathleen. Ela não conseguia parar de encará-lo. Então ele se virou, indo na direção da biblioteca.
Nós fomos em direção à porta.
– Por que você não me contou – Kathleen sussurrou – que seu pai é tão bonitão?
Eu não sabia o que dizer.
– É uma pena que ele tenha lúpus – Kathleen abriu a porta e virou para mim: – Ele se parece com um astro do *rock*. Nosso pai se parece com um açougueiro, que é o que ele é. Você é abençoada, Ari.
Depois que ela se foi, a casa ficou parecendo maior do que nunca. Fui encontrar meu pai na biblioteca. Ele estava sentado na escrivaninha, lendo. Olhei para ele, seu queixo apoiado em sua longa e pontuda mão, sua linda boca que sempre parecia um pouco desapontada, seus longos cílios negros. Sim, meu pai era bonitão. Eu me perguntava se ele nunca se sentia solitário.
– O que foi, Ari? – disse ele, sem desviar o olhar. Sua voz era baixa e musical, como sempre.
– Preciso falar com você – eu disse.
Ele levantou o queixo e os olhos.
– Sobre?
Respirei fundo.
– Sobre uma bicicleta.

No começo meu pai disse que iria pensar sobre o assunto. E então, alguns dias depois, disse que havia falado sobre isso com Dennis, que achou que o exercício seria benéfico.
– Eu sei que você está *crescendo* – disse meu pai, no dia em que saímos para comprar a bicicleta. – E eu sei que você precisa ter mais independência.
Ele respirou fundo, e soltou o ar.
– Eu sei dessas coisas, e mesmo assim é difícil para mim não querer mantê-la segura em casa.
Estávamos em seu velho Jaguar negro – um acontecimento raro, devo dizer. Ele usava o carro uma vez por mês, se tanto, e nunca me levava com ele.

Era uma quente tarde de verão, em meados de julho. Ele vestia seu paletó preto de sempre – seus paletós e camisas eram feitos em Londres, contou-me quando perguntei por que ele nunca saía para fazer compras – e havia colocado um grande chapéu de abas largas, óculos escuros, luvas e um cachecol para proteger-se do sol. Qualquer outra pessoa poderia parecer esquisita vestida desse jeito, mas meu pai ficava muito elegante.

– Eu serei sempre muito cuidadosa – eu disse.

Ele não respondeu.

A loja de bicicletas era perto do *shopping*; Kathleen e eu havíamos ido de ônibus até o *shopping* na semana anterior, e ela me mostrou onde era a loja. Ela e Michael também haviam discutido sobre os méritos de vários modelos e estilos, reduzindo suas recomendações para três. Eu estava com a lista em meu bolso.

Mas, uma vez dentro da loja, percebi que não devia ter me incomodado em trazer a lista. Passeando entre os mostruários de bicicletas estava Michael.

Ele ficou vermelho quando me viu.

– Kathleen disse que hoje era o dia – disse ele. – E eu não podia deixar você tomar essa decisão sozinha.

– Tem medo que eu cometa um erro? – perguntei, mas seu olhar estava focado atrás de mim.

– Como vai o senhor? – Michael disse com uma voz estranhamente forçada.

Meu pai parou atrás de mim.

– E como você conhece Ariella?

– Ele é irmão de Kathleen – respondi.

Meu pai balançou a cabeça e apertou, com sua mão enluvada, a mão de Michael.

– E o que você acha dessas bicicletas?

Mais tarde, naquela noite, pelo telefone, Kathleen disse que estava brava com Michael por ele não ter contado que iria à loja de bicicletas.

– Ele disse que seu pai se parece com um príncipe gótico – disse ela, sua voz expressando o que as palavras não conseguiam: que isso era uma coisa boa, uma coisa "incrível", usando uma palavra que é comum na casa dela, mas que nunca se ouviu na minha.

Eu estava impressionada com a facilidade e ternura com que os McGarritt gostavam das pessoas – até dos mais esquisitos, como meu pai e eu. Seria talvez o esnobismo que eles enfrentavam na escola (e em qualquer outro lugar de Saratoga Springs) que os deixava desse jeito? Ou será que algo em sua herança os fazia ser tão instintivamente amigáveis?

Em todo caso, agora eu tinha uma bicicleta, uma de corrida, azul e prateada. Dennis me ensinou a andar nela em apenas um dia; então, quando eu pedalei até a casa dos McGarritt, Michael ficou maravilhado.

– Você nasceu para isso – disse-me ele.

Eu esperava que sim. Já estava pensando no futuro, no outono, quando eu planejava pedir a meu pai que me deixasse ter aulas de montaria.

Com a bicicleta, a cidade inteira se abriu para mim.

No começo, eu só saía com Kathleen. Tínhamos um dia da semana em que nos encontrávamos na pista de corrida para ver os cavalos se exercitando; depois, íamos para o centro da cidade, onde às vezes tomávamos refrigerantes e comíamos sanduíches, e em seguida eu pedalava de volta para casa para minhas aulas da tarde, e ela ia para as aulas de recuperação de história em sua escola. Kathleen achava inominavelmente cruel ter que ir para a escola durante o verão, mas, na verdade, eu esperava ansiosa pelo tempo que passava com meu pai. Eu gostava de aprender.

Antes de conhecer Kathleen, eu nunca estive em um restaurante. Você consegue imaginar meu pai, Dennis, Mary Ellis Root e eu em uma cantina italiana? Tínhamos bastante comida em casa e não precisávamos sair. Mas Kathleen me mostrou quão divertido é escolher uma refeição em um cardápio. Os sanduíches de queijo grelhado da lanchonete são muito melhores do que qualquer coisa que a sra. McG fazia, apesar de eu não dizer isso.

Kathleen também me apresentou a biblioteca local e a internet. Ela não conseguia acreditar que eu não usava um computador em casa. Os dois que tínhamos no porão eram dedicados às pesquisas de meu pai e Dennis, mas eu nunca pensei em pedir para usá-los.

E eu não os usei naquele verão. Tínhamos muitas outras coisas para fazer. Fazíamos passeios de bicicleta cada vez mais longos e longos, até Yaddo Rose Garden e além, até o lago. No começo, eu não conseguia ir tão longe ou tão rápido quanto ela, mas minha resistência aumentou com o tempo. Sofri minhas primeiras queimaduras de sol, que me deixaram com febre e uma coceira tão forte que meu pai teve de chamar o dr. Wilson, que me deu um sermão e me mandou ficar na cama por dois dias. Depois disso, passei a aplicar religiosamente o protetor solar fator 50 do enorme frasco que Root havia deixado na minha penteadeira, lançando-me um olhar de absoluto desprezo quando fez isso.

Tive uma reação menos violenta ao meu primeiro beijo. Em uma tarde, nosso grupo foi até o lago para ver os fogos de artifício. Os outros estavam muito ocupados matando moscas e mosquitos, mas insetos nunca me incomodaram. Afastei-me um pouco dos outros para ver melhor e, quando tirei os olhos do céu, Michael estava ao meu lado. Vi o reflexo de uma chuva de estrelas vermelhas em seus olhos enquanto ele me beijava.

Vocês estão certos, eu ainda não descrevi Michael, descrevi? Acho que naquele verão ele tinha dezesseis anos: um garoto de estatura mediana, com cabelos castanhos-escuros, olhos castanhos e pele bronzeada. Ele passava o máximo do tempo que podia fora de casa, andando de bicicleta ou nadando. Era atlético, magro, com um rosto sem expressão mesmo quando ele contava piadas, que era o que fazia na maior parte do tempo. Ocasionalmente, surrupiava cigarros de seu pai, e eu me lembrava do cheiro de tabaco. É o suficiente? Acho que é tudo que posso falar sobre ele.

Julho transformou-se em agosto, e todos os garotos McG estavam se preparando para voltar para a escola – comprando cadernos e canetas, fazendo exames dentais, cortando os cabelos, conversando sobre os professores. Um dia, um vento frio soprou vindo do Canadá, trazendo para Saratoga Springs uma dica inconfundível de que o verão não duraria para sempre.

Talvez saber disso estivesse me deixando muito irritada, acho. Ou talvez eu estivesse sentindo falta de Dennis, o assistente de meu pai; ele estava no Japão naquele mês, conduzindo as pesquisas. Desde que eu era bebê, ele tinha uma afeição especial por mim. Eu pensava em como ele havia me carregado em seus ombros largos, fingindo ser um cavalo, e em como ele me fazia rir. Ele se chamava de "meu melhor amigo sardento". Estaria de volta em poucas semanas, e esse pensamento teria de me consolar por enquanto.

Forcei-me a ler uma coleção de poesias de Edgar Allan Poe, que estava difícil de continuar. Eu havia sofrido durante *A narrativa de Arthur Gordon Pym*, que me pareceu dolorosamente prolixo. Mas a poesia era ainda pior. Em uma hora, meu pai estaria ali em cima, esperando que eu tivesse uma compreensão completa de métrica e rima, mas tudo que eu conseguia pensar era que Michael (e Kathleen) estavam fora fazendo compras e eu não os veria o dia todo.

A sra. McG preparou uma omelete para o almoço, tão aguada e sem sabor que eu não consegui me obrigar a comer mais do que poucos pedaços. Perguntava-me o porquê de sua comida ter um gosto tão melhor em sua própria casa.

Quando fui encontrar meu pai na biblioteca à uma da tarde, eu disse:
– Sabe, eu não pensei muito na poesia de Poe.
Ele estava sentando à sua mesa, e uma de suas sobrancelhas levantou.
– E o quanto dela você leu, Ariella?
– O suficiente para saber que não gosto dela – falei rapidamente para esconder a verdade: eu havia lido as primeiras e as últimas estrofes, pulando o resto. Tentei explicar:
– As palavras são só... *palavras* na página.
– Qual você estava lendo? – era o jeito dele saber que só havia lido uma.
Eu abri o livro e entreguei a ele.
– "Annabel Lee" – disse ele, sua voz acariciando o nome – Ah, Ari. Eu não acho que você leu isso aqui.

E ele leu o poema em voz alta para mim, mal olhando para o livro, sem fazer pausas entre as linhas e as estrofes, e as palavras soavam como música, a música mais triste do mundo. Quando ele leu as linhas finais ("E assim por toda a noite, eu me deito ao seu lado / Do meu amor – meu amor – minha vida e meu fado / Em seu sepulcro perto do mar, em seu túmulo ouvindo ondas a quebrar."), eu estava chorando. E quando ele levantou os olhos do livro, vi lágrimas em seus olhos.

Ele se recobrou rapidamente.
– Desculpe-me, – disse ele – Poe não foi uma boa escolha.
Mas eu não conseguia parar de chorar. Constrangida, deixei-o e subi para meu quarto com as linhas do poema ainda em minha cabeça: "Pois os raios da lua tão tristonhos não me trazem mais meus sonhos / Da minha linda ANNABEL LEE; / E que as estrelas nunca brilhem, para que de seu olhar não me lembrem / Da minha linda ANNABEL LEE".

Caí na minha cama e chorei como eu nunca havia chorado antes – por minha mãe, meu pai e eu, e por tudo aquilo que somos e pelo que poderíamos ter sido, e por tudo o que perdemos.

Dormi direto até a manhã seguinte, acordando de um sonho vívido. (Quase todos os meus sonhos têm sido vívidos, e eu me lembro de cada um deles. É assim também com você?) Em meu sonho havia cavalos, e abelhas, e a voz de uma mulher, cantando: *Quando a noite cai, muito além do azul, as sombras sabem que espero por você.*

Com a música ainda na cabeça, levantei-me e fui até o banheiro, descobrindo que, enquanto dormia, meu corpo havia "entrado no reino sagrado da feminilidade". Limpei-me lá em cima e desci para contar à sra. McG, que ficou vermelha. Em compensação, ela deve ter dito algo a meu pai mais tarde, eu acho, porque, naquela tarde, ele parecia mais distante e distraído do que jamais esteve. Seus olhos estavam cautelosos quando ele olhou para mim.

Estávamos trabalhando em provas geométricas (um assunto que eu secretamente adoro), e eu estava absorta em provar que os lados opostos de um quadrilátero traçado dentro de um quadrilátero cíclico são suplementares. Quando olhei para cima, meu pai estava me encarando.

– Pai? – disse.

– Você estava *murmurando* – disse ele.

O choque que havia em sua voz me golpeou como se fosse algo quase cômico.

– E isso é tão errado assim? – perguntei.

– A música – ele disse. – Onde você a aprendeu?

Ela ainda continuava tocando em minha cabeça: *Onde a água flui, além do azul, ao longo da praia, você sabe que espero por você.*

– Eu sonhei com ela, noite passada – disse. – E até sonhei com a letra.

Ele assentiu, ainda visivelmente desconcertado.

– Era uma de suas favoritas – ele disse, finalmente.

– Da minha mãe? – mas eu não precisei ter perguntado. Pensei: "Por que você não pode dizer isso, pai? Dizer que era a canção favorita da minha *mãe?*

Ele parecia tão arrasado, como se eu tivesse dito as palavras, e não meramente pensado nelas.

Mais tarde, fizemos nossa parada habitual para ioga e meditação. Passei pelas posições da ioga sem mesmo pensar nelas, mas quando fomos para a parte da meditação, tudo que eu podia fazer era pensar.

Meu pai havia me ensinado um mantra para a meditação: "Quem sou eu? Eu não sei". E eu repetia a frase de novo e de novo, e normalmente ela me guiava para um lugar onde eu não tinha consciência de mim mesma, onde minha mente se tornava vazia e aberta, e eu me sentia em paz. Mas hoje, o mantra em minha cabeça se abreviava e soava zangado: "Eu *não sei*, eu *não sei*, eu *não sei*".

⁂

Em uma tarde de sábado, no final do verão, Kathleen espreguiçava-se em cima de uma toalha gigante colocada em um trecho do nosso gramado dos fundos. Sentei-me à sombra do castanheiro-da-índia, sentindo o aroma dos dentes-de-leão assando ao sol. As cigarras cantavam, e, apesar do calor do sol, a brisa trazia um fraco cheiro de inverno. Nós duas usávamos roupas de banho e óculos escuros. A pele de Kathleen reluzia de óleo mineral, enquanto a minha estava coberta de protetor solar.

– Michael vai tirar licença para dirigir em outubro – disse ela. – Papai vai deixar ele pegar o Chevy aos finais de semana, contanto que ele não chegue muito tarde. E então ele vai poder levar a gente por aí.

– Devíamos comprar um uniforme para ele – eu disse, preguiçosamente.

Kathleen pareceu momentaneamente intrigada. E, então, sorriu maliciosa:

– Nosso chofer particular – disse. – Imagine só.

– Vamos nos sentar no banco de trás – puxei meus cabelos para trás, que já tinham passado dos ombros naquele verão, e os enrolei atrás da nuca.

– Que cheiro é esse? – Kathleen sentou-se subitamente.

Um cheiro fraco, e familiar, de algo queimando aumentou consideravelmente enquanto eu inalava.

Kathleen se levantou. Andou na direção da casa, parando algumas vezes para respirar novamente. Eu a segui.

O cheiro emanava do porão. Uma janela opaca de batente havia sido aberta e escorada, e Kathleen foi direto para ela. Ajoelhou-se para espiar lá dentro.

Senti um instinto de avisá-la, mas não disse nada. Silenciosamente, ajoelhei-me ao lado dela.

Olhávamos para o lugar que eu chamava de cozinha noturna. Mary Ellis Root estava parada perto de uma mesa de madeira, cortando carne. Atrás dela, uma panela de ensopado havia sido colocada sobre o fogo alto, no fogão a gás, e ela atirava pedaços de carne nela com uma mão por sobre seus ombros. Não errava nenhuma.

Coloquei a mão no ombro de Kathleen para tirá-la de lá antes que fôssemos vistas. Voltamos para o castanheiro-da-índia.

– Quem é aquela bruxa, e o que ela está fazendo? – Kathleen perguntou.

Expliquei que Root era a governanta de meu pai.

– Ele faz uma dieta especial – eu disse, pensando, que eu sempre achei que fosse vegetariana, como a minha.

– Era tão nojento de se ver quanto o cheiro – disse Kathleen. – Parecia que eram fígados, ou corações.

～～

Mais tarde, voltamos para o meu quarto para nos trocarmos. Kathleen pegou a câmera descartável da minha penteadeira e tirou uma foto minha enquanto eu vestia a camisa. Eu tirei a câmera dela.

– Não foi justo – eu disse.

Ela pegou de volta, rindo, e fugiu pelo corredor com ela. Terminei de abotoar a camisa antes de persegui-la.

Mas o longo corredor de madeira de cedro se revelou vazio à minha frente. Eu comecei a abrir as portas dos quartos, certa de que ela estava se escondendo.

A casa, tão familiar, tão *confiável*, parecia estranha para mim. Eu a via pelos olhos de Kathleen. Os carpetes gastos e os móveis vitorianos combinavam com a casa, e de alguma forma eu sabia que minha mãe os havia escolhido.

Aqui estava o quarto que meus pais um dia dividiram; eles haviam se deitado naquela cama de espaldar com dossel. Não me demorei nesse pensamento. Foquei-me no papel de parede – ramos de lavanda, desenhados sobre um fundo marfim, alternando cachos de seis flores, com outros de dois, monotonamente do teto até o chão – e em um ponto perto do rodapé onde havia um pedaço do papel curvado para fora, revelando um papel de parede cor de oliva embaixo. Perguntei-me quantas camadas de papel de parede eu teria que arrancar até encontrar um que me agradasse.

Quarto após quarto, todos estavam vazios. Olhei até dentro dos armários. Estava para entrar no último quarto quando senti uma movimentação atrás de mim e, quando me virei para trás, Kathleen tirou uma foto.

– Te peguei! – disse – Por que você está tão assustada?

– Eu não sei – eu disse. Mas eu sabia. Eu tinha medo de que alguma coisa, não sabia o quê, pudesse ter acontecido com ela.

– Vamos pedalar até a farmácia e revelar essas fotos – ela disse, balançando a câmera.

– Mas ainda não usamos todo o filme.

– Sim, já usamos – ela forçou uma risada. – Enquanto você perdeu seu tempo aqui em cima, eu tirei umas fotos do andar de baixo. Incluindo uma do papai bonitão, que eu planejo pendurar na minha parede.

– Fala sério – eu esperava que ela estivesse brincando.

– Não se preocupe – disse ela – Eu não o perturbei. Ele estava tão absorto em sua leitura que nunca teria me visto.

Enquanto descíamos, Kathleen parou para examinar um quadro na parede.

– É arrepiante – disse.

Era um natureza-morta: uma tulipa, uma ampulheta e um crânio – tão comum para mim que eu raramente prestava atenção nele.

– Se chama *Memento Mori* – eu disse. – Que significa: lembre-se de que um dia você vai morrer.

Kathleen me olhou assustada.

– Arrepiante – disse novamente. – Arrepiante, mas legal.

Fiquei imaginando quem havia escolhido esse quadro e quem o havia pendurado ali.

Enquanto esperávamos o filme ser revelado, ficamos serpenteando pelos corredores, aproveitando o ar-condicionado da farmácia. Experimentamos as maquiagens e os perfumes, e abrimos frascos para sentir o aroma de várias marcas de xampu. Lemos as revistas em voz alta, dando gritinhos para as façanhas das estrelas de Hollywood. O balconista, na caixa registradora, lançava olhares de ódio para nós toda vez que passávamos por ele.

A loja não estava movimentada naquele dia, e dentro de meia hora as fotografias ficaram prontas. O balconista disse "Aleluia!" quando nós saímos. Fomos direto para o parque ver as fotos. Kathleen rasgou o pacote assim que nos sentamos em um dos bancos.

Para minha total humilhação, a primeira foto era uma imagem minha de jeans e sutiã, com a camiseta na mão.

– Eu te mato – eu disse. Meu único consolo era que a foto estava borrada; eu devia estar me mexendo quando ela apertou o disparador.

Tentei ficar com a foto, mas Kathleen a apanhou de mim.

– Michael vai até pagar para ver esta aqui.

Lutamos um pouco até que eu consegui rasgar a foto em duas e amassar a metade que estava na minha mão. A tristeza de Kathleen me fez rir.

As outras fotos permaneciam esquecidas em cima do banco, e nos lembramos delas ao mesmo tempo. Como sempre, Kathleen pegou-as primeiro.

– Não tem mais nenhuma foto de nudez parcial, sinto lhe dizer – ela folheou a pilha de fotos – Viu? Eu só quero mostrar para a turma como é a sua mansão.

Sendo uma fotógrafa sem muita confiança, ela tirou várias fotos dos mesmos lugares, e nós passamos direto por elas, uma por uma: a frente da escadaria; o vão com o vitral; a passagem de entrada; a parte de fora da biblioteca; a sala de estar. E, então, a cadeira verde de couro de meu pai, com um tipo de brilho em cima dela.

– Cadê ele? – disse ela – O que aconteceu?

– Deve ser algo errado com a câmera – eu disse. Mas eu estava pensando no filme de vampiros que havíamos visto, a cena com o espelho que não refletia o Drácula. E mesmo que ela não tenha dito isso, eu tive a sensação de que Kathleen estava pensando na mesma cena.

A última foto era minha, tirada um pouco antes de ela ter dito que eu parecia assustada. Mas a foto estava tão borrada que não dava para dizer o que eu estava sentindo.

<hr>

Na minha cabeça, aquele dia em agosto foi o último dia do último verão da inocência.

Quando Kathleen me ligou mais tarde, naquela noite, não falamos sobre as fotografias. Demos um jeito de não mencioná-las.

O primeiro dia de Kathleen na escola estava chegando, e ela disse que estava se sentindo nervosa. Disse que nós duas precisávamos de "novas imagens". E que seria uma ótima ideia que fôssemos furar nossas orelhas no *shopping*. Mas precisávamos do consentimento de nossos pais, já que ainda não tínhamos dezesseis anos.

– E o bonitão do seu pai? – disse, com uma voz artificialmente perspicaz – Será que ele deixa você furar as orelhas?

– Papai bonitão está triste... – eu disse – E eu duvido.
– Vamos resolver isso. Primeiro precisamos animá-lo. Ele deveria voltar a sair com outras mulheres. – disse Kathleen – Pena que eu não seja mais velha.

Fiz um som de nojo. Mas estávamos as duas atuando, representando papéis que haviam sido nosso jeito natural no dia anterior.

– Amanhã às sete – ela disse, com a voz metálica. – Nosso último encontro da temporada com Justin e Trent – esses eram os nomes carinhosos que demos para nossos cavalos favoritos.

– Durma bem – disse a ela, e desliguei. E desci para dar boa noite para meu pai, que estava, como sempre, lendo O *diário de Poe* na sala de estar. Tentei vê-lo como um mero brilho ectoplásmico. Ele viu que eu o encarava com olhos que demonstravam um certo divertimento.

Depois que me disse para dormir bem, retornei para perguntar:
– Você nunca se sente solitário?

Ele virou a cabeça para o lado. E, então, sorriu – um dos seus raros e adoráveis sorrisos que o faziam se parecer com um garoto tímido:
– Como posso me sentir solitário, Ari – disse –, se eu tenho você?

3

Os alemães chamam isso de *Ohrwurm,* em inglês, dizem *earworm,* algo como verme de orelha, ou seja, canções que grudam no nosso cérebro. E, na manhã seguinte, enquanto assistíamos aos cavalos se exercitando, minha mente tocava a canção do meu sonho.

Mas, hoje, a letra soava um pouco diferente:

> *Quando a noite cai*
> *Além do azul*
> *O azul além*
> *Chama por ti*

Eu não ligava se a música tocava e tocava de novo. Minha mente sempre me pregava pequenas peças, uma distração bem-vinda para quem é apenas uma criança. No começo daquele verão, comecei a sonhar com palavras cruzadas (isso acontece com vocês?), sonhava com as pistas e com as tabelas que vinham para mim aos poucos, e era pouco possível preenchê-las com mais do que uma palavra por vez. Eu acordava com poucas pistas – "sempre verde tropical" (com oito letras) ou "ilhas da terra" (oito letras) – ainda em minha cabeça, com a frustração de não ter conseguido reconstruir a tabela. Mas "o azul além" não me afetava nem de um jeito nem de outro; parecia-me, de alguma maneira, uma música de fundo natural.

Os outros espectadores na pista de corrida já deviam estar acostumados a nos ver por lá, mas ninguém nunca falou com a gente. Eu achava que eles eram ricos donos de cavalos, em sua maioria. Mesmo suas roupas casuais, por mais que estivessem amarrotadas, pareciam ser bem caras. Eles se apoiavam nas cercas brancas, sem falar muito, bebericando em grandes canecas de alumínio; o cheiro de seus cafés flutuava em nossa direção abrindo caminho entre o úmido ar da manhã, junto com o cheiro dos cavalos, dos trevos e do feno – a essência verde e dourada das manhãs de verão em Saratoga Springs. E aspirava a essência, tentando segurá-la em meus pulmões. Em poucos dias, a estação chegaria ao fim, e todos que estavam ali iriam para qualquer outro lugar. E o perfume do verão aos poucos seria reposto pelo aroma da fumaça das chaminés e das folhas mortas empapadas pela chuva, e depois suplantado pela essência branca e gelada da neve.

Separadas dos mais ricos por apenas alguns metros havia uma comunidade inteira de trabalhadores: cavaleiros de exercício, treinadores, cavalariços e ferradores. A maioria deles falava uns com os outros em espanhol. Kathleen havia me dito que eles tinham vindo para Saratoga Springs para a temporada de corridas, que começaria em julho e iria até a primeira segunda-feira de setembro, dia do trabalho. E, em seguida, a maioria deles se mudava, ninguém sabia para onde.

Mas Kathleen e eu não falamos muito naquela manhã. Estávamos com um pouco de vergonha uma da outra. Depois que mandamos nossas mensagens de "vejo vocês no próximo verão" para Justin e Trent, nossos cavalos preferidos, seguimos para o centro da cidade em nossas bicicletas.

Seguimos tensas até a biblioteca. E, além da biblioteca, a farmácia e o parque, não havia muitas opções para duas garotas adolescentes sem muito dinheiro. O *shopping* ficava um pouco longe demais para irmos de bicicleta, assim como o lago e o Yaddo Rose Garden.

O centro de Saratoga Springs fornecia produtos para compradores ricos; ao longo e além da rua principal podia-se encontrar cafeterias, lojas de roupas (Kathleen as chamava de "lojas para *yuppies que* não valem nada"), diversos restaurantes e bares, e um brechó supervalorizado cheio de cardigãs de casimira roídos por traças e jeans de marcas fora de moda. Às vezes, passávamos pelas araras de roupas velhas, tirando sarro delas, até que os donos das lojas nos diziam que era melhor irmos embora.

E era ainda pior na joalheria; se o dono estivesse lá, sequer podíamos entrar, porque ele dizia: "Circulando, moças".

Mas se eram só as jovens vendedoras que estavam atrás dos balcões, entrávamos orgulhosas e íamos fundo nas caixas de anéis brilhantes, colares e broches. Os favoritos de Kathleen eram os diamantes e as esmeraldas; eu preferia as safiras e os peridotos. Sabíamos o nome de cada joia da loja. E se as vendedoras dissessem qualquer coisa para nós, Kathleen tinha uma bela resposta: "É melhor ser boazinha com a gente. Somos suas futuras clientes".

Ninguém nunca nos pediu para sair da biblioteca. Íamos direto para os computadores navegar na internet. Kathleen me ensinou. Ela se senta em um terminal, checando seus *e-mails* e pesquisando as mais perfeitas botas, enquanto em outro terminal eu vou passando de *website* para *website*, determinada a aprender mais sobre os vampiros.

Pesquisei "vampiros e fotografias" e encontrei mais de oito milhões de *links* para *sites* que iam do fantástico ao obsceno (que não consegui acessar apesar de querer, graças ao sistema de censura da biblioteca). Entretanto, podia visitar alguns *websites* que haviam publicado pedidos de vampiros buscando outros vampiros para conforto, instrução ou necessidades mais misteriosas. Uma rápida busca por essas coisas publicadas me sugeriu que havia várias facções na comunidade dos vampiros; alguns bebiam sangue e outros se recusavam a fazer isso (chamados de "imitadores" por um dos *sites*, e de "vampiros psíquicos" por outro); alguns se anunciavam com orgulho ou com egoísmo e agressividade, enquanto outros soavam meramente solitários, oferecendo-se como "doadores". Mas eu não encontrei nenhuma menção a vampiros em fotografias.

Enquanto eu continuava minha pesquisa, ocasionalmente dava uma rápida olhada para Kathleen, mas ela parecia atenta à sua própria busca e não retornava meu olhar.

O *site* Wikipédia era uma das mais ricas fontes de informação. Falava da origem do vampirismo no folclore e na ficção, e possuíam *links* para tópicos como "Hematofagia" e "Patologia", os quais eu fiz uma nota mental de visitar quando tivesse mais tempo. Em termos de fotografias, entretanto, oferecia apenas isso: "Vampiros tipicamente não lançam sombra nem têm reflexo. Seu poder mítico está largamente confinado aos mitos de vampiros europeus e podem estar ligados ao folclore de que os vampiros não possuem alma. Na ficção moderna, isso pode ser estendido à ideia de que vampiros não podem ser fotografados".

Recostei-me na cadeira e olhei na direção de Kathleen. Mas seu terminal estava vazio. E, então, senti sua respiração, bem atrás de mim, e quando olhei por sobre meus ombros, seus olhos, cheios de perguntas, encontraram os meus.

Carreguei essas perguntas para casa, para a aula do dia, mas não consegui me obrigar a perguntá-las para meu pai. Como você perguntaria para seu pai sobre o estado da alma dele?

Pois essa era uma das primeiras definições que eu encontrei: ao se tornar um vampiro, um mortal sacrifica sua alma.

É claro que eu não tinha certeza se acreditava em almas. Eu era agnóstica – acreditava que não havia prova da existência de Deus, mesmo que não negasse a possibilidade de sua existência. Eu havia lido capítulos selecionados de: *Bíblia, Alcorão, Cabala, Tao Te Ching, Bagavadguitá*, os escritos de Lao-Tsé, mas tinha lido a todos como literatura e filosofia, e meu pai e eu discutimos sobre eles como tal. Não havíamos ritualizado práticas espirituais – cultuávamos ideias.

Mais especificamente, cultuávamos virtudes e a ideia de uma vida virtuosa. Platão havia falado da importância de quatro virtudes em particular: sabedoria, coragem, moderação e justiça. Uma educação disciplinada permite que qualquer um aprenda as virtudes, segundo Platão.

Todas as sextas-feiras, meu pai me pedia para listar as diversas aulas da semana: História, Filosofia, Matemática, Literatura, Ciências, e Arte. E então ele sintetizava minha lista, encontrando padrões, paralelos e simetrias que normalmente me deixavam maravilhada. Meu pai tinha a habilidade de traçar a evolução histórica dos sistemas de crença fazendo ligações com a política, as artes e a ciência de um jeito tão convincente e fácil de compreender que eu tinha medo de aceitá-los como verdadeiros; minhas atuais experiências de mundo haviam me mostrado com o tempo que, infelizmente, poucas mentes são capazes de tais pensamentos e tais articulações.

E por que você suporia que este é um dos casos? Uma argumentação só pode ser feita apenas por aqueles que estão livres do medo da morte e são capazes de apreender verdadeiramente a cultura humana.

Sim, vou voltar para minha História agora. Um dia nos encontramos como sempre na biblioteca e eu acho que pretendíamos conversar sobre Dickens. Mas eu queria falar sobre Poe.

Depois de todas as minhas reclamações, decidi por mim mesma pegar *Os contos e poemas essenciais de Edgar Allan Poe* que havia na prateleira da biblioteca. Durante a semana anterior, eu havia lido "O coração delator" sem muito interesse, e "O gato negro" com uma dificuldade considerável (ele evocava imagens do desafortunado Marmelada), mas "O enterro prematuro" me fez ter um pesadelo sobre ser enterrada viva, e "Morella" me deixou três noites sem dormir.

"Morella" é o nome da esposa que diz ao seu marido: "Eu estou morrendo, ainda que eu deva viver". Ela morre ao dar à luz, e sua filha cresce sem nome. Quando a filha finalmente é batizada, seu pai a chama de "Morella", logo em seguida ela responde: "Eu estou aqui!", e prontamente morre. Ele a carrega até o túmulo de sua mãe, que está, é claro, vazio – porque a filha *era* a mãe.

Note quantas aspas eu tive que escrever nessas páginas. Culpa de Poe.

Em todo caso, eu tinha perguntas sobre "Morella", e sobre eu mesma. Eu imaginava o quanto eu era parecida com minha mãe. Eu não achava que *era* minha mãe; desde os meus primeiros pensamentos conscientes, tive um intenso, e às vezes até conflituoso, sentimento de ser uma pessoa única. Mas já que nunca a conheci, como podia ter certeza?

Meu pai, entretanto, não gostava de sair dos planos. Hoje iremos de fato falar sobre *Tempos difíceis*, de Dickens. Amanhã, se eu insistir, ele pode voltar para o Poe, mas só depois de eu ler seu ensaio, "A filosofia da composição".

E, conforme eu disse, no dia seguinte (após deixarmos Dickens de lado), realmente retornamos ao Poe – com muita cautela no começo.

– Eu retomo essa aula com um certo temor – meu pai começou. – Espero que não tenhamos lágrimas hoje.

Lancei um olhar que lhe fez balançar a cabeça.

– Você está mudando, Ari. Eu gosto que você esteja ficando mais velha, e sei que precisamos considerar algumas modificações em sua educação.

– E na maneira como vivemos – eu disse, com uma emoção não muito característica, nem mesmo para mim.

– E na maneira como *vivemos* – sua voz soou com uma inflexão de ceticismo que me fez olhar dura para ele. Mas seu rosto estava composto como sempre. Lembro-me de ter olhado para alguns pontos de sua camisa em que a goma havia rachado (naquele dia, era uma camisa azul-escura), com abotoaduras de ônix prendendo as dobras precisas de seus punhos, e me lembro de desejar que, só por uma única vez, eu pudesse encontrar algum pequeno sinal de desordem.

– Em todo caso, o que você fez com os contos de Edgar Allan Poe?

Foi a minha vez de balançar a cabeça:

– Poe parece ter um medo mortal dos atos de paixão.

Ele levantou as sobrancelhas:

– E você teve essa impressão lendo quais contos?

– Não foi tanto pelos contos – eu disse. – A propósito, eles são todos muito prolixos na minha opinião. Mas esse artigo me parece uma racionalização flagrante, possivelmente, partindo de seu medo de suas próprias paixões.

Sim, nós realmente conversávamos desse jeito. Nossos diálogos eram conduzidos em uma linguagem bastante formal, com lapsos apenas da minha parte. Com Kathleen e sua família, eu falava uma língua diferente e, às vezes, as palavras dessa língua surgiam durante minhas aulas.

– O artigo discute a composição de "O corvo" – eu disse –, como se o poema fosse um problema matemático. Poe sustenta que ele usou uma fórmula para determinar suas escolhas por extensão, como tom, métrica e estilo. Mas, para mim, sua alegação não é crível. Sua "fórmula" parece um pedido desesperado para que seja considerado lógico e racional, quando todas as probabilidades são de que ele foi tudo menos isso.

Meu pai estava sorrindo agora.

– Estou feliz de ver que o artigo provocou seu interesse desse jeito. Baseado em sua reação a "Annabel Lee", eu havia presumido algo bem menos... – aqui fez um pausa, como ele às vezes fazia, como se tentasse pensar nas palavras mais apropriadas; na verdade, agora eu acho que a pausa era apenas para enfatizar e dar efeito – ... bem menos *engajado*.

Sorri de volta, o tipo do meio sorriso intelectual que eu havia aprendido com ele – irônico, com os lábios bem apertados, e nada parecido com seus raros sorrisos tímidos de prazer genuíno.

– Para mim, de Poe restará um sabor a ser obtido – eu disse. – Ou não.

– Ou não – ele cruzou os dedos. – Eu concordo, é claro, que o estilo literário é estilizado e até pretensioso. Todas aquelas aspas! – ele balançou a cabeça. – É como um de seus amigos poetas disse: Poe era "três quintos gênio e dois quintos embusteiro".

Eu sorri (um sorriso verdadeiro) para isso.

Meu pai disse:

– Apesar de tudo, seus maneirismos foram pensados para ajudar o leitor a transcender o mundo prosaico, familiar. E para nós, ler Poe dá um certo conforto, eu suponho.

Ele nunca havia falado de literatura em termos tão pessoais. Inclinei-me para frente:

– Conforto?

– Bem, – parecia que ele havia perdido as palavras. – você entende... – seus olhos se fecharam por um breve instante e, enquanto estavam fechados, ele disse: – Suponho, pode-se dizer, que ele descreve o jeito que às vezes eu me sinto – ele abriu os olhos.

– Estilizado? – eu disse – Pretensioso?

Ele concordou.

– Se você se sente desse jeito, certamente não demonstra – parte de mim estava maravilhada: *meu pai estava falando de seus sentimentos?*

– Eu tento não demonstrar – ele disse. – Você sabe, para todas as finalidades práticas, Poe era órfão. Sua mãe havia morrido quando ele era bem jovem. Ele havia sido acolhido pela família de John Allan, mas nunca foi adotado formalmente. Sua vida e seu trabalho exibiam sintomas clássicos de uma criança em luto: uma inabilidade de aceitar a perda dos pais, um desejo de se reunir aos mortos, uma preferência pela imaginação, ao invés da realidade.

– Resumindo, Poe era um de nós.

Nossa conversa acabou abruptamente, quando Mary Ellis Root bateu com força na porta da biblioteca. Meu pai saiu para atendê-la.

Eu me sentia queimando de tanta informação não esperada: *um de nós?* Meu pai era uma "criança em luto" também?

Mas eu não aprendi mais nada sobre ele naquele dia. Seja qual for o assunto que Root trouxe à tona, fez com que o carregasse para o porão com ela. Vaguei até meu quarto, minha mente girando.

Pensei em meu pai depois de ler "Annabel Lee", e me lembrei das palavras de Poe em "A filosofia da composição": "A morte, portanto, de uma linda mulher é inquestionavelmente o tópico mais poético do mundo, e igualmente está além de qualquer dúvida que os lábios que melhor encaixam nesse tópico são aqueles do amante enlutado".

E eu pensei em Morella, em minha mãe e em mim.

<hr />

Depois de apenas um curto espaço de tempo, Kathleen me telefonou. Seu ano escolar havia começado, eu não a via mais tanto desde aquele dia na pista de corrida. Suas aulas do dia já haviam terminado, ela disse, e precisava me ver.

Encontramo-nos no belvedere do jardim dos fundos. Eu não havia mencionado esse lugar antes, havia? Era uma estrutura aberta de seis lados, com uma pequena cúpula, e um teto em forma de rotunda que imitava os maiores que havia na casa. Bancos almofadados eram os únicos móveis, e Kathleen e eu passamos várias tardes sentadas ali, "dando um tempo", como ela costumava dizer. Belvedere significa "bela vista", e o nome combinava com o lugar, pois, de lá, podia-se ver uma ladeira ascendente coberta de vinhas e roseiras enormes, as flores vermelhas-escuras deixavam o ar rosado com seu perfume.

Eu estava deitada em um dos bancos observando uma libélula – uma libélula verde comum, apesar de eu achar que ela poderia ser qualquer coisa, menos comum, enquanto suas asas translúcidas lentamente batiam no ar – pousada em uma cornija quando Kathleen tentou pegá-la, seu cabelo voou livremente e seu rosto estava rosado da viagem de bicicleta. O ar estava úmido, prometendo uma das chuvas de trovoadas que pontuavam muitos finais das tardes de verão.

Ela ficou me olhando, esforçando-se para retomar o fôlego, e então começou a rir.

– Olha... para... você – disse ela entre as tomadas de ar. – A dama... do... ócio.

– E quem é você? – eu disse, sentando.

– Estou aqui para resgatar você – ela disse. Tirou um saco de plástico do bolso de sua calça jeans, abriu e me entregou um pequeno saco azul de flanela com um barbante. Ele tinha um forte cheiro de lavanda.

– Coloque isso – disse ela.

Ela usava um saquinho igual, amarrado em seu pescoço.

– Por quê? – perguntei. E a libélula, notei, havia voado para longe.

– Para proteção – ela caiu de costas nas almofadas do banco em frente ao meu. – Estive fazendo algumas pesquisas, Ari. Você sabe alguma coisa sobre bruxaria com ervas?

Eu não sabia. Mas Kathleen havia perdido um bom tempo na biblioteca, e agora ela era uma *expert*.

– Peguei a lavanda do seu jardim e os cravos-de-defunto de um vizinho – disse ela. – Eles irão te proteger do mal. Eu coloquei basílico, que encontrei na cozinha da minha mãe no meu... o feitiço funciona melhor se as ervas vierem da sua própria casa. Ah, e a flanela? É de uma fronha velha. Mas eu costurei os saquinhos com uma linha de seda.

Eu era cética a todos os tipos de superstições, mas não queria magoá-la.

– Foi muito atencioso de sua parte – eu disse.

– Vista-o – disse ela. Seus olhos brilharam.

Deslizei o barbante por sobre minha cabeça.

Ela concordou vigorosamente:

– Muito melhor – disse ela. – Graças a Deus. Eu não consegui dormir várias noites pensando em você. E se seu pai aparecesse no meio da noite no seu quarto e te desse uma mordida no pescoço?

– Isso é ridículo – a ideia era absurda demais até para me deixar brava.

Ela levantou a mão:

– Eu sei que você ama seu pai, Ari. Mas e se ele não conseguir se controlar?

– Obrigada por se preocupar comigo – eu disse, sentindo que ela tinha ido longe demais –, mas sua preocupação é um erro.

Ela balançou a cabeça:

– Prometa que você vai usá-lo.

Eu havia planejado tirar aquilo no minuto em que ela fosse embora. Para tranquilizá-la, eu o usaria por enquanto. Pelo menos cheirava bem.

Mas continuei usando o amuleto, não porque temia meu pai, mas porque queria contentar Kathleen, e o pequeno saco de lavanda era um símbolo de seu amor por mim. Aí está, eu disse – *amor*. O que existia entre meu pai e eu era outra coisa que envolvia discussões intelectuais, respeito mútuo e obrigações familiares, coisas que de nenhuma forma devem ser subestimadas, mas, amor? Se sentimos mesmo isso, nunca usamos a palavra.

4

Somente quando você olha diretamente para uma coisa consegue vê-la realmente. A maioria das pessoas passa pela vida sem ter ciência das limitações de seus olhos. Mas você nunca será uma dessas pessoas.

Concentre-se na palavra *pinho* nesta frase. Ao mesmo tempo, tente ler as outras palavras para a direita e para a esquerda. Você estará apto a decifrar *palavra* e *nesta*, dependendo da distância que a página estará de seus olhos. Mas *pinho* será a mais clara, já que o centro do seu campo de visão está direcionado para ela.

Esse centro é chamado de fóvea, que é a parte do olho onde os cones estão mais apertados e juntos. A fóvea ocupa, *grosso modo*, a mesma porcentagem do seu olho que a lua ocupa o céu durante a noite.

Todo o resto é visão periférica. Visão periférica é eficaz para detectar movimentos e ajuda a localizar predadores no escuro. Os animais têm um senso mais forte de visão periférica do que os humanos. Os vampiros têm um senso em algum lugar entre animais e humanos.

⁓⁓⁓

Do canto de meu olho, sinto movimento. Mas não vi nada quando me virei para olhar.

Era uma manhã cinzenta de começo de outubro e eu estava em meu quarto no andar de cima, vestindo-me para o dia. Embora não fosse ver ninguém além da sra. McG e de meu pai – e talvez Dennis, caso ele fosse se aventurar fora do porão –, eu estava tendo problemas quanto à minha aparência e me permiti passar longos minutos diante do espelho, admirando a mim mesma. Naquele verão, meu cabelo havia crescido bem rápido, estava quase na minha cintura, e havia desenvolvido uma leve ondulação. Meu corpo também havia mudado, e eu me sentia envergonhada com isso, para ser honesta. Até mesmo meus lábios pareciam mais cheios, mais femininos. Talvez eu devesse registrar aqui: minha imagem no espelho estava estremecida, incerta, como se eu a estivesse vendo de forma periférica. E sempre havia sido assim. Eu soube disso ao ler os termos "como num espelho" em livros que diziam que os reflexos geralmente eram claros, mais precisos; e o meu não era, mas todos os espelhos em nossa casa eram velhos. Eu colocava a culpa neles.

Quando minha pele começou a formigar, virei-me novamente. Não havia ninguém ali.

※

Dennis voltou do Japão certa noite, e sua jovial vitalidade descuidada animou a casa. Eu me encontrava menos com Kathleen desde que suas aulas recomeçaram; ela havia feito novos amigos entre seus colegas de classe e, apesar de me telefonar uma vez ou duas por semana, eu sentia que a distância entre nós estava crescendo. Passar o tempo sozinha já não era mais tão natural para mim quanto um dia foi, e por dias eu vinha me sentindo particularmente apática.

Dennis havia entrado na sala de estar, vestindo um terno amarrotado que levemente cheirava a álcool e suor, seu rosto estava vermelho e os olhos injetados. Meu pai se sentou em sua cadeira habitual, bebericando Picardo e lendo. Meu pai, percebi, não tinha cheiro. Ele não tinha nenhum odor. Seu rosto nunca enrubescia, seus olhos nunca ficavam com linhas vermelhas. Suas mãos, nas poucas vezes em que as minhas encostaram nelas, eram geladas, enquanto Dennis parecia irradiar calor.

Dennis deu uma olhada em mim e disse:

– Uau!

Meu pai disse:

– O que isso significa?

– Significa que a srta. Ariella resolveu crescer bem no mês em que estive distante. – Dennis se abaixou para apertar meus ombros. – Deve ser culpa de todos esses passeios de bicicleta, Ari. Estou certo?

Eu o abracei:

– É obvio que é por causa dos passeios de bicicleta – disse. – Você também podia fazer isso, não estou certa?

Ele deu alguns tapinhas no estômago.

– A dilatação da meia-idade continua – disse ele. – Ainda mais com a ajuda e cumplicidade da exótica culinária e de algumas deliciosas cervejas japonesas.

Dennis estava no começo de seus quarenta anos, e o tanto que seu rosto e corpo se enrugavam era proporcionalmente o contrário do que acontecia com meu pai.

– Como é o Japão? – perguntei.

– O Japão é fantástico – disse ele.– Mas o trabalho não saiu do jeito que esperávamos.

– No que exatamente você estava trabalhando?

Dennis olhou para meu pai.

Depois de um momento de silêncio, meu pai disse:

– Estamos conduzindo algumas pesquisas dentro de uma classe de compostos conhecidos como perfluorocarbonos.

Devo ter dado a impressão de estar intrigada.

– Estamos tentando emulsificá-los – ele continuou –, para possibilitar que carreguem oxigênio.

Normalmente eu teria feito mais uma centena de perguntas, mas esse nível de detalhamento técnico estava além de mim. E tudo que eu disse foi:

– Que bom.

Dennis mudou de assunto abruptamente.

– Conte-me, Ari. O que é esse negócio no seu pescoço?

Puxei o saquinho de flanela do meu pescoço e entreguei para ele inspecionar.

– É lavanda. É para me trazer boa sorte.

Meu pai disse, sem emoção:

– Eu não fazia ideia de que você era supersticiosa.

⁂

Por semanas esperei que meu pai continuasse nossa conversa sobre Poe e luto, mas ele sempre direcionava nossas aulas para outro tópico. Cheguei na biblioteca armada com dois ou três comentários provocadores, garantindo que o fizesse engatar novamente em suas revelações pessoais. Mas, dentro de segundos, estávamos afundados em uma discussão muito diferente sobre Alexis de Tocqueville ou John Dalton ou Charles Dickens. Uma hora ou mais depois, as aulas acabavam e eu me lembrava de minhas resoluções e ficava espantada com sua habilidade em desviá-las. Às vezes, convencia-me de que ele estava me hipnotizando. Outras vezes, eu percebia que ele me distraía estendendo as metáforas; lançava-se dentro delas com muita facilidade, aumentando-as enquanto falava.

— Em *Tempos difíceis*, Louisa olha para dentro do fogo e contempla seu futuro – ele disse uma tarde. – Ela se imagina sugada pelo "Velho Tempo, aquele grande e mais antigo vórtice de todos", mas tendo a consciência de que "sua fábrica é em um lugar secreto, seu trabalho e suas mãos são mudas", como ela conhece o Velho Tempo? Como qualquer um de nós conhece o tempo, realmente, exceto por pensar nele ou imaginá-lo?

Parecia que ele havia feito uma extensa metáfora de uma extensa metáfora. "Existe um nome especial para isso?", eu me perguntava. "Talvez metametáfora?"

Às vezes, ele me deixava com dor de cabeça.

Apesar de tudo, eu era uma aluna persistente. Descobrir algo, qualquer coisa, sobre meus pais e seu passado me parecia muito mais importante do que Dalton ou Dickens. Então, tramei um plano.

Em uma tarde de quarta-feira, quando estava agendado que Dennis me desse uma aula de zoologia focada em células eucarióticas e DNA, eu disse que tinha um tópico relacionado para discutir: hematofagia.

Dennis disse:

— Ah é? – lançou-me um olhar inquisidor.

— Pode crer – eu disse. Uma frase que eu nunca usava perto de meu pai. O estilo de Dennis ensinar era consideravelmente mais relaxado.

— Eu li sobre isso na biblioteca – disse. – Você sabe, animais que bebem sangue. Como vermes e morcegos e sanguessugas.

Dennis abriu a boca para interromper, mas eu o pressionei:

— A enciclopédia diz que a hematofagia tem duas classificações: obrigatória e opcional. Alguns animais se alimentam apenas com sangue, enquanto outros suplementam o sangue com fluidos adicionais. O que preciso saber é...

Nesse momento, hesitei; não sabia como prosseguir. "Preciso saber qual desses tipos meu pai é", eu pensava. "Preciso saber se a hematofagia é hereditária".

Dennis levantou a mão direita, gesto que ele costumava fazer para me pedir que parasse quando me ensinou a andar de bicicleta.

— Esse é um tópico que você vai querer abordar com seu pai — disse ele. — Ele trabalha com sanguessugas e coisas do tipo. Nessa área, ele é o *expert*.

Frustrada, passei as mãos pela minha cabeça, e notei que Dennis me olhava de muito perto. Ele notou que eu o notava, e seu rosto ficou vermelho.

— Ari, o que você andou aprontando enquanto eu estava longe? — disse ele.

— Eu dei meu primeiro beijo — minhas palavras não foram planejadas.

Dennis tentou sorrir. Foi um pouco doloroso ver aquilo. Ele claramente se sentia desconfortável, mas queria esconder o que sentia.

— Eu sei que você está crescendo, e que você tem perguntas — disse ele, soando exatamente como meu pai.

— Não fale assim comigo — eu disse. — Você é meu amigo; pelo menos sempre achei que fosse.

Ele corou novamente:

— Sou seu amigo sardento — mas sua voz estava cheia de dúvida.

— Por favor — eu disse. — Diga-me alguma coisa. Alguma coisa sólida.

Seu rosto voltou à sua expressão normal de calma:

— Deixe-me contar sobre a Seradrone, sobre nossas pesquisas.

Ele falou sobre a necessidade crescente de sangue artificial, e como a quantidade de pessoas que desejam doar sangue é muito pequena. E, embora a Seradrone venha produzindo suprimentos de sangue, até agora nem eles nem ninguém foi capaz de desenvolver um substituto para o sangue clinicamente efetivo.

— Nós achamos que estamos empacados no meio do caminho — disse ele. — Infelizmente, nossos estudos no Japão nos mostraram um potencial para retenção do sistema reticuloendotelial.

Levantei minha mão para interrompê-lo:

— Você me deixou perdida.

Ele se desculpou. Isso foi o suficiente para que eu soubesse que a promessa dos perfluorocarbonos havia se comprovado um tanto quanto limitada, disse ele.

— E agora estamos de volta à procura de uma hemoglobina baseada em oxigênio, também; mas elas mal o suplementam.

Eu não queria fazer mais nenhuma pergunta. Ele havia me dito mais do que eu conseguia entender.

Mais uma vez, ele estava me olhando de muito perto.

— Vamos agendar um exame completo para você amanhã — disse ele. — Você está um pouco pálida.

No dia seguinte, Dennis tirou uma amostra do meu sangue e fez alguns testes com ele. Mais tarde, emergiu do porão com uma grande garrafa marrom em uma mão e um pacote de papel laminado e uma agulha hipodérmica na outra. Ele disse que o teste não havia sido conclusivo para lúpus. Mas disse que eu estava anêmica e que deveria tomar uma colher de sopa de tônico duas vezes por dia.

Depois que ele me entregou a garrafa, desenrosquei a tampa e cheirei.

– Eca! – eu disse.

– Tome isso com um grande copo de água – disse ele. E então abriu o pacote, removeu um algodão, limpou minha pele e me deu uma injeção. Perguntei o que continha nela e ele disse que era um hormônio, eritropoietina. Ele disse que isso iria aumentar a contagem de células vermelhas no meu sangue. E eu realmente senti um aumento de energia mais tarde.

Depois, lembrei-me do que Dennis havia dito: o teste havia sido inconclusivo para lúpus. Mas meu pai não havia dito para a sra. McG que não havia teste de sangue para lúpus?

Na manhã seguinte, me meti em problemas na biblioteca.

Era uma rara manhã de outubro sem chuva. Pedalei até o centro para usar o computador. Por que eu deveria importunar meu pai com esse papo de hematofagia? Ele só iria mudar de assunto.

Não demorei mais de um minuto para encontrar um *link* para "hematofagia humana", e mais dois para descobrir que muitos humanos bebem sangue. Os Masai africanos, por exemplo, subsistem em sua maioria bebendo sangue de vaca misturado com leite. A sociedade Moche e os Scythianos viciaram-se em rituais de ingerir sangue. E histórias de vampirismo humano abundavam, apesar de que, se eram verdade ou ficção, eram motivo de um feroz debate na internet.

O próximo *link* me levou a uma série de *sites* relacionados a "Vampiros Reais". Esses *sites* descreviam algumas das diferenças entre os vampiros folclóricos e os ficcionais, e aqueles da realidade contemporânea. Os *sites* discordavam se os vampiros reais eram dependentes da ingestão de sangue, se eles podem se "desenvolver", se podem ter filhos e, se pudessem, se os filhos também seriam vampiros. Resumindo, eles não me ofereciam nenhuma resposta real.

Um artigo de alguém de nome Inanna Arthen concluía: "Além disso, este artigo não tem a intenção de iludir – os vampiros reais, inclusive aqueles que são evoluídos, às vezes bebem sangue para conseguirem manter as energias. Aqueles que entendem as muitas maneiras que a vida 'mostra outros caminhos' para sua alimentação, verão mais vida nela e não algo fora do natural do que comer vegetais ou animais para se alimentar".

Eu estava meditando sobre isso quando a bibliotecária colocou sua mão em meu ombro:

– Por que você não está na escola? – ela perguntou. Era uma mulher mais velha, com a pele toda enrugada. Imaginei há quanto tempo ela estava parada ali.

– Eu estudo em casa – disse.

Ela não pareceu convencida.

– Seus pais sabem que você está aqui?

Pensei em lhe dizer a verdade: minhas manhãs eram meu tempo de estudar o que me agradava, antes de encontrar meu pai depois do almoço. Mas, por alguma razão, achei que ela não acreditaria em mim. Então, eu disse:

– É claro.

– Qual é o número de telefone da sua casa? – ela perguntou. E feito uma imbecil, eu dei a ela.

Em seguida, ela estava falando com meu pai. Enquanto esperávamos ele chegar, ela me deixou sentada em uma cadeira na frente da mesa dela.

– Eu já a vi aqui muitas vezes – disse ela. – Você sempre fica pesquisando sobre vampiros no Google?

E, feito uma completa idiota, eu sorri.

– Eu os acho interessantes – disse, brilhantemente.

Devo confessar que quando meu pai finalmente chegou à biblioteca, com seu longo casaco negro abotoado até o queixo e o chapéu quase na frente dos olhos, a reação da bibliotecária foi algo digno de se ver. Seu queixo caiu e ela nos deixou sair sem dizer palavra alguma.

Mas, a caminho de casa, meu pai falou muito, terminando com:

– ... E então você conseguiu interromper um experimento importante, cujos resultados agora devem estar comprometidos, e por quê? Por irritar uma bibliotecária com perguntas sobre *vampiros*? – mas sua voz não trazia nenhuma emoção, somente sua escolha de palavras, e o tom levemente baixo da palavra *vampiros*, fez-me saber que ele estava bravo.

— Eu nunca fiz perguntas a ela — eu disse. — Eu estava tentando pesquisar algumas coisas no computador.

Ele não disse mais nada até voltarmos para casa, e guardou o carro. Então, veio pela porta da frente e começou a afrouxar o cachecol de seu pescoço.

— Acho que é hora de conversarmos... — ele fez uma pausa para retirar o casaco — sobre você ter o seu próprio computador.

Quando Kathleen me ligou algumas noites depois, eu era a orgulhosa dona de um liso e branco *laptop* com conexão sem fio à internet. Contei a ela a história dessa aquisição; ultimamente, era bem raro eu ter alguma coisa interessante sobre o que conversar, e talvez fosse esse o motivo pelo qual suas ligações se tornaram menos frequentes.

Kathleen reagiu à história da bibliotecária malvada com convenientes "Não acredito que você fez isso!" e outros tantos "Sério?".

— Você devia ter mentido — disse quando eu terminei. — Podia ter dado o número de telefone errado. Podia ter dado o nosso número, já que nunca tem ninguém em casa durante o dia.

Admiti que não havia sido muito esperta com a bibliotecária.

— Mas tudo deu certo — Kathleen disse. — Seu pai não está bravo; ele comprou um computador só para você. Você tem muita sorte.

Eu não achava que sorte era um fator, mas fiquei quieta. O computador, como me ocorreu, era um meio conveniente de meu pai evitar minhas perguntas. Parecia que ele queria que eu encontrasse as respostas por conta própria.

E foi por volta dessa época que participei da minha primeira festa.

Michael me ligou (pela primeira vez na vida) para me convidar, e ele parecia bem nervoso.

— É só uma festa — disse ele, soando sem necessidade argumentativa. — É uma estúpida festa de Halloween da escola.

O Halloween não era celebrado em nossa casa. Todo dia 31 de outubro, Root fechava todas as cortinas das janelas e trancava a porta. E ninguém respondia, caso alguém batesse à porta. Em vez disso, meu pai e eu nos sentávamos na sala de estar para jogar cartas ou jogos de tabuleiro. (Quando eu era mais jovem, também brincávamos com peças de montar, que usávamos para construir uma máquina que movia os lápis de uma extremidade da mesa de jantar até a outra.)

Éramos particularmente fãs de *Detetive*, que jogávamos em partidas rápidas que nunca passavam de três vezes para cada um; na casa dos McGarritt, vi que demoravam muito mais para solucionar os crimes.

Eu disse para Michael que precisava pedir a permissão de meu pai. E, quando o fiz, meu pai me surpreendeu.

– A decisão é sua – disse ele. – A *vida* é sua – e, então, voltou à sua leitura, como se eu não estivesse ali.

———

Kathleen encontrou um tempo para me dizer o que esperar da festa. Ela disse que estava ocupada na maioria dos dias depois das aulas, por conta dos ensaios de uma peça da escola e das aulas de flauta. Mas, como aconteceu, ela estaria livre na quarta-feira depois das aulas e nós poderíamos nos encontrar no centro, no brechó, onde poderíamos procurar uma fantasia.

Eu estava examinando a arara de vestidos quando ela entrou correndo. Ela havia cortado o cabelo, quando parou de se mover, tive que olhar para seu rosto.

– Você está bacana! – ela falou para mim, e eu disse:

– Assim como você.

Mas eu achei que a Kathleen que veio me encontrar no brechó usava muita maquiagem. Seus olhos estavam contornados com lápis e seu cabelo estava tingido de preto; estava mais preto que o meu.

– Você mudou – eu disse.

Ela pareceu feliz em me ouvir dizer isso.

– Meu novo visual – disse, levantando o cabelo para me mostrar as orelhas. Argolas prateadas e tachinhas furavam seu lóbulo e o topo das orelhas; contei sete em cada orelha.

Não nos encontramos há quase dois meses, e eu comecei a pensar que nossa amizade estava chegando ao fim. Mas seus olhos brilhavam de afeto.

– Eu tenho tanto para te contar – disse ela.

Começamos a passear por entre as roupas, puxando cabides, concordando ou fazendo graça, enquanto ela falava. O cheiro de naftalina, perfume velho e suor era intenso, mas, de alguma forma, não muito desagradável.

As novidades sobre a casa dos McG não eram tão boas. Bridget havia desenvolvido uma asma e sua respiração ofegante mantinha Kathleen acordada durante algumas noites. O sr. McG vinha sendo maltratado pelo supermercado local, onde ele trabalhava; eles agora o faziam trabalhar aos finais de semana, porque alguém havia pedido demissão. E a sra. McG estava "toda preocupada" com Michael.

– Por quê? – perguntei.

– Tá certo, você não o tem visto ultimamente – Kathleen sacudiu um vestido de cetim rosa, e o colocou de volta na arara. – Ele deixou o cabelo crescer e está metido em alguma encrenca na escola. Desenvolveu uma atitude de superioridade.

Eu não tinha certeza do que isso significava.

– Você quer dizer que ele virou um valentão?

– Michael, um valentão? – ela riu. – Não, está mais para o tipo que não coopera e é sempre enérgico. Ele tem lido muito sobre política. Parece estar puto da vida a maior parte do tempo.

"Isso pode ser interessante", pensei.

– O que ele vai usar na festa?

– Sei lá! – ela puxou um vestidinho apertado preto com lantejoulas. – Mas você devia muito experimentar este aqui.

※

E eu acabei usando aquele vestido. Kathleen encontrou um de cetim vermelho, com decote em V na frente e atrás. Ela disse que nós deveríamos usar máscaras, mas eu preferia não usar.

Na noite de Halloween, Michael apareceu na porta da frente usando jeans preto e uma camiseta preta com a palavra ANARQUIA pintada nela. Ele também não usava máscara. Olhamos um para o outro com alívio.

Seu cabelo havia crescido até abaixo dos ombros, e ele estava mais magro do que eu me lembrava. Seus olhos negros pareciam maiores e seu rosto menor. Ficamos parados na porta examinando um ao outro, sem dizer nada.

Algum movimento atrás de mim fez com que eu me virasse. Meu pai estava parado perto da parede, observando-nos. Em seu rosto havia uma expressão de completa revulsão. Eu nunca havia visto aquele rosto antes. Seus olhos e boca entortaram para baixo nos cantos; seus ombros repuxaram para trás, rígidos, e seu queixo se projetou para frente. Eu disse algo idiota ("Olá?") e ele estremeceu – um espasmo estranho que, por um breve segundo, convulsionou seu rosto e peito. Devo ter piscado, pensei naquele momento, porque ele subitamente não estava mais lá.

Quando voltei-me para Michael, seus olhos continuavam fixos em mim.

– Você está – disse ele – diferente.

Michael nos levou de carro até a escola.

No banco de trás, Kathleen e seu amigo Ryan, um garoto baixinho de cabelos loiros que eu já havia conhecido no verão passado, falavam sem parar, quase sempre ao mesmo tempo. Ryan usava uma máscara de demônio.

– Bridget choramingou durante todo o jantar. Ela realmente queria vir esta noite – Kathleen disse do banco de trás. – Ela sentia que merecia isso. Esta tarde, quando teve o desfile de Halloween da escola, ela ganhou o prêmio de melhor fantasma.

Kathleen disse que alguns pais quiseram cancelar os eventos de Halloween da escola, alegando que eles celebram Satã. Ryan e ela riram alto disso.

– É tudo obra minha – Ryan disse com uma voz áspera, acariciando os chifres de sua máscara.

Michael e eu não falávamos muito. Sentar ao lado dele me deixava ansiosa. Eu furtava olhares para suas mãos no volante, e para suas longas pernas.

Notei que Kathleen estava usando muita maquiagem; seu rosto estava branco, seus olhos estavam contornados de preto, mas, de alguma forma, naquela noite a maquiagem a fazia parecer mais jovem. Senti que eu parecia muito mais velha. As lantejoulas negras que delineavam meu corpo mostravam ao mundo uma pessoa que eu mal havia visto antes. Na noite anterior, eu fantasiava em arrasar na pista de dança, cativando cada uma das pessoas do salão com minha presença. E, agora, essas fantasias pareciam ser bem possíveis.

A festa acontecia no ginásio de esportes da escola, e uma enorme estátua de Jesus, com os braços esticados, dava-nos as boas-vindas. E, enquanto entrávamos, todos pareciam olhar para nós. Michael e eu não olhávamos um para o outro.

O salão estava quente, e o cheiro das pessoas nele era devastador. Era como se cada essência que Kathleen e eu houvéssemos experimentado na farmácia – xampus, desodorantes, colônias, sabonetes – estivessem fervendo sob a luz turva do salão. Eu respirava superficialmente, temendo que fosse desmaiar caso inspirasse mais profundamente.

Michael me dirigiu até uma fila de cadeiras dobradas contra uma parede.

– Senta aqui – disse ele. – Vou buscar alguma coisa para a gente comer.

A música explodia de enormes alto-falantes colocados nos cantos do ginásio. O som estava muito distorcido para que eu conseguisse reconhecer alguma melodia ou as letras de uma música. Kathleen e Ryan já estavam rodopiando na pista de dança. O vestido de Kathleen captava as cores, que sempre mudavam, vindas de um globo colorido no teto. O tecido parecia em chamas, em seguida, era atingido por um azul aquático e, depois, engolfado novamente por chamas vermelhas e amarelas.

Michael voltou com dois pratos de papel e os entregou para mim:

– Vou buscar algo para beber – disse ele, gritando um pouco para que sua voz supersasse o volume da música. Afastou-se novamente.

Coloquei os pratos na cadeira ao meu lado. E, então, comecei a olhar ao redor. Todo mundo no salão – até mesmo os professores e acompanhantes – estava fantasiado. Suas fantasias abrangiam desde as repugnantes (ciclopes, demônios, múmias, zumbis e outras aberrações variadas, cortes, feridas abertas e membros cortados) até as delicadas (fadas, princesas, deusas e todos os tipos de fantasias em tecido brilhante). Dois garotos com cicatrizes e sangue espalhado pelo rosto me encaravam.

Todos eles pareciam terrivelmente ansiosos e infantis. Mais uma vez, eu estava feliz por Michael e eu não estarmos usando máscaras.

Quando ele retornou, senti-me bem o suficiente para dar uma mordida na pizza que ele havia trazido. O que depois revelou-se um erro.

A comida em minha boca tinha um gosto forte e amargo, não era igual a nada que eu já havia comido antes. Engoli o mais rápido que pude e, na mesma hora, senti um crescente enjoo. Meu rosto começou a queimar. Derrubei o prato e corri na direção da porta, consegui chegar até o final do estacionamento antes de cair de joelhos e vomitar.

Quando parei de vomitar, escutei alguém rindo – uma risada maldosa –, não muito longe dali. Alguns segundos depois, ouvi vozes.

– O que foi isso? – Kathleen estava dizendo.

Michael disse:

– Pizza. Só pizza.

– Tinha calabresa na pizza – Kathleen disse. – Você deveria saber das coisas.

Ela se ajoelhou ao meu lado e me entregou lencinhos de papel, e eu sequei meu rosto e minha boca com eles.

Mais tarde, Michael se sentou comigo na grama gelada e disse que sentia muito.

Eu balancei a cabeça:

– Normalmente eu teria notado a calabresa. Mas estava escuro, e todos aqueles cheiros me confundiram.

Michael não parecia nem um pouco enojado, como Kathleen havia expressado, pelo meu enjoo.

– Eu que deveria estar me desculpando com você – eu disse.

Ele colocou sua mão desajeitadamente em meu ombro, e depois a tirou:

– Ari, você não precisa se desculpar comigo – disse ele. – Nunca.

E mais tarde, depois de eu chorar um pouco na cama por causa das decepções da noite, as palavras de Michael voltaram para mim e me deram um conforto inesperado. Mas eu queria ter alguém para contar sobre aquilo. Queria ter uma mãe.

⁕

– Você disse que Poe era "um de nós".

No dia seguinte, sentamo-nos como sempre na biblioteca. Meu pai vestia um terno preto que fazia seus olhos parecerem azul índigo. E eu me sentia meio tonta, mas, de qualquer forma, bem. Não falamos sobre a festa.

Meu pai abrira um livro de poesias de T. S. Eliot.

– Vamos voltar ao Poe, é isso? Significa que você adquiriu o gosto?

Abri a boca para responder e a fechei sem falar. Ele não havia desviado do assunto hoje.

– "Um de nós", você disse. Você se referiu ao sentido de ser uma criança em luto? Ou no sentido de ser um *vampiro*?

Pronto, eu havia dito. Por um momento, a palavra pareceu ter ficado suspensa no ar entre nós. Eu podia ver as letras, flutuando e se retorcendo como pequenas partículas de poeira.

Meu pai inclinou a cabeça para trás e me deu uma longa olhada. Suas pupilas pareciam dilatar.

– Oh, Ari – sua voz estava seca. – Você já sabe a resposta.

– Eu sei a resposta? – senti-me uma marionete, respondendo na deixa.

– Você tem uma bela mente – disse ele, sem pausar o tempo necessário para que eu me deleitasse. – Mas parece mais satisfeita com o prosaico do que com o profundo – ele cruzou os dedos. – Quer leiamos Poe ou Plutarco ou Plotino, encontramos significados não na superfície, mas nas profundezas da obra. A função do conhecimento é transcender a experiência terrestre, e não chafurdar nela. Então, quando você me faz perguntas simples, está se limitando às respostas mais óbvias, aquelas que você já sabe.

Balancei a cabeça:

– Não entendo.

Ele concordou:

– Sim, entende.

Alguém começou a bater na porta da biblioteca. E, então, ela se abriu e a cara feia de Mary Ellis Root apareceu. Ela me olhava com desprezo.

– Você está sendo requisitado – disse ao meu pai.

Então, fiz algo que não havia planejado, algo que sequer havia imaginado: corri até a porta a fechei com uma batida.

Meu pai continuou em sua cadeira. Sequer parecia surpreso.

– Ari – disse ele –, seja paciente. Quando chegar a hora certa, você irá entender.

Então, ele se levantou e saiu da sala, fechando a porta tão delicadamente que ela não fez nenhum ruído.

Fui até a janela. O furgão de entrega da Cruz Verde estava na entrada, seu motor ligado. Observei-o enquanto o motorista carregava caixas para fora do porão e as colocava no furgão.

ns
5

Você alguma vez já sentiu que sua mente está em guerra consigo mesma?

Dennis havia me ensinado sobre o tronco cerebral – a menor e mais antiga região do cérebro humano, que repousa na base de nosso crânio. E que, às vezes, é chamada de "lagarto cerebral", ou "réptil cerebral", porque é similar ao cérebro dos répteis; ele governa nossas funções mais primitivas – respiração e batimentos cardíacos – e a base das emoções de amor, ódio, medo, desejo. O lagarto cerebral reage instintivamente, irracionalmente, para assegurar nossa sobrevivência.

Bater a porta na cara de Root? Foi meu réptil cerebral em ação. Ainda que eu estivesse pronta para discutir, isso foi provocado por um desejo racional por conhecimento, um desejo que meu pai havia dispensado como sendo "prosaico".

Passei a manhã tentando ler a poesia de T. S. Eliot com metade da minha mente, a outra metade estava lutando para entender o que meu pai havia me dito e por que eu precisava saber daquilo.

Depois das aulas daquele dia, meu pai voltou para o porão e eu subi para o andar superior. Em meu quarto, evitei o espelho. Olhei com suspeita para a garrafa de tônico na minha penteadeira e imaginei o que havia ali dentro. Senti a presença de um *outro* no quarto ao lado e pedi para que me deixasse em paz. Peguei o telefone para ligar para Kathleen e o coloquei no gancho novamente.

E, então, liguei para o mesmo número e perguntei por Michael.

Michael veio me buscar no carro velho de seu pai, e nos dirigimos para o oeste. Por meia hora e pouco rodamos sem rumo, conversando. O cabelo de Michael parecia ainda mais comprido do que no Halloween, e ele vestia uma calça jeans velha e uma camiseta preta sob uma blusa roída pelas traças. Eu achava que ele estava maravilhoso.

Michael disse que odiava a escola. Odiava a América também, mas ao mesmo tempo a amava. Falou e falou sobre política, e eu concordava de tempos em tempos, um pouco entediada, secretamente. Ele me entregou uma brochura de *Pé na estrada*, de Jack Kerouac, e disse que eu deveria ler.

Finalmente, parou o carro dentro de um antigo cemitério, o Gideon Putnam.

– Supostamente este lugar é assombrado – disse ele.

Olhei para fora pela janela do carro. Era um dia frio de novembro, o céu nada mais era que uma massa opaca de nuvens cinzentas. O solo do cemitério estava coberto por folhas mortas, menos onde estavam os mausoléus, as cruzes e as estátuas. Um obelisco servia como monumento para uma das sepulturas, fiquei com preguiça de imaginar quem poderia ser enterrado debaixo de um objeto tão imponente. Quem escolhia os monumentos funerários? Será que os desejos do morto eram levados em consideração? Esse era um assunto que eu nunca havia considerado antes, e estava prestes a perguntar a opinião de Michael quando ele se inclinou e me beijou.

Já havíamos nos beijado antes, é claro. Mas hoje seus lábios me davam a sensação de estarem extraordinariamente mais quentes, e ele me segurou mais forte e mais perto. Não é fácil descrever beijos sem soar sentimental ou estúpida. O que eu quero dizer é que aquele beijo foi importante. Ele me deixou sem ar e meio tonta (outra palavra estúpida que eu uso com muita frequência). Quando ele começou um segundo beijo, eu tive que afastá-lo.

– Não posso – eu disse. – Não posso.

Ele me olhou como se estivesse me entendendo. Na verdade, eu não sabia por que havia dito aquilo. Mas ele não me segurou com força por um minuto ou mais até que nós dois nos acalmamos.

Ele disse:

– Eu te amo, Ari. Eu te amo e quero você. Não quero que mais ninguém tenha você.

E, das minha leituras, aprendi que a primeira vez que alguém declara o amor deveria ser especial, quase mágico. Mas, na minha cabeça, uma voz (não era minha) estava dizendo: – "O mundo todo irá ter você".

– Alguém está me vigiando – eu disse para o meu pai no dia seguinte.

Ele estava usando uma camisa particularmente bonita, da cor da fumaça, com botões esmaltados e abotoaduras de ônix, que faziam seus olhos ficarem cinzentos.

Ele me olhou por cima dos livros de Física que havia aberto e seus olhos cinzentos pareciam tímidos, quase embaraçados, como se estivesse ouvindo o que eu pensava.

– Alguém está vigiando você – disse ele. – Você sabe quem?

Eu balancei a cabeça:

– Você sabe?

– Não – respondeu. – Você é capaz de definir cromismo e isomerização? – e desse jeito ele mudou de assunto, ou foi o que achei no momento.

Na manhã seguinte, acordei no meio de outro sonho com palavras cruzadas com duas pistas – "peixe-boi" (oito letras) e "pássaro-cobra" (doze letras). Balancei a cabeça, tentando relembrar das colunas, mas não conseguia visualizá-las. Então, vesti-me e desci para o café da manhã com um sentimento familiar de frustração com os limites da minha inteligência.

Há semanas eu havia notado que a sra. McG parecia distraída. A refeição matinal estava mais queimada que o normal e, em algumas noites, os cozidos do jantar estavam intragáveis.

Naquela manhã, enquanto estava tirando uma grande panela de farinha de aveia do fogão, ela a derrubou. A panela caiu no chão e pulou, e todo o cereal glutinoso se esparramou pelo linóleo, espirrando em seus sapatos. Tirando um rápido suspiro interno, mal reagiu. Simplesmente foi até a pia e voltou com alguns panos.

– Eu ajudo – disse, sentindo-me culpada pela alegria de não ter mais que comer aquilo.

Ela se sentou em seus calcanhares e olhou para mim:

– Ari – disse ela –, eu preciso mesmo da sua ajuda. Mas não com isso.

Limpou a sujeira e veio se sentar comigo na mesa da cozinha:

– Por que você não tem passado mais tempo com a Kathleen esses dias? – perguntou ela.

– Ela está muito ocupada – eu disse. – Com as coisas da escola, você sabe, a peça, a banda e tudo mais.

A sra. McG balançou a cabeça:

– Ela largou a peça – disse ela. – E parou com as aulas de flauta. Ela até parou de me perturbar para comprar um telefone celular para ela. Ela mudou e está me deixando preocupada.

Eu não havia visto Kathleen desde o Halloween.

– Sinto muito – eu disse. – Eu não sabia.

– Eu gostaria que você ligasse para ela – suas mãos coçaram seu antebraço, onde eu notei que havia brotoejas vermelhas.

– Eu gostaria que você viesse passar uma noite em casa. Talvez esta semana?

Concordei em ligar para Kathleen.

– Sra. McG, a senhora alguma vez viu uma foto de minha mãe? – eu não havia planejado fazer essa pergunta, mas era algo em que eu vinha pensando.

– Não, eu nunca vi – disse ela lentamente. – Mas deve haver algo no sótão. Foi lá que guardaram todas as coisas dela. Quando eu comecei a trabalhar aqui, a srta. Root e Dennis estavam juntando as coisas para guardar.

– Que tipo de coisas?

– Roupas e livros, na maior parte. Aparentemente, sua mãe gostava muito de ler.

– Que tipos de livros?

– Ah, eu não sei – ela empurrou a cadeira de volta para perto da mesa. – Você teria de perguntar para o seu pai sobre isso.

Pedi licença e corri para cima. Não havia carpete na escadaria para o terceiro andar, e meus passos soaram muito alto quando comecei a subir. Mas a porta do sótão estava trancada.

Então, subi até o último lance de escada, o ar ficando mais frio a cada passo. O topo da casa não era muito convidativo, sempre muito quente ou muito frio, mas hoje o frio não me incomodaria.

Dentro da cúpula, sentei-me em um banco alto diante da grande janela redonda – meu olho redondo para o mundo – e olhei para fora, por cima dos telhados de nossos vizinhos e através do céu cinzento para o azul além. Além das casas, além da cidade de Saratoga Springs, havia um vasto mundo esperando para ser explorado.

Pensei na grande avó em *A princesa e o duende*, que vivia em uma casa com cheiro de rosas e paredes transparentes iluminadas por sua própria lua, colocada lá no alto do mundo. Ela deu à sua grande neta, a princesa, um novelo de fio invisível que a tiraria do perigo e a levaria para longe dos duendes, de volta para sua sala com cheiro de rosas.

Como eu, a princesa perdera sua mãe. Mas ela tinha o fio invisível.

~~~

– Você nunca sonhou com palavras cruzadas? – perguntei para o meu pai quando nos encontramos naquele dia.

Por um segundo, seu rosto congelou – a expressão paralisada normalmente é usada quando eu tento falar sobre minha mãe.

Eu havia respondido minha própria pergunta.

– Ela sonhava, não é? Minha mãe. Ela sonhava com palavras cruzadas.

– Ela sonhava. – Ele disse que tais sonhos eram sinais de uma "mente hiperativa". Aconselhou-me a massagear meu pé delicadamente antes de dormir.

E, então, lançou-se em outra aula de Física.

Estávamos afundados em uma discussão sobre fenômenos da radiação eletromagnética quando alguém bateu à porta e a abriu lentamente. A cara feia de Root apareceu no vão.

– O homem das entregas precisa falar com você – disse ela. Manteve os olhos em meu pai, sequer olhou para mim.

– Com licença, Ari – meu pai se levantou e saiu da sala.

Enquanto ele não voltou, fui até a janela e puxei para o lado as pesadas cortinas. Um carro negro estava estacionado no jardim perto da entrada dos fundos da casa. Na lateral do carro, estavam escritas as palavras "Casa Funerária Família Sullivan".

Cerca de dez minutos se passaram antes que eu ouvisse a porta se abrindo novamente. Eu estava parada diante de um quadro oval vitoriano, com moldura de cobre que estava pendurado na parede. Dentro dele, encapsulados para sempre, havia três garrichas marrons, uma borboleta-monarca e dois feixes de trigo. Mas eu não estava olhando para eles, estava estudando meu reflexo ondulado no vidro convexo que os continha.

A voz de Root surgiu trás de mim:

– Ele pediu para te avisar que não vai mais voltar hoje – disse ela. – Ele disse que *sente muito*.

Quando me virei, pensei que deveria me desculpar com ela, mas seu tom de voz era tão insolente que eu sabia que nunca conseguiria.

– Por que ele não vai voltar? – perguntei.
– Ele precisou descer – sua respiração fazia um som irritante.
– Por quê? Para quê?
Seus pequenos olhos negros me fulminaram.
– Negócios da Seradrone. Por que você faz tantas perguntas? Você não se dá conta dos problemas que causa? – ela se moveu em direção à porta, mas, assim que a abriu, virou a cabeça: – E por que você perde seu tempo olhando para o seu reflexo? *Você* sabe quem você é.

Ela bateu a porta depois que saiu. Por um momento, fantasiei sobre ir atrás dela, arrancando os pelos do seu queixo, estapeando-a, ou fazendo algo pior.

Em vez disso, subi para o meu quarto e liguei para Kathleen.
– Minhas aulas foram canceladas hoje – contei a ela.

Quando empurrei minha bicicleta pela passagem de cascalho que ia da garagem até a rua, notei que o carro da casa funerária havia sumido. Talvez meu pai houvesse subido de novo. Hesitei, mas decidi continuar. Kathleen estava me esperando.

Era um dia sombrio do meio de novembro, o cheiro de folhas mortas impregnava o ar. E, enquanto eu passeava pelas ruas, o vento ferroava meu rosto. Logo teríamos neve e a bicicleta ficaria na garagem até abril, ou até maio.

Assim que entrei na lanchonete, eu a vi sentada em um dos bancos. Ela usava uma blusa preta e calças pretas, e estava bebendo café. Sentei-me e pedi um refrigerante.

– É um colar interessante – eu disse. Um pingente redondo de prata pendurado em um cordão de seda, perto do saquinho de flanela com ervas.

– É um pentágono – disse ela. – Ari, eu tenho que te contar. Eu me tornei uma pagã.

O garçom trouxe meu refrigerante. Desembrulhei o canudinho devagar, sem saber o que dizer.

– Isso pode significar várias coisas – eu disse, finalmente.

Kathleen correu suas mãos por seus cabelos. As unhas de suas mãos estavam pintadas de preto e seu cabelo parecia ter sido tingido recentemente. Ao lado dela, vestida com minha jaqueta e jeans despojados, sentia-me entediante e comum.

– Nós praticamos feitiços – disse ela. – E estamos em um RPG[1].
Eu não fazia ideia do que significava RPG.
– É por isso que sua mãe está toda preocupada?
– Minha mãe! – Kathleen balançou a cabeça. – Ela anda impossível ultimamente. Realmente não sabe nada do que se passa.

Tomou um grande gole de café, que também era preto.

Eu não conseguia tomar aquela coisa e a olhava com um certo pavor respeitoso.

– Ela encontrou um dos meus cadernos de anotações e ficou toda alarmada por causa dele.

Kathleen puxou uma mochila bem batida, que estava no assento ao seu lado, e tirou de dentro um caderninho espiral de anotações com uma capa preta. Abriu-o e deslizou-o para mim em cima da mesa.

Sobre o título *Cantos Mágicos* estava escrito algo parecido com poesia.

Oh, não diga ao padre sobre sua Arte,
Ou ele a chamará de pecado;
Mas estaremos por toda noite, na floresta, em toda parte,
Chamando o verão para dar nosso recado!

E na próxima página:

Quando a falta de sorte chega ao limite, use o azul
E uma estrela em sua testa.
Sincero no amor sempre serás, a menos que teu amor seja
falso contigo.

Eu sabia tão bem que nem precisava perguntar. Meu pai havia me ensinado que não se pergunta a ninguém o que um poema significa.

– Eu não vejo nada de preocupante nisso – eu disse.

– Claro que não – Kathleen lançou um olhar embaraçado para o assento ao meu lado, aparentemente imaginando sua mãe sentada ali.

---

[1] *Role-playing game*: jogo em que os participantes assumem papéis e trabalham em cooperação, atuando em improviso por um conjunto de regras pré-determinado por um sistema (tipo de RPG). Um enredo é estabelecido pelo Mestre – pessoa que narra a história e comanda as ações daqueles que interagem com os participantes –, cujo objetivo é fazer com que os personagens cumpram um objetivo e, com isso, evoluam, tornando-se mais experientes, ou com que os participantes simplesmente se divirtam. (N. R.)

– Nós vamos até a casa do Ryan para jogar um pouco.
– Nós vamos? – eu disse. – Quando?
– Agora – disse ela.

Deixamos nossas bicicletas amarradas na frente da lanchonete e andamos até a casa de Ryan, a alguns blocos dali. Era uma casa pequena, bem simples, parecida com a dos McGarritt, mas uma estufa com aparência de nova havia sido construída em um dos lados da casa. Paramos um momento para espiar pelas paredes de vidro embaçadas pelo vapor, mas vimos apenas silhuetas turvas verdes e luzes purpúreas através dos vidros efervescidos pela condensação.

– O *hobby* do pai de Ryan é cultivar orquídeas – disse Kathleen. – Ele as vende para aquelas mulheres ricas do outro lado da cidade. Eles até têm um clube de orquídeas.

Ryan atendeu à campainha. Seu cabelo loiro curto havia sido arrepiado com algum tipo de gel. E, como Kathleen, ele usava roupas pretas.

– Feliz encontro – disse Kathleen.

Eu disse:

– Olá.

Lá dentro, todas as luzes estavam apagadas e havia velas acesas em todas as superfícies disponíveis. Quatro pessoas estavam reclinadas em almofadas no chão; eu reconheci duas do baile. Michael não estava entre elas.

– Quem você trouxe? – alguém perguntou para Kathleen.

– Essa é a Ari – disse ela. – Eu achei que o jogo precisava de um pouco de sangue fresco.

A hora seguinte pareceu interminável para mim, graças a uma quantidade infinita de jogos de dados, movimentos com passos medidos ao redor da sala e gritos de "Conquistar!" ou "Minha invisibilidade está quase esgotada" ou "Regenere!" ou "Minha raiva está vazia!".

Dois dos garotos interpretavam lobisomens (eles tinham uma fita adesiva grudada na camiseta formando a letra W), e o resto eram vampiros (usando camisetas verdes e dentes de borracha). Eu era a única "mortal" da sala. Como era minha primeira vez, eles disseram que preferiam que eu assistisse em vez de jogar – e senti que eles gostavam de ter alguma audiência.

Quase tudo que eles diziam e fingiam fazer era consistente com o que a internet dizia sobre vampiros. Tremiam ao ver um crucifixo; viravam morcegos imaginários quando queriam; "voavam"; e usavam seus poderes virtuais de agilidade e força para escalar paredes imaginárias e saltar de telhados imaginários – tudo isso dentro de uma sala de visitas de quatro por seis metros.

Moviam-se por becos de uma cidade imaginária, pegando cartas que representavam moedas, ferramentas especiais e armas, simulando lutas e mordidas, sendo que mal se tocavam. De fato, todos os cinco garotos me tomaram como tímida por natureza, exagerando em suas tentativas de socializar. Além de mim, Kathleen era a única outra mulher presente e ela se movia ao redor da sala agressivamente, como se fosse a dona dela. Às vezes, os outros tentavam conspirar contra ela, que se defendia deles quase sem nenhum esforço. Ela conhecia a maioria dos feitiços, e aparentemente tinha o livro de anotações mais detalhado.

Ocasionalmente, os jogadores roubavam uns dos outros e depositavam suas moedas roubadas em bancos imaginários – sempre os bons capitalistas, eu pensava. O jogo se centrava mais em ganância e dominação do que em fantasia.

O ar da sala se tornou pesado com a intensidade de seus esforços e com os odores nocivos de seus salgadinhos de cor de laranja. Fiquei ali o máximo que consegui. Finalmente, a claustrofobia e a chateação me dirigiram para fora da sala. Passei pela cozinha, visitei o banheiro e segui um corredor que acabava em uma porta grossa com uma janela de vidro: a entrada da estufa.

Ao abrir a porta, o ar úmido se derramou sobre mim, trazendo com ele um rico cheiro de vegetação. E, mesa após mesa, orquídeas envasadas pareciam concordar levemente com as brisas geradas pelas lentas revoluções dos ventiladores de teto. As luzes tingidas de violeta sobre minha cabeça me deixavam um pouco tonta, então achei melhor não ficar diretamente embaixo delas. Elas deixavam as cores das plantas mais luminosas: violetas escuras e magenta, marfins cheios de veias rosadas pálidas, amarelos manchados de âmbar – todas vívidas, contra a folhagem verde intensa. Algumas orquídeas pareciam pequenos rostos, com olhos e bocas, e eu andei pelos corredores, cumprimentando-as:

– Olá, Ultravioleta. *Bon soir*, Banana.

Finalmente, pensei, uma fuga do inverno cinzento de Saratoga Springs. O pai de Ryan deveria cobrar entrada. E, enquanto eu respirava, o ar úmido circulava por meu corpo, fazendo-me relaxar, quase a ponto de pegar no sono.

E, então, a porta se abriu. Um garoto grande e sardento vestindo preto entrou pisando forte.

– Mortal, estou aqui para ser seu senhor – disse ele, sua voz trinando. Abriu sua boca para revelar as presas falsas.

– Eu acho que não – eu disse.

Eu o olhei bem nos olhos – pequenos e negros, e um tanto ampliados pelos óculos – e os mantive firmes.

Ele também me encarou. Não se movia. Por um tempo, olhei para ele, para seu rosto avermelhado, para as duas espinhas prontas para irromperem em seu queixo. Nada nele se movia e imaginei se havia hipnotizado o garoto.

– Traga-me um copo-d'água – eu disse.

Ele se virou e caminhou pesadamente na direção da cozinha. Quando a porta se abriu, eu ouvi os sons dos outros, mordendo e gritando, e quando ela se fechou e eu saboreei a solidão tropical, o único som era de um lento pingar de água de um lugar que eu não conseguia ver. Por um momento, entretive-me imaginando virar a mesa sobre o garoto e morder seu pescoço ali entre as orquídeas. E, confesso, uma espécie de desejo surgiu em mim.

Um minuto depois, a porta se abriu novamente e o garoto voltou, com um copo-d'água em sua mão.

Bebi lentamente, e então entreguei-lhe o copo vazio:

– Obrigado – eu disse. – Você está livre para ir.

Ele piscou. Suspirou algumas vezes. E, então, foi embora.

Quando ele abriu a porta, Kathleen forçou sua passagem por ele, para dentro da estufa:

– O que foi *isso*?

Ela devia estar observando através do vidro da porta. Senti-me embaraçada, mas não soube ao certo o porquê.

– Eu estava com sede – disse.

Já estava escuro quando eu saí do jogo. Kathleen havia ficado sem poderes e estava deitada no sofá, enquanto Ryan e os outros estavam parados sobre ela, cantando:

– Morte! Morte! – acenei, despedindo-me, mas eu acho que ela não me viu.

Andei sozinha até a lanchonete, abri a corrente da minha bicicleta e fui para casa. Carros passavam por mim, e um adolescente gritou "Gata!" da janela de um carro. Tais coisas já haviam acontecido antes, e Kathleen me avisou "simplesmente os ignore". Mas o grito me distraiu o suficiente para fazer minha bicicleta cambalear e derrapar nas folhas molhadas, tive que me esforçar para retomar o controle. Por pura vaidade, eu não estava usando o capacete de ciclista que meu pai havia comprado e, enquanto pedalava, ocorreu-me que poderia ter me machucado.

Depois que guardei a bicicleta na garagem, parei um momento e olhei para a alta e graciosa silhueta da casa, seu lado esquerdo coberto pelos galhos de uma videira. Atrás daquelas janelas iluminadas estavam os familiares quartos da minha infância e, em um deles, eu encontraria meu pai, sem dúvida sentado em sua cadeira de couro, lendo. Ele deveria ficar assim para sempre, e isso me confortava. Espontaneamente, um segundo pensamento me atingiu: *ele* vai ficar ali para sempre, mas e eu?

Lembrei-me vivamente do cheiro de lenha queimado no ar frio, enquanto estava parada olhando para a casa, imaginando se eu era, apesar de tudo, mortal.

Olhei para ele por cima de um prato de macarrão com queijo:
– Pai – perguntei: – Eu vou morrer?
Ele estava sentado na minha frente, olhando para a comida com um nojo bem visível.
– Possivelmente – disse. – Especialmente se você não usar seu capacete de ciclista.
Eu havia contado para ele sobre o quase acidente que tive na volta para casa.
– Falando sério – eu disse. – Se eu tivesse caído e batido a cabeça, eu estaria morta agora?
– Ari, eu não sei – ele pegou um misturador de coquetéis prata e se serviu de um segundo drinque. – Até agora você se recuperou bem dos pequenos arranhões, não é? E aquela insolação no último verão, você se recuperou daquilo em uma semana, se bem me lembro. Você teve sorte não ter tido nenhum problema mais sério até agora. Mas isso pode mudar, é claro.
– É claro – pela primeira vez eu senti inveja dele.
Mais tarde naquela noite, enquanto líamos na sala de estar, descobri que tinha outra pergunta.
– Pai, como funciona a hipnose?

Ele pegou seu marcador de páginas (com o formato de uma pena prateada) e o inseriu dentro do romance que estava lendo, eu acho que era *Anna Karenina*, porque não muito depois ele me encorajou a lê-lo também.

– É tudo questão de dissociação – disse ele. – Uma pessoa se concentra atentamente nas palavras ou olhos de outra pessoa, até que seu controle de comportamento é separado de sua consciência normal. Se a pessoa é fortemente sugestionável, ela irá se comportar da maneira que a outra ordenar.

Eu imaginava o quão longe poderia ter ido com o garoto na estufa.

– E é verdade que você não pode obrigar alguém a fazer algo que ele não queira?

– Esse é um assunto que merece um debate considerável – disse ele. – A maioria das pesquisas recentes sugerem que, sob as circunstâncias corretas, uma pessoa suscetível pode fazer quase tudo – ele olhou além de mim, seus olhos entretidos, como se soubesse do que eu fosse capaz.

E, então, mudei o foco da conversa:

– Você alguma vez me hipnotizou?

– Sim, é claro – disse ele. – Não se lembra?

– Não – não estava certa se gostava da ideia de ter alguém controlando meu comportamento.

– Às vezes, quando você era muito pequena, tinha tendência a chorar – sua voz era baixa e quieta, e fez uma pausa depois da palavra *chorar*. – Sem nenhuma razão, você emitia os mais misteriosos sons e é claro que eu tentava acalmá-la com leite, com balanços, com canções de ninar e tudo o mais que eu podia pensar.

– Você cantava para mim? – eu nunca ouvi meu pai cantando, ou achava que não.

– Você realmente não se lembra? – seu rosto estava melancólico. – Eu imagino por que você não se lembra. Em todo caso, sim, eu cantava, e às vezes nem isso fazia efeito. E então, em uma noite, cansado daquele completo desespero, eu olhei direto nos seus olhos e com meus olhos eu lhe disse para ficar em paz. Eu disse que você estava segura, sendo bem cuidada, e que deveria ficar satisfeita. E você parou de chorar. Seus olhos fecharam. Eu te segurava. Você era tão pequena, enrolada em um cobertor branco – ele fechou os olhos por um momento. – Eu te segurei perto do meu peito e fiquei ouvindo sua respiração até amanhecer.

Tive um impulso de levantar da minha cadeira e abraçá-lo. Mas continuei sentada. Sentia muita vergonha.

Ele abriu os olhos:

– Antes de se tornar seu pai, eu não sabia o que era preocupação – disse ele. E pegou seu livro novamente.

Levantei-me e dei boa noite. E, então, pensei em outra pergunta:

– Pai, qual canção de ninar você cantava para mim?

Ele manteve seus olhos na página:

– Chamava-se *Murucututu* – disse ele. – É, uma canção de ninar brasileira, uma que minha mãe cantava para mim. É o nome de uma pequena coruja. No folclore brasileiro, a coruja é a mãe do sono.

Então, ele levantou o olhar e nossos olhos se encontraram.

– Sim, eu canto ela para você – disse ele. – Outra hora. Mas não esta noite.

⁓⁓⁓

Você vê letras e palavras em cores? Desde que consigo me lembrar, a letra *P* sempre teve um matiz esmeralda, e o *S* sempre foi azul real. Até mesmo os dias da semana têm cores especiais: terça-feira é lavanda, sexta-feira é verde. Essa condição é chamada de sinestesia, e estima-se que uma entre duas mil pessoas seja sinestésica.

De acordo com a internet, virtualmente todos os vampiros são sinestésicos.

E é assim que passo minhas manhãs: navegando na internet em meu *laptop*, procurando por pistas que eu copio em meu diário. (Eu tenho rasgado todos desde então, por razões que logo serão claras.) Página após página de sabedoria da internet que eu copiei, e me dei conta de que eu não era nem um pouco menos imbecil que Kathleen e seus amigos de RPG, com seus cadernos de anotações pretos cheios de encantos e feitiços.

Mas, mesmo achando que de vez em quando duvidava da minha pesquisa e questionava o que tinha aprendido, eu continuava pesquisando. Não sabia onde isso ia dar, mas eu me sentia compelida a prosseguir. Pense em um quebra-cabeça. Mesmo quando ele não está montado, as peças dentro da caixa trazem em si a imagem.

⁓⁓⁓

A sra. McG insistiu muito para que eu passasse o final de semana com Kathleen. Ela me lembrou disso todos os dias daquela semana e, na sexta-

-feira, quando ela voltou para casa, eu estava com ela. (Para mim, *sexta-feira* sempre teve uma cor verde bem viva. Para você também?)

Kathleen não parecia diferente para mim. Mas é porque eu já estava acostumada com suas roupas pretas e com a maquiagem em excesso. Ela parecia um pouco mais nervosa, talvez. Passamos a noite de sexta vendo televisão e comendo pizza com a família. Michael se sentou separado, sem dizer muito, olhando para mim, e eu me permiti aproveitar a atenção que ele me dava.

No sábado, Kathleen e eu dormimos até tarde e depois fomos ao *shopping*, onde ficamos andando por horas, experimentando roupas e observando as pessoas.

Foi um final de semana normal até sábado à noite. A sra. McG insistiu que todos fôssemos juntos à missa. Kathleen disse que tínhamos outros planos. Sua mãe disse que eles podiam esperar.

Sem muito protesto, Kathleen cedeu e eu senti que essa luta era parte constante de seu ritual de final de semana.

– Eu nunca estive dentro de uma igreja – disse.

Os McGarritt olharam para mim como se eu fosse um alienígena do espaço.

Kathleen resmungou:

– Sorte sua.

– Olha esse lixo – Kathleen jogou um livro no meu colo.

Eu li o título em voz alta:

– *Um guia para adolescentes católicos*. Este é melhor que *Tornando-se uma mulher*?

Estávamos em seu quarto, e ela estava colocando sua maquiagem de vampiro antes de irmos para a casa de Ryan. Sentei-me com as pernas cruzadas na cama. Wally, o cachorro, deitou-se enrolado perto de mim.

– É exatamente a mesma coisa – Kathleen havia penteado seu cabelo em pequenos montes, nos quais agora ela aplicava o gel, e então torcia os montes em redemoinhos. O procedimento me fascinava.

– É toda essa baboseira sobre resguardar sua virgindade até a lua de mel, e de levar Jesus com você aonde quer que vá.

Folheei o livro:

– "O corpo de uma mulher é um lindo jardim" – li em voz alta. – "Mas esse jardim deve ser mantido trancado, e a chave deve ser dada apenas ao seu marido."

– Você acredita nesse lixo? – Kathleen deixou de lado o gel para cabelo e pegou o pincel de rímel.

Mas eu ainda estava pensando naquela imagem.

– Bem, de certa forma nossos corpos *são* mesmo como jardins – eu disse. – Olhe para você, depilando as pernas e arrancando as sobrancelhas e bagunçando seu cabelo e tudo mais. É como um tipo de jardinagem.

Kathleen se virou e me jogou aquele olhar "você é de verdade?": olhos irritados, boca aberta, cabeça balançando. Nós duas caímos na risada. Mas eu achava que o que tinha dito era verdade: no mundo de Kathleen, a aparência importava mais do que qualquer outra coisa. Seu peso, suas roupas, o formato das sobrancelhas eram questões de preocupação obsessiva. Em meu mundo, outras coisas importavam mais do que a aparência, eu pensei, um tanto quanto orgulhosa.

Kathleen voltou-se para o espelho.

– Esta noite vai ser especial – disse ela. – Meu horóscopo disse que hoje é um dia de letra vermelha para mim.

– Sexta-feira é verde, e não vermelha – eu disse sem pensar.

Kathleen me lançou outro olhar irritado, mas eu disse rapidamente:

– Eu não sabia que você lia horóscopo.

– Eles são a única coisa que vale a pena ler no jornal – disse ela. – Mas eu aposto que pessoas como você preferem os editoriais.

Eu não quis contar a verdade: em minha casa, ninguém lia jornal. Sequer tínhamos a assinatura.

⁓⁓

Quando estávamos prontas para ir para a casa de Ryan, o zunido em minha cabeça havia retornado e meu estômago estava revirando.

– Eu não me sinto bem – disse para Kathleen.

Ela olhou brava para mim e, de saco cheio pelo que senti, tive que admirar a curva grossa dos seus cílios e a altura impressionante do seu cabelo.

– Você não pode perder o jogo desta noite. Nós todos vamos sair em missões – disse ela. – Você precisa comer alguma coisa.

A ideia de comer me mandou direto para o banheiro dos McGarritt, para vomitar. Quando terminei, e lavei meu rosto e minha boca, Kathleen irrompeu sem bater.

— O que é isso, Ari? – disse ela. – Isso é que é lúpus?

Vi preocupação em seus olhos, até mesmo amor.

— Eu realmente não sei – eu disse.

Mas, de certa forma, eu estava mentindo. Eu tinha um forte pressentimento sobre a origem do problema. Havia me esquecido de trazer minha garrafa de tônico.

— Posso pegar emprestada uma escova de dentes?

Michael nos encontrou no corredor do lado de fora do banheiro, com um olhar de interrogação no rosto. Ele deixou a porta do seu quarto aberta, e uma voz calma estava cantando: "This world is full of fools. And I must be one..."[2]

Michael e Kathleen começaram a discutir sobre se eu deveria ficar na casa dos McGarritt ou ir para a casa de Ryan.

E eu resolvi o assunto:

— Eu quero ir para casa – sentia-me uma idiota.

A cara de Kathleen caiu:

— Você vai perder as missões.

— Desculpe – eu disse. – Mas eu não me divertirei nada se ficar ali doente.

Uma buzina de carro soou fora da casa. Os amigos de Kathleen haviam chegado para levá-la até a casa de Ryan.

— Vai nessa, divirta-se – eu disse. – Morda alguém por mim.

Michael me deu carona para casa. Como sempre, ele estava quieto. Depois de um tempo, disse:

— O que há de errado com você, Ari?

— Eu não sei – eu disse. – Meu estômago tende a ser delicado, eu acho.

— Você tem lúpus?

— Eu não sei – eu estava de saco cheio das palavras e de todo aquele zunido em minha cabeça.

— Você já fez exames?

— Sim – eu disse. – Os resultados foram inconclusivos.

Eu estava olhando pela janela do carro, para as árvores, brilhando com o gelo, e os pingentes de gelo pendurados nas calhas de cada casa.

---

2   Em português: Este mundo está cheio de tolos. E eu devo sem um deles...

Em algumas semanas, as luzes de Natal estarão penduradas em todos os lugares. Outro ritual do qual eu não participava, pensei, com alguma amargura.

Michael parou o carro no meio-fio e manobrou. Ele me abraçou e sem pensar eu estava em seus braços. Algo aconteceu, algo elétrico, e então veio a explosão de emoções.

Sim, eu sei que *explosão* não é a palavra certa. Por que é tão difícil escrever sobre sentimentos?

Tudo o que importa é dizer que essa foi minha mais verdadeira apreciação de nossos corpos. Lembro-me de que em certo ponto me recostei e olhei para Michael sob as luzes da rua, seu pescoço tão branco e tão forte, e senti o desejo de me enterrar nele, de desaparecer dentro dele. Isso faz sentido?

Mesmo assim, parte de mim permanecia desconectada, observando enquanto nossas mãos e bocas enlouqueciam. E então, ouvi minha própria voz dizendo, calmamente:

— Eu não pretendo perder minha virgindade no banco da frente de um carro parado na frente da casa do meu pai.

Foi uma voz tão baixa e delicada que até me fez rir. Depois de um momento, Michael riu também. Mas, quando ele parou, seu rosto e olhos estavam sérios. Ele realmente me amava?, pensei. Por quê?

Dissemos boa noite, apenas boa noite. Nenhum plano de nos encontrarmos no dia seguinte. Nenhuma declaração apaixonada – nossos corpos haviam dado conta disso.

Assim que entrei, olhei automaticamente na direção da sala de estar. Mas suas portas estavam abertas, e não havia luzes acesas. Percebi que meu pai não esperava que eu voltasse hoje, mas, de alguma forma, achei que ele estaria em sua cadeira, como sempre.

Melhor que ele não estivesse por perto, pensei enquanto subia para o meu quarto. Apenas um olhar para mim e ele saberia o que estive fazendo na última hora.

Parei na escadaria do corredor. Mas não senti nada, não senti a presença de ninguém. Ninguém estava me observando naquela noite.

6

Acordei como se alguém tivesse chamado meu nome. Abrindo os olhos, eu disse:

– Sim?

Meu pai estava no quarto. Estava completamente escuro, mas eu senti sua presença. Ele estava parado ao lado da porta.

– Ari – disse ele –, onde você esteve na noite passada?

Sentei-me, acendendo a luminária ao lado da cama. Os passarinhos saltaram da escuridão.

– Qual o problema? – perguntei.

– O sr. McGarrit telefonou há alguns minutos.

Seus olhos estavam arregalados e escuros. Ele usava um terno e uma camisa, e eu me perguntei: Será que ele ficou acordado a noite toda? Ele nunca usa pijamas?

– É um horário estranho para alguém ligar – eu não queria ouvir mais nada. Sentia que más notícias estavam chegando.

– Kathleen ainda não foi para casa – disse ele. – Você sabe onde ela pode estar?

E, então, encontrei-me contando ao meu pai sobre o RPG.

– Algumas pessoas são lobisomens, e outras são vampiros – eu disse. – Todos ficam andando ao redor dizendo feitiços e fingindo beber o sangue uns dos outros.

– Muito inadequado – disse meu pai, sua voz seca.

– E noite passada eles supostamente sairiam em missões, seja lá o que isso significa. Eles iriam se encontrar na casa de Ryan. Eu me senti mal depois da missa e Michael me trouxe para casa.

– Depois da *missa*?

– Todo mundo estava lá – eu disse. – Os McGarritt, e até alguns meninos do RPG. Eles vão todas as semanas.

– Entendo – disse ele, em um tom que implicava o contrário. – Os lobisomens e vampiros rezam e são absolvidos antes do jantar.

– É só um jogo – eu disse.

Meu pai parecia perplexo.

– Então está bem, vou ligar de volta para o sr. McGarritt e contar para ele o que você disse. Ele pode querer falar com você pessoalmente se Kathleen não voltar logo para casa.

– Não voltar para casa? – eu disse. – Que horas são?

– Quase quatro horas. Hora de você voltar a dormir. Desculpe por tê-la acordado.

– Eles provavelmente ainda estão jogando – eu disse, mais para tentar persuadir a mim mesma do que qualquer outra coisa. Estava escuro e frio lá fora, e se eles não estavam na casa de Ryan, onde poderiam estar?

Meu pai saiu, e eu desliguei a luz. Mas não voltei a dormir.

A sra. McGarritt não estava na cozinha quando eu desci naquele dia. Preparei algumas torradas para mim. Estava sentada à mesa, comendo-as, quando meu pai veio do porão.

Ele se sentou do lado oposto a mim e não falou de uma vez. Observou enquanto eu mastigava e engolia, e eu tentei encontrar alguma segurança em seus olhos.

Finalmente, ele disse:

– Eles a encontraram.

Mais tarde naquele dia, falei com o sr. McGarritt, com um policial que veio até minha casa e, depois do jantar, com Michael.

Kathleen havia encontrado os outros jogadores na casa de Ryan. Cada um tinha uma missão, um tipo de caça ao tesouro, pelo que entendi. Kathleen tinha que pegar um enfeite de grama, de preferência um gnomo. O prazo final era meia-noite e, na hora marcada, todos, com exceção de Kathleen, haviam retornado à sala de estar de Ryan. O jogo acabou por volta da uma, e os jogadores concluíram que Kathleen havia voltado mais cedo para casa. Pelo menos foi isso que Michael me contou, e o que eles contaram para a polícia.

Os dois policiais que vieram até nossa casa se sentaram desconfortavelmente na sala de estar. Eles pareciam meio apologéticos, mas seus olhos examinavam a mim, a meu pai e os móveis da sala. Eu não pude lhes contar muito, e eles nos disseram menos ainda.

Em certo ponto, um deles se virou abruptamente para o meu pai:

– Que horas eram quando Ariella voltou para casa?

– Dez e quinze – disse meu pai.

Não olhei para ele. Simplesmente fiquei sentada imaginando: Como ele sabia?

– O senhor esteve aqui a noite toda?

– Sim – disse meu pai. – Como sempre.

A voz de Michael no telefone aquela noite estava abalada.

– Foi o sr. Mitchell, pai de Ryan, que encontrou ela – disse ele. – Ela estava na estufa. Eu ouvi meu pai dizer para mamãe que ela estava deitada lá e parecia tão em paz que o sr. Mitchell achou que ela só estivesse dormindo. Mas quando mexeu nela – Michael começou a soluçar –, eles disseram que tudo desmoronou.

Eu mal conseguia segurar o telefone. Eu podia ver a cena: Kathleen deitada entre as orquídeas, a fluorescência púrpura dando a tudo um tom violeta. Podia ver a estranha inclinação de sua cabeça, apesar de Michael não tê-la descrito. E seu corpo salpicado com as ervas do saquinho que ela usava como talismã.

Quando Michael conseguiu falar novamente, ele disse:

– Mamãe está muito mal. Eu acho que ela jamais vai conseguir voltar a ser como era. E ninguém consegue contar para Bridget, mas ela sabe que algo bem ruim aconteceu.

– O que aconteceu? – tive que perguntar. – Quem a matou?

– Eu não sei. Ninguém sabe. Os outros garotos foram interrogados, e eles disseram que nunca mais a viram depois da primeira parte do jogo. Ryan está histérico.

Ele respirava irregularmente entre as palavras:

— Eu juro que vou encontrar quem fez isso e vou matá-lo eu mesmo.

Sentei-me por um longo tempo ouvindo o choro e a raiva e, novamente, o choro de Michael, até que nós dois ficamos exaustos. Mesmo assim, eu sabia que nenhum de nós dormiria aquela noite, nem na noite seguinte.

Alguns dias depois, liguei meu computador e fiz uma busca na internet por Kathleen McGarritt. Surgiram mais de 70 mil resultados. Nas semanas seguintes, o número subiu para mais de 700 mil.

O jornal de Saratoga Springs publicou diversos artigos retratando os jogadores como um culto satânico, sugerindo que a morte de Kathleen foi um ritual do culto. O editor publicou poucos detalhes sobre como ela morreu, apenas que seu corpo foi encontrado quase sem sangue e mutilado. Eles fizeram um editorial alertando aos pais para que mantivessem seus filhos longe desses RPGs.

Outros meios de comunicação divulgaram histórias menos críticas, reportando os fatos sem especulações sobre as motivações do crime.

Todos eles concordavam em um ponto: a identidade do assassino continuava desconhecida. Sabia-se que Kathleen não havia sido morta na esfufa, mas em um jardim ali perto, onde manchas de sangue e pedaços de um gnomo de plástico quebrado foram encontrados na neve. A polícia local havia chamado o FBI para conduzir as investigações.

Se eu não tivesse ficado doente aquela noite, pensei, eu teria estado com ela. Eu poderia ter evitado sua morte.

Algumas das minhas buscas me levaram para o MySpace.com, onde três amigas de Kathleen mantinham *blogs* que falavam sobre sua morte. Eu passei por eles sem me atentar para os detalhes. Um deles dizia que seu corpo havia sido "fatiado como sushi".

De certo modo, as semanas seguintes se passaram. Depois de alguns dias, meu pai e eu retomamos as aulas. Não falamos sobre Kathleen. Uma noite, ele disse:

— Eileen McGarritt não vai voltar. Mary Ellis Root vai cozinhar para nós agora.

Até aquele momento, eu nunca soubera o primeiro nome da sra. McG.

— Eu prefiro cozinhar para mim mesma — eu disse. Mas, sinceramente, eu não tinha apetite.

— Muito bem — disse ele.

Uma ou duas vezes por semana Michael ligava. Ele não estava em condições de me ver por um tempo, disse. A mídia local estava perseguindo sua família e os amigos de Kathleen, e era melhor que ficasse em casa. Nesse meio-tempo, a polícia e o FBI mantinham silêncio, exceto para dizer que ali havia "pessoas interessadas" no caso.

Os McGarritt enterraram Kathleen. Se houve uma cerimônia funerária, eles a mantiveram privada. Uma homenagem foi mantida durante a semana antes do Natal e meu pai e eu comparecemos.

Eles a organizaram no ginásio da escola – o lugar onde houve o baile de Halloween. Só que, agora, em vez de decorações feitas com papel crepom, o salão estava decorado para o Natal. Havia uma árvore enfeitada perto da estátua de Jesus, na entrada, e o cheiro de pinho era forte. Alguém havia colocado uma fotografia de Katleen em um cavalete: uma foto tirada quando estava com cabelo comprido. Então, sentamo-nos em cadeiras de metal bem desconfortáveis.

Um padre ficou em pé na frente do salão, perto de um vaso branco cheio de rosas brancas, e disse algumas coisas. Eu mal conseguia ouvir uma palavra. Mantinha meus olhos nas outras pessoas.

A sra. McG havia emagrecido e seu rosto parecia ter desmoronado sobre ela. Ela não falou e não tocou em ninguém, nem mesmo para apertar a mão. Simplesmente se sentou e ocasionalmente balançava a cabeça. Parecia uma mulher bem velha, eu achei.

Michael olhou para mim do outro lado da sala, mas não tivemos oportunidade de conversar. Os outros McGarritt nem mesmo fizeram contato visual comigo. Suas faces estavam mais ossudas do que eu me lembrava, e sombras repousavam sob seus olhos. Até mesmo a pequena Bridget, que finalmente havia ficado sabendo da morte de sua irmã, parecia mais magra e perdida. Perto dela, estava sentado Wally, o cachorro, com a cabeça em cima das patas.

Os amigos "pagãos" de Kathleen vestiam ternos e gravatas e pareciam muito tristes. Olhavam uns para os outros com suspeita em seus olhares. Eu não conseguiria começar a descrever a tensão que havia no salão. O cheiro das rosas estava enjoativo.

Algumas pessoas fizeram uma fila na frente e disseram coisas sobre Kathleen. Coisas superficiais, na maioria das vezes. Como ela iria rir, se pudesse ouvi-los! Novamente, não prestei muita atenção. Eu não iria falar nada. Não podia acreditar que ela estava morta, e eu não queria ser hipócrita – simples assim.

Meu pai se sentou ao meu lado e depois ficou ao meu lado quando entramos na fila para sair. Apertou a mão do sr. McGarritt e disse algo sobre como nós estávamos sentidos. Eu não disse nada.

Michael atirou outro olhar para mim quando nós saímos, mas eu continuei andando, como um zumbi.

Quando estávamos prestes a sair da escola, meu pai subitamente me afastou da porta, levando-me para uma saída lateral. Depois, quando estávamos no carro, ele me disse o porquê: a porta da frente estava cercada por fotógrafos e câmeras de televisão.

Meu pai deu partida no carro. Tremi, olhando as pessoas da mídia cercando familiares e amigos de Kathleen enquanto saíam da escola. Estava começando a nevar e grandes flocos, como pedaços de renda, eram levados pelo ar. Dois deles grudaram no vidro do carro por alguns segundos antes de começarem a derreter, marcando o vidro. Eu queria ficar sentada imóvel e olhar a neve, mas o carro começou a se mover. Recostei-me no banco de couro, e meu pai nos levou para casa.

Naquela noite, passamos uma hora em silêncio fingindo que líamos na sala de estar, depois, eu subi para ir para cama. Deitei-me no meio das cobertas, olhando para o nada. Eventualmente, devo ter sido levada pelo sono, porque acordei de repente, mais uma vez pensando que ouvira alguém chamar meu nome.

– Ari? – uma voz fina e aguda vinha de algum lugar lá fora. – Ari?

Fui até a janela e empurrei para o lado as cortinas pesadas. Ela estava parada lá embaixo, com os pés descalços sobre a neve e uma camiseta preta rasgada, sua figura iluminada pelo poste da rua atrás dela. O pior era sua cabeça, que parecia ter sido arrancada e colocada novamente em um ângulo impossível. Ela parecia torta.

– Ari? – Kathleen chamava. – Vem aqui fora brincar?

Seu corpo balançava quando ela falava.

Mas não era a sua voz, estava aguda demais, além de muito monótona.

– Vem aqui fora brincar comigo? – disse ela.

Comecei a tremer.

E, então, meu pai entrou com passos firmes pela entrada de trás:

– Vá. Volte para o seu túmulo – sua voz não estava alta, mas seu poder me fez tremer.

Kathleen ficou mais alguns segundos parada, balançando devagar. Então, ela se virou e foi embora, andando como se fosse uma marionete, com sua cabeça inclinada para trás.

Meu pai não olhou na minha direção. Ele voltou para casa. Alguns segundos depois, ele estava em meu quarto.

Ainda tremendo, deitei-me no chão, com os joelhos no peito, tentando me abraçar o mais forte que podia.

Ele me deixou chorar por um tempo. E, então, pegou-me tão facilmente como se eu fosse um bebê, e me colocou de volta na cama. Arrumou os cobertores em volta de mim. Puxou uma cadeira e a colocou ao lado da cama, e cantou para mim.

– Murucututu, detrás do Murundu.

Eu não entendi direito, mas entender a letra não importava naquele momento. Sua voz estava baixa, quase como um sussurro. Depois de um tempo, consegui parar de chorar. Finalmente, ele cantou até que eu dormisse.

Acordei no dia seguinte com os olhos secos e determinada.

Quando ele subiu para me encontrar na biblioteca, naquela tarde, eu estava pronta. Esperei até que ele se sentasse. E, então, levantei-me e disse:

– Quem sou eu, pai?

– Você é minha filha – disse ele.

Peguei-me notando como seus cílios eram bonitos – como se ele quisesse que eu notasse isso, para me distrair.

Eu não seria distraída.

– Eu quero que você me conte como aconteceu, como eu aconteci.

Ele não falou por um minuto ou mais. Continuei parada. Eu não sabia o que ele estava pensando.

– Então, sente-se – finalmente ele disse. – É uma história particularmente longa.

Ele começou deste jeito:

– Eu não tenho como saber o quanto você é como eu, e o quanto é como sua mãe – seus olhos se moveram para a janela, para o quadro na parede, e voltaram para mim. – Geralmente, pela maneira como você pensa, eu acho que você é mais parecida comigo. Com o passar do tempo, você acabou descobrindo, sem ninguém te contar, do que você precisa para sobreviver. – Mas eu não tenho como ter certeza disso – ele cruzou os braços. – Não mais do que posso ter certeza de que sempre serei capaz de proteger você. Eu acho que é hora de te contar tudo, desde o começo.

Ele me avisou que seria uma longa história, uma das que levam tempo para contar. Pediu-me para ser paciente e não interromper com perguntas.

– Eu quero que você entenda como as coisas aconteceram, como uma coisa causou a outra – disse ele. – Assim como Nabokov escreveu em suas memórias: "Deixem-me olhar objetivamente para meus demônios".

– Sim – eu disse. – Eu quero entender.

E assim ele me contou a história que eu inseri no começo desse caderno de notas, a história de uma noite em Savannah. Os três homens jogando xadrex. A estranha intimidade entre meu pai e minha mãe. O portão, o rio, o xale. E quando terminou, contou-me a história de novo, adicionando mais detalhes. Os homens na mesa de xadrez eram seus amigos da Universidade da Virgínia, que estavam visitando Savannah no final de semana. Dennis era um dos três. O outro se chamava Malcolm.

Meu pai havia nascido na Argentina; ele nunca conheceu seu pai, mas haviam lhe contado que era alemão. Seus pais nunca se casaram. Seu sobrenome, Montero, veio de sua mãe brasileira, que morreu logo depois do seu nascimento.

Perguntei sobre minha mãe:

– Você disse para ela que já a vira antes.

– Uma coincidência estranha – disse ele. – Sim, encontramo-nos quando éramos crianças. Minha tia vivia na Geórgia. Eu conheci sua mãe em uma tarde de verão na Ilha Tybee, e nós brincamos juntos na areia. Eu tinha seis anos. Ela tinha dez. Eu era uma criança, ela era uma criança.

Eu reconheci a frase de "Annabel Lee".

– Viver perto do mar, depois de uma infância vivendo no interior da Argentina, bem, isso causou uma profunda impressão em mim. Os sons e aromas do oceano me deram uma sensação de paz que eu não havia conhecido antes – ele olhava para mim e olhava novamente para o quadro, com os três pequenos pássaros presos dentro. – Eu passava todos os dias na praia, construindo castelos de areia e procurando conchas. Em uma tarde, uma garota com um vestido de verão branco se aproximou de mim e segurou meu queixo com sua mão. "Eu te conheço", ela disse. Você está ficando na casa de campo em Blue Buoy. – Ela tinha olhos azuis e cabelos castanhos avermelhados, um nariz pequeno, lábios grossos curvados em um sorriso e algo se passou entre nós.

Ele parou de falar. Por um momento, o único ruído na sala foi o do ponteiro do relógio de meu avô.

– Então, como pode ver, quando nos encontramos em Savannah, nunca me ocorreu imaginar se iríamos nos apaixonar – sua voz estava baixa e macia. – Eu já havia me apaixonado por ela vinte anos antes.

– Amor? – eu disse.

– Amor – disse ele, mais alto agora. – "Uma forma de cooperação biológica em que as emoções de cada um são necessárias para a realização dos propósitos instintivos do outro", foi o que escreveu Bertrand Russel.

Meu pai se recostou na cadeira:

– Por que ficou tão triste, Ari? Russel também chamava o amor de fonte de prazeres e fonte de conhecimento. O amor requer cooperação, e os princípios humanos estão enraizados nessa cooperação. Em sua forma mais elevada, o amor revela valores que, de outra forma, nós nunca conheceríamos.

– Isso é tão abstrato – eu disse. – Eu prefiro saber particularmente o que você sentiu.

– Bem, Russel estava certo no final das contas. Nosso amor foi uma fonte de prazer. E sua mãe desafiava todos os princípios que eu trazia comigo.

– Por que você sempre diz "sua mãe"? – perguntei. – Por que não usa o nome dela?

Ele descruzou os braços e cruzou os dedos atrás do pescoço, olhando para mim com uma estima indiferente.

– É doloroso dizê-lo – respondeu – Mesmo depois de tantos anos. Mas você está certa, precisa saber quem sua mãe era. Seu nome era Sara. Sara Stephenson.

– Onde ela está? – eu havia feito essa pergunta antes, há muito tempo, inutilmente. – O que aconteceu com ela? Ela ainda está viva?

– Eu não sei a resposta para essas perguntas.

– Ela era bonita?

– Sim, ela era bonita – sua voz soou rouca. – Ainda que lhe faltasse a arrogância que a maioria das mulheres bonitas tem. Mesmo assim, às vezes ela era bem mal-humorada.

Ele tossiu.

– Depois que nos tornamos um casal, ela elaborou nosso tempo juntos. Ela planejava os dias como se fossem eventos artísticos. Uma tarde, fomos à Ilha Tybee para um piquenique. Comemos mirtilos e tomamos champanhe tingida com curaçau e ouvimos Miles Davis; quando eu perguntei o nome de seu perfume, ela disse que era *L'Heure Bleue*[3]. Ela falava sobre "momentos perfeitos". E um desses momentos aconteceu naquela tarde: ela estava cochilando; eu me deitei perto dela, lendo. Ela disse: "sempre vou me lembrar do som do mar e das páginas sendo viradas, e do cheiro de *L'Heure Bleue*". Para mim, tudo isso significa amor. Eu a provoquei sobre ser uma romântica tola. Ela me provocou sobre ser um intelectual chato. Mas ela realmente acreditava que o universo nos enviava mensagens sensoriais continuamente, que nunca poderemos decodificar completamente. E ela tentava mandar suas próprias em resposta.

E, então, ele disse que era o bastante para uma noite, que já estava tarde e muito escuro lá fora. Disse que me contaria mais amanhã.

Eu não reclamei. Subi para o meu quarto e fui para a cama, e, naquela noite, eu não chorei e não sonhei.

Eu tinha expectativa de que meu pai continuasse a história de como ele conquistou minha mãe, mas, no dia seguinte, a aula começou de uma maneira bem diferente.

Em vez da biblioteca, ele disse que preferia me encontrar na sala de estar. Ele tinha um copo de Picardo em sua mão, apesar de só beber quando as aulas terminavam.

Depois que nos sentamos em nossas poltronas habituais, ele disse abruptamente:

– Eu perdi algumas das minhas qualidades humanas, aquelas que percebo no jeito simples com o qual você conversa com Dennis. As brincadeiras, a afeição despreocupada. Claro, existem compensações – sorriu seu sorriso culto de lábios apertados. – Uma delas é a memória. Eu me lembro de tudo, eu recolho coisas de nossas conversas que você não consegue. Mas você tem uma memória implícita, ou seja, falta-lhe consciência de coisas que

---

[3] Em português: A hora azul.

já aconteceram, mesmo assim, sua rede neural retém fragmentos distintos de experiências codificadas. Minhas expectativas sempre têm sido, que com o tempo, você seja capaz de decodificá-las. Quando o estímulo apropriado engatilhar a memória, você irá se lembrar de tudo conscientemente.

Levantei minha mão e ele parou de falar. Levei um minuto ou mais para conseguir entender o que ele estava me contando. Finalmente, assenti e ele continuou a história.

―❦―

A vida de meu pai teve fases distintas. Primeiro sua infância, que, como ele diz, foi monótona: horários de refeição regulares, hora de dormir e aulas. Ele disse que tentou estruturar uma monotonia similar para mim, e citou a declaração de Bertrand Russel de que a monotonia é um ingrediente essencial para uma vida feliz.

Quando deixou a casa de sua tia para entrar na Universidade da Virgínia, meu pai entrou em outra fase: os anos loucos, como ele os chamava agora. Suas aulas não eram difíceis e ele devotava um tempo considerável para beber, jogar e aprender sobre as mulheres.

E, então, ele conheceu minha mãe em Savannah, e uma terceira fase começou.

Ela deixou seu marido e se mudou para um apartamento em um velho prédio de tijolos, do outro lado da rua onde ficava o Cemitério Colonial de Savannah. (E aqui, para provar o poder de sua memória, meu pai me descreveu as trilhas que levavam ao cemitério, incrustadas de conchas quebradas, e os padrões entalhados nas calçadas de tijolo que as margeavam. Eram espirais. Ele disse que não gostava de olhar para elas, mas espirais estão entre meus símbolos favoritos. De vocês, também? Elas simbolizam a criação e o crescimento se a curva está no sentido horário partindo do centro, e a destruição se a curva segue para a esquerda. Como acontece com os furacões no hemisfério norte, que giram para a esquerda.)

Minha mãe aceitou um emprego trabalhando em um negócio de colher, embalar e comercializar mel. Ela se recusava a aceitar qualquer dinheiro de seu marido. E começou o processo de divórcio.

Todas as semanas, meu pai dirigia por oito horas de Charlottesville para Savannah, e toda segunda-feira ele dirigia de volta. Ele disse que nunca se importou em dirigir para o sul. Era da viagem de volta que ele não gostava.

— Quando você está apaixonado, a separação causa dor física — disse ele. Sua voz estava tão baixa que eu tive que me inclinar para ouvir.

Fiquei imaginando o que eu devia estar sentindo a respeito de Michael, já que eu não estava tão paralisada. "Ari está paralisada." Foi fácil pensar em mim mesma na terceira pessoa, durante certo tempo: "Ari está deprimida", eu pensava constantemente. "Ari prefere ficar sozinha."

Mas, quando eu estava com meu pai, esquecia-me de mim mesma. Ouvir sua história era, agora eu sei, a melhor maneira de lidar com a morte de Kathleen.

A casa em Savannah onde minha mãe viveu tinha três andares feitos de tijolos vermelhos, persianas verdes, balcões de ferro moldado e cercas cobertas de ramos de glicínia. Seu apartamento era no segundo andar. Meu pai e ela, às vezes, sentavam-se, bebendo vinho e conversando, no balcão em frente ao cemitério.

Os moradores locais diziam que a casa era assombrada. Uma noite, durante a semana, quando minha mãe estava sozinha, ela acordou abruptamente sentindo a presença de alguém no quarto.

No dia seguinte, ela descreveu o acontecido para meu pai pelo telefone:

— Eu me senti gelada até os ossos, mas eu estava sob o acolchoado, e não estava uma noite fria. Havia uma névoa no quarto; eu podia vê-la dançando pela luz da lâmpada da rua. E, então, ela se condensou e começou a tomar forma. E sem nem mesmo pensar, eu disse: "Deus, proteja-me. Deus, salve-me". E, quando eu abri meus olhos, a coisa havia ido embora. Completamente. O quarto estava quente novamente. E eu adormeci me sentindo segura.

Meu pai tentou confortá-la. E mesmo enquanto ele estava falando, sabia que ela devia estar imaginando coisas — suas superstições deviam estar trabalhando.

Mas logo começou a pensar de forma diferente.

— Você disse antes que minha mãe era supersticiosa — percebi que estava tocando no pequeno saco de lavanda em meu pescoço, e tirei minha mão dele de uma vez.

— Ela era — ele havia visto meu gesto e sabia que eu estava pensando em Kathleen. — Ela acreditava que a cor azul dava sorte, e a letra S...

— S é azul — eu disse.

Ele disse:

— Ela não era uma sinestésica.

Eu ouvi sua história sobre o visitante fantasma de minha mãe sem perguntar nada. Meu ceticismo havia sido permanentemente suspenso na noite em que Kathleen veio parar embaixo da minha janela.

Em um final de semana, quando meu pai e minha mãe voltaram para o apartamento depois de terem jantado fora, os dois notaram um cheiro estranho na sala de estar, um cheiro de mofo e bolor. Eles abriram as janelas, mas o odor persistiu. Mais tarde, quando estavam prestes a irem para cama, viram uma coluna de fumaça verde dentro do quarto. Ela girava ao redor de si mesma, como um vórtex, e parecia estar coalescendo, porém, sua forma permanecia indistinta.

O quarto havia esfriado, e meu pai abraçou minha mãe enquanto olhavam para a coisa. Finalmente, minha mãe disse:

— Olá, James.

Após esse reconhecimento, a fumaça desapareceu. Alguns segundos depois, o quarto ficou quente de novo.

— Como você sabia o nome dele? — perguntou meu pai.

— Ele já esteve aqui mais de uma vez — disse minha mãe. — Eu não mencionei isso porque sei que você não acreditou em mim quando contei sobre sua primeira visita.

Minha mãe se convenceu de que a coisa era o fantasma de alguém chamado James Wilde e, no dia seguinte, ela levou meu pai até seu túmulo, do outro lado da rua. Era um dia de vento forte, e as barbas-de-velho penduradas nos velhos carvalhos do cemitério pareciam dançar ao redor deles.

Enquanto meu pai olhava para a lápide, minha mãe recitou de memória o que estava escrito ali:

Esta pedra humilde
registra a piedade filial,
a afeição paternal e as virtudes viris

de
JAMES WILDE, ilustre senhor,
falecido comissário do distrito no exército dos EUA.
Tombou em um duelo em 16 de janeiro de 1815,
pela mão de um homem
que, pouco tempo antes, não havia tido amigos,
com exceção dele;
e expirou instantaneamente em seu 22º ano,
morrendo, como ele viveu:
com sua coragem inabalada e reputação imaculada.
Por sua morte fora de hora, o sustentáculo de uma
mãe é quebrado:
A esperança e o consolo das irmãs foram destruídos,
o orgulho dos irmãos desmoronou em poeira,
e uma família inteira, feliz até este dia,
devasta-se em aflição.

Mais tarde, meu pai descobriu que o irmão de Wilde celebrou sua morte em um poema, e citou algumas linhas para mim:

Minha vida é como rosa de verão
Que se abre sob os céus matinais;
E onde as sombras das tardes que virão,
Espalharão no chão – seus restos mortais.

Na época, meu pai não se convenceu de que o fantasma era Wilde, mas minha mãe tinha certeza.

– Então – contou-me –, eu fui apresentado a uma nova realidade, onde os fatos e a ciência não podem explicar tudo. Como Edgar Poe sabia muito bem: "Eu acredito que os demônios tiram vantagem da noite para iludir os descuidados; ainda que eu não acredite neles". Você se lembra de onde é essa frase?

Eu não lembrava.

Só muito tempo depois eu percebi por que meu pai haiva me contado a história do fantasma e citado todas aquelas frases: ele queria me distrair e me ajudar a chegar às condições da perda de minha melhor amiga.

7

Mas não conseguiria chegar às condições de sua morte até que eu soubesse quem a havia assassinado. Os McGarritt de fato eram "uma família completa, felizes até ali e devastados pela aflição", e eles mereciam saber – todos nós merecíamos saber – o que realmente havia acontecido.

Em um dia amargamente frio de janeiro, fiquei surpresa, mas estranhamente aliviada, quando meu pai me contou que um agente do FBI iria nos visitar naquela tarde.

O nome do agente era Cecil Burton, e ele foi a primeira pessoa afro-americana que recebemos em nossa casa. Não é difícil de acreditar? Lembre-se que vivemos vidas protegidas em Saratoga Springs.

Meu pai levou Burton até a sala de estar, e a primeira coisa que eu notei nele foi seu cheiro: uma rica mistura de tabaco e colônia masculina. Burton cheirava bem e ele olhava para mim como se soubesse que eu pensava assim. Seu terno era lindamente cortado, e conseguia enfatizar os músculos sem ser justo. Seus olhos tinham uma expressão cansada, embora não devesse ter mais do que 35 anos.

O agente Burton ficou conosco apenas uma hora, mas durante esse tempo conseguiu mais informação sobre Kathleen vindas de mim do que eu sabia que tinha a oferecer. Ele perguntou sobre nossa amizade, no começo, de um modo bem casual: "Como vocês duas se conheceram?", "Com que frequência vocês saíam juntas?" e depois suas perguntas se tornaram mais direcionadas: "Você sabe que ela tinha inveja de você?" e "Por quanto tempo você esteve envolvida com Michael?".

Respondi honestamente a todas as perguntas, apesar de não achar que estávamos chegando a algum lugar no início. E, então, tentei imaginar o que ele estava realmente pensando enquanto falava e descobri que era capaz de ler alguns de seus pensamentos.

Você está olhando nos olhos de outra pessoa, e é como se seus pensamentos fossem telegrafados para sua mente: você sabe exatamente o que ela está pensando naquele momento. Às vezes, você nem precisa olhar; concentrar-se apenas nas palavras é o suficiente para lhe trazer os pensamentos.

Burton, percebi, suspeitava que meu pai e eu estivéssemos envolvidos de alguma forma na morte de Kathleen. Não que ele tivesse alguma evidência em particular – ele simplesmente não gostava do "arranjo" (uma palavra que eu nunca usara ou mesmo pensara antes). Ele fez uma investigação sobre o nosso passado; soube porque ele fazia referências mentais a ele, especialmente quando olhava para meu pai. (*Cambridge, hein? Saiu de lá repentinamente. Isso foi há dezesseis anos. Qual é a idade desse cara? Ele não aparenta ter mais do que trinta. O cara deve aplicar Botox. Aparência de um maratonista. Mas cadê o bronzeado?*)

Button perguntou para meu pai:

– E onde está a sra. Montero?

– Estamos separados – disse meu pai. – Eu não a vejo há anos.

Burton pensou: *verificar acordo de separação?*

Tudo isso eu sabia que ele estava pensando, mas, em outras vezes, eu não conseguia ter acesso. A interferência era causada por algum tipo de estática mental, eu achava.

E então, olhei na direção de meu pai, seus olhos estavam expressivos. Ele sabia o que eu estava fazendo e queria que eu parasse.

– Sobre o que você e Michael conversaram quando ele a trouxe para casa naquela noite? – a pergunta de Burtou cortou meus pensamentos.

– Ah, eu não me lembro – disse. E foi a primeira mentira que contei para ele, e parece que ele sabia disso.

– Michael disse que as coisas ficaram... – seus olhos castanhos pareceram relaxar naquele momento – um pouco quentes e pesadas.

E, um segundo depois, seus olhos ficaram alertas novamente.

Meu pai disse:

– Isso é *necessário*? – sua voz, sem emoção, de alguma forma comunicou seu desgosto.

– Sim, sr. Montero – Burton disse. – Eu acredito que seja *necessário* para estabelecer o que Ariella estava fazendo naquela noite.

Eu queria ouvir o que ele estava pensando, mas me segurei. Ao invés disso, eu virei a cabeça e olhei direto para Burton sem ler seus olhos.

– Estivemos nos beijando – disse.

Depois de mostrar a saída para Burton, meu pai voltou para a sala de estar. Antes que ele tivesse a chance de se sentar, perguntei para ele:

– Você se lembra do Marmelada? O gato do vizinho? Você sabe quem o matou?

– Não.

Ele e eu trocamos um olhar cauteloso. E, então, ele saiu da sala, indo direto para o porão.

Teria ele mentido para Burton?, perguntei-me. Se não, porque não estava na sala de estar quando eu cheguei naquela noite? Ele era uma criatura de hábitos tão definidos, pensei. Se ele *estivesse* mentindo, onde estaria naquela noite?

E, além de todas essas perguntas, a única verdadeira: estaria meu pai envolvido na morte de Kathleen? Foi assim que eu consegui me expressar. Eu não conseguiria me fazer pensar: teria meu pai a *matado*?

Sim, Burton esteve conosco por uma hora, mas ele alterou a atmosfera da nossa casa. Ele introduziu um elemento que nunca esteve presente antes: a suspeita. Enquanto eu subia para meu quarto, o som de meus passos nos degraus, a forma das almofadas marroquinas no chão e até as pinturas na parede, tudo parecia estranho e codificado para mim, quase sinistro.

Eu liguei meu *laptop* e fiz uma busca na internet por Kathleen. Eu não encontrei muitas novidades, exceto nos *blogs* que diziam que um dos jogadores havia matado ela, e muitos outros respondiam. Sua discussão me pareceu tão estúpida que nem pude ler.

Por impulso, pesquisei por "Sara Stephenson". Mais de 340 mil resultados. Adicionar a palavra "Savannah" ao nome reduziu os resultados a 25 mil. Rolei página após página de todas as muitas que haviam, mas nenhuma conectava o nome *Sara* ao nome *Stephenson* – os dois nomes eram mencionados em contextos separados.

Uma busca por "Raphael Montero" me trouxe referências a um personagem dos filmes do Zorro. E "Montero" me mostrou que é o nome de um veículo utilitário esportivo. Que indignação!

Desisti. Eu não queria mais pensar. Em minha escrivaninha repousava a cópia surrada de *Pé na estrada* que Michael havia me entregado, e eu decidi passar a tarde lendo na cama.

Uma hora e pouco depois, coloquei o livro de lado, entontecida por seu estilo. Kerouac tinha um jeito estranho de escrever seus personagens

– nenhuma das personagens femininas parecia autêntica para mim, e a maioria dos homens parecia desordenadamente idealizado –, mas suas descrições eram lindamente detalhadas e, algumas vezes, quase líricas. O livro me fez querer viajar para conhecer a América que Kerouac viu. Um vasto mundo esperava por mim, senti, e não haveria leitura ou pesquisas na internet suficientes para me ensinar o que a experiência ensinaria.

Quando desci novamente, a suspeita sobre meu pai havia se dissipado e a casa parecia familiar novamente. Pela primeira vez em semanas, senti fome. Na cozinha, procurei nos armários e encontrei uma sopa de creme de aspargos. Procurei leite na geladeira, mas a caixinha trazida semanas atrás pela sra. McG havia azedado. Tive que diluir a sopa com água.

Enquanto ela aquecia, sentei-me à mesa, lendo o livro de receitas de minha mãe e fazendo uma lista de compras. Foi a primeira vez. A sra. McG sempre cuidava de comprar tudo que precisávamos.

Quando a sopa ficou pronta, despejei-a em uma tigela e, por impulso, joguei um pouco de mel do pote que havia na despensa.

Meu pai entrou enquanto eu estava comendo. Olhou para minha refeição e para mim, e eu soube o que ele estava pensando: minha mãe colocava mel na sopa.

Na sala de estar, após o jantar daquela noite, meu pai continuou sua história, sem que eu pedisse.

No ano em que completou 27, ele foi convidado para conduzir pesquisas de pós-doutorado na Universidade de Cambridge. Seu amigo Malcolm também foi convidado e os dois conseguiram que Dennis os acompanhasse como assistente.

Meu pai estava confuso sobre deixar minha mãe, mas, depois de algumas fraquezas iniciais, ela o encorajou a ir.

– Isso vai te transformar em alguém – disse ela para ele.

Então ele foi. Depois de assinar alguns papéis e desempacotar seus livros e roupas em seu novo apartamento, ele percebeu o quanto estava solitário. Malcolm e Dennis haviam viajado novamente para comparecerem em uma conferência no Japão; ele podia tê-los acompanhado, mas queria um tempo sozinho para pensar.

Ele tinha uma semana antes que o contrato com Michael começasse, e decidiu fazer uma breve viagem pela Inglaterra. Depois de alguns dias em Londres, alugou um carro e se dirigiu para Cornwall.

Seu plano era encontrar um lugar onde Sara e ele pudessem ficar quando ela conseguisse vir visitá-lo na primavera seguinte. Primeiro, eles iriam de carro até Berkshire, para que pudessem visitar o lugar do qual ela sempre falava – o cavalo celta entalhado em uma colina perto de Uffington –, então eles dirigiriam até Cornwall. Ele encontrou uma pousada com pernoite e café da manhã no topo de uma estrada torta, que levava à vila de pescadores de Polperro. Ele passou três dias em um quarto no último andar da casa, lendo e ouvindo o canto das gaivotas enquanto faziam seu voo espiralado sobre o porto lá embaixo.

Todos os dias ele ia caminhar ao longo das trilhas do penhasco. Tendo passado a maior parte dos cinco anos anteriores dentro de salas de aula e laboratórios, seu corpo suplicava por exercícios. E isso elevou seu espírito. E quanto mais ele sentia falta da minha mãe, mais começava a pensar que a separação podia ser enfrentada.

No caminho de volta para Cambridge, ele parou em Glastonbury, uma pequena cidade em Somerset Levels, que tinha uma vista panorâmica de Tor, a colina sagrada. Sara a havia descrito como um centro para "pensadores alternativos", um lugar que ele deveria ver.

Três coisas estranhas aconteceram.

Enquanto meu pai descia a Benedict Street, um cão preto entrou na frente de um carro que estava passando; o carro desviou e atingiu o meio-fio com tanta violência que seu para-brisa estilhaçou, jogando pedaços de vidro para todas as direções. Meu pai parou por um momento para ver os passantes, assegurando-se de que a motorista estava bem – ela foi atirada contra o volante, mas parecia mais abalada do que machucada –, e então ele saiu andando, com o barulho de vidro quebrando sob seus sapatos.

Quando viu uma placa do Blue Note Café, pensou na hora em Sara. Ela amava a cor azul, e qualquer coisa com a palavra azul no nome ela achava que lhe traria sorte. Imaginou trazê-la para Glastonbury na primavera, levá-la para descer a Benedict Street, vendo seu rosto se iluminar ao ver a placa. Depois, ele entrou e pediu um sanduíche, ele a visualizou sentada à sua frente.

A mulher que veio anotar seu pedido disse que ele havia "perdido toda a agitação". Alguns minutos antes, ela disse, um cliente havia terminado seu almoço e, então, se levantou e metodicamente começou a tirar a roupa, que dobrou e colocou na cadeira. Ela apontou para uma cadeira onde havia uma pequena pilha de roupas dobradas. Depois, disse que, o homem nu saiu correndo do café e atravessou a rua.

– Alguém com certeza chamou a polícia – disse ela.

Os clientes das outras mesas estavam falando sobre o incidente; todos concordaram que o homem não era um dos habitantes locais.

– Ele dever ser louco – alguém disse.

Depois que meu pai comeu e pagou, voltou direto para o estacionamento. Estava atravessando uma rua quando um homem cego se aproximou do outro lado. Era um homem grande, um pouco gordo, e completamente careca; ele batia uma bengala branca de um lado para o outro pelo caminho diante dele. Quando ele se aproximou, meu pai notou que os olhos do homem eram totalmente brancos, como se as pupilas tivessem rolado para trás de sua cabeça. Um segundo depois que se cruzaram, o homem virou sua cabeça na direção do meu pai e sorriu.

Meu pai sentiu um aumento da adrenalina – e algo mais, que ele nunca sentira antes. Sentiu que estava na presença do mal.

Ele apertou o passo. Depois de passado um minuto, olhou por sobre o ombro. O homem não estava lá.

De volta à estrada, ele reviu as cenas em sua mente, mas não entendeu o sentido do que havia acontecido. Depois, contou a Dennis e Malcolm sobre o homem que simulava ser cego, fazendo piada disso. Ele disse que havia conhecido o demônio em Glastonbury. Enquanto os dois zombavam dele, ele desejou ainda poder compartilhar daquele ceticismo.

———

Aqui meu pai fez uma pausa.

– Você acredita no diabo? – perguntei.

– Não é uma questão de acreditar – disse ele. – Meus instintos foram diretos: eu me deparei com o *mal*; uma palavra que eu acho que sequer pensei antes.

Eu queria que ele voltasse, para me dizer as coisas que mais precisava saber. Mesmo amando o som de sua voz quando dizia o nome de minha mãe: *Sara*.

– Você parecia diferente naqueles dias – eu disse, para estimulá-lo. – Caminhando e brincando na praia. Você não tinha... – aqui, hesitei – lúpus quando você era mais jovem?

Ele colocou seus óculos de volta na tampa de mármore da mesinha de mogno perto da poltrona.

– Eu era saudável naquele tempo – disse. – A luz do sol não me incomodava. A comida não era uma preocupação. Eu era apaixonado por Sara, e por meu trabalho. Eu não tinha preocupações financeiras, graças ao legado de meu pai, que nos sustentava. O futuro – ele sorriu ironicamente – parecia *brilhante*.

O demônio que meu pai encontrou em Glastonbury não era nada comparado ao demônio que o esperava em Cambridge.

Sua pesquisa inicial estava sob a direção do professor A. G. Simpson, um sujeito calmo e até um pouco tímido, cujas boas maneiras não ocultavam sua inteligência. As doações para as pesquisas de Simpson somavam mais de um milhão de libras, e o trabalho era focado na pesquisa das células-tronco.

Mas, dentro de uma questão de meses, meu pai e Malcolm foram solicitados – não há realmente nenhuma outra palavra para isso – por outro professor do Departamento de Hematologia, John Redfern. O trabalho de Redfern consistia em transfusões medicinais, e seus laboratórios faziam parte das operações da Autoridade Sanguínea Nacional no *campus* de Addenbrooke.

Nesse ponto, interrompi meu pai:

– Você ainda não me falou muito sobre Malcolm.

– Ele era meu amigo mais próximo – disse meu pai. – Malcolm era alto, apenas uns dois ou três centímetros menor do que eu e ele tinha cabelo loiro dividido para a direita, que deixava cair sobre sua testa. Ele tinha uma pele muito boa que ficava facilmente vermelha quando estava embaraçado ou zangado. Era inteligente e não tinha uma aparência ruim, ou pelo menos era o que as mulheres da época pareciam pensar. Não tinha muitos amigos.

Quando Malcolm veio buscar meu pai naquele dia, ele vestia uma gravata e uma camisa branca sob seu costumeiro casaco de lã abotoado. Ele havia pegado um carro emprestado, e eles iriam encontrar Redfern em um restaurante que não conheciam, do outro lado da cidade. E acabou sendo um lugar cheio e repleto de fumaça, onde homens de negócios com a cara vermelha se enfiavam em pratos de carne assada malpassada e dois vegetais.

Redfern se levantou da mesa quando eles entraram. O salão ficou em silêncio enquanto os homens de negócio analisavam os recém-chegados. Malcolm e meu pai sempre eram encarados em lugares públicos. Eles não pareciam britânicos.

Redfern tinha pelo menos um metro e meio de altura, com olhos e cabelos negros, um nariz grande e pele vermelha. Não era bonito, mas todas as vezes que meu pai o vira no *campus,* ele estava na companhia de alguém bonito.

Com vinho tinto e a carne vermelha, Redfern explicou seu plano. Ele queria criar uma companhia paralela para desenvolver um banco de dados de amostras de soro para usar na identificação de doenças. Falou por um longo período sobre como Malcolm e meu pai poderiam aumentar o potencial de tal companhia, sobre como ela poderia deixá-los ricos.

Malcolm disse:

– Certo, estamos é atrás de *dinheiro.*

O desdém na voz de Malcolm pareceu surpreender Redfern. Ele disse:

– Eu pensei que os ianques só pensassem no lucro sujo.

(Lembrei de meu latim – *lucrum* significava avareza. E, no inglês médio, *lucro* significa ganho, mas também ganho ilícito.)

De qualquer maneira, Redfern não podia estar mais enganado a respeito de Malcolm e de meu pai. Os dois já tinham muito dinheiro. O avô de Malcolm, John Lynch, havia feito fortuna na indústria americana de aço, e Malcolm era um milionário. O dinheiro de meu pai vinha de um depósito feito pelo pai *dele,* um próspero alemão que ficou ainda mais próspero por causa de alguns negócios obscuros conduzidos na América Latina, depois da Segunda Guerra Mundial.

Depois que Malcolm falou, meu pai olhou por cima dos pratos ensanguentados e guardanapos manchados na mesa e viu um brilho de raiva nos olhos de Redfern. Em um segundo, sua expressão mudou para uma de pouco apelo.

– Certamente você pensará em minha oferta – Redfern disse, soando quase humilde.

Eles deixaram que Redfern pagasse a conta e foram embora rindo dele.

~~~

Eu me mexi inquieta na cadeira.

– Você está com sono? – perguntou meu pai.

Eu não sabia. Eu havia perdido a noção da hora.

– Não – eu disse. – Eu preciso esticar as pernas.

– Talvez devêssemos parar por esta noite. – soou ele, ansioso.

– Não – eu disse. – Eu quero ouvir tudo.
– Eu me pergunto se quer mesmo – disse ele. – Não quero aborrecê-la.
– Eu duvido que qualquer coisa venha a me chatear novamente – eu disse.

Alguns dias depois do almoço, meu pai encontrou Redfern por acaso, andando por uma rua do centro da cidade. Redfern estava com uma mulher sueca alta que trabalhava no Laboratório Cavendish. Os três trocaram cumprimentos. E então, meu pai descobriu que não conseguia se mexer.

Suas pernas não se moviam. Seus olhos estavam presos aos olhos de Redfern e, quando ele tentou desviar o olhar, não conseguiu.

Redfern sorriu.

Meu pai tentou novamente desviar o olhar, na direção da mulher. Seus olhos ficaram onde estavam, fixados em Redfern.

Um minuto inteiro se passou antes que meu pai se desse conta de que podia se mexer novamente. Ele olhou de Redfern para a mulher e não encontrou seus olhos.

Redfern disse:

– Eu vejo você em breve.

Meu pai queria correr. Em vez disso, ele se afastou, descendo a rua, seguido pelo som de suas risadas.

Cerca de uma semana depois, Malcolm telefonou para convidar meu pai para tomar chá em sua sala. Meu pai disse que estava muito ocupado.

Malcolm disse:

– Eu vi uma hemoglobina impressionante hoje.

Malcolm não era do tipo que usava sempre a palavra *impressionante*. Isso foi o bastante para seduzir meu pai.

Enquanto ele subia as escadas para a sala de Malcolm, foi atingido pelo forte cheiro de torrada queimada. Ninguém respondeu a suas batidas, mas a porta não estava trancada, e ele entrou.

Como era de hábito, Malcolm mantinha um fogareiro em sua sala e, parado perto dele, estava Redfern segurando uma pazinha de ferro, na qual havia um pedaço chamuscado de pão preso no fim.

– Eu gosto da minha torrada queimada – ele disse, sem se virar. – E você, como gosta?

Aparentemente, Malcolm não estava ali.

Redfern convidou meu pai a se sentar. E, apesar de ele querer sair, sentou-se. Detectou, sob o cheiro de pão queimado, outro odor, algo desagradável.

Ele queria sair. Mas continuou sentado.

Redfern falava. Meu pai o julgou simultaneamente brilhante e estúpido. *Brilhante* era uma palavra usada muito casualmente em Cambridge, disse meu pai, acrescentando que ele esperava que as coisas fossem iguais na maioria das pesquisas acadêmicas. Ele disse que aquele ambiente acadêmico lhe lembrava um circo mal administrado. Os membros da faculdade eram como animais subnutridos – cansados de suas jaulas, que nunca são grandes o suficiente, para começo de conversa – e reagiam preguiçosamente ao chicote. Os trapezistas caíam com uma regularidade monótona em suas redes pouco seguras. Os palhaços pareciam bravos. Havia goteiras na tenda. A plateia era desatenta e gritava incoerentemente em momentos inoportunos. E, quando o show terminava, ninguém aplaudia.

(Metáforas extensas eram um truque que meu pai usava de vez em quando, suspeito que eram mais para deixá-lo animado do que para explicar. Mas eu havia gostado da imagem do circo mal administrado, então, a incluí aqui.)

Meu pai olhava para Redfern, que andava pela sala, falando sobre filosofia, entre todas as coisas. Ele disse que queria saber mais sobre os princípios de me pai, mas antes que meu pai pudesse dizer qualquer coisa, falou sobre ele mesmo.

Redfern se considerava um homem funcional.

– Você concorda – disse ele – que o trabalho daquele único homem é produzir o máximo de prazer possível?

– Apenas se o prazer produzido é equivalente à diminuição da dor – meu pai cruzou os braços. – E apenas se o prazer de um homem é tão importante quanto o de qualquer outro.

– Muito bem, então – o rosto de Redfern parecia mais vermelho do que nunca com a luz do fogareiro, parecia excepcionalmente mais feio para meu pai.

– Você irá concordar que a quantidade de prazer ou dor produzida por uma ação é um critério importante na hora de determinar quais ações devemos executar.

Meu pai disse que concordava. Ele se sentia como se estivesse assistindo a uma palestra na aula de Ética 101.

— Muitas ações são equivocadas porque causam dor — disse Redfern, sacudindo a pá, o pedaço de pão queimado espetado na ponta. — Você não concorda? E se pode ser provado que um ato pode causar dor, isso por si só já é razão suficiente para não persegui-lo.

Nesse ponto, meu pai notou um pequeno movimento na sala, em algum lugar atrás dele. Mas, quando se virou para olhar, não viu nada. O cheiro enjoativo parecia se intensificar.

— Isso se segue, então, àqueles casos em que é necessário infligir a dor naquele momento para evitar uma dor maior depois, ou para conquistar o prazer no futuro, vale a pena a dor presente.

Os olhos de meu pai estavam em Redfern, tentando compreender sua causa, quando Malcolm surgiu atrás dele, puxou seu cabelo para trás e lhe deu uma mordida profunda no pescoço.

⁂

— E como foi isso? — perguntei para meu pai.
— Você não se sente enojada ao ouvir isso?
Sentia-me ao mesmo tempo alerta e paralisada.
— Você me prometeu que iria contar tudo.

⁂

A dor queimava, mais forte do que qualquer coisa que meu pai jamais havia experimentado. Ele lutou em vão para se soltar.

Malcolm o segurava com um abraço desajeitado que seria impensável, se meu pai estivesse apto a pensar. Ele tentou virar a cabeça para ver o rosto de Malcolm, mas deve ter desmaiado, não antes de ver que, do outro lado da sala, Redfern estava assistindo à cena com um prazer descarado.

Quando meu pai recobrou a consciência, estava deitado no sofá, e quando esfregou a mão no rosto, ela ficou manchada de sangue coagulado. Seus *amigos* não estavam na sala.

Ele se sentou. Sentia sua cabeça grande e inchada, e suas pernas e braços pareciam fracos, mas ele queira fugir dali mais do que tudo. O fogareiro havia sumido e a sala estava fria, mas o cheiro de pão queimado e a outra substância desconhecida continuavam. Agora, eles pareciam quase apetitosos, assim como um gosto estranho de cobre em sua boca.

Seus nervos formigavam. Ele se sentia vazio, ainda que suas veias parecessem carregadas de adrenalina. Conseguiu ficar em pé e andar até o banheiro. Em um espelho sujo sobre a pia, viu a ferida em seu pescoço e uma crosta de sangue ao redor de sua boca. Seu coração ecoava como o som de metal se chocando contra metal.

Do lado oposto ao banheiro, havia uma porta fechada que dava para o dormitório, e o cheiro estranho vinha de lá. Deve haver algo morto naquele quarto, pensou meu pai.

Na metade do caminho para o andar inferior, ele viu Redfern e Malcolm se aproximando da escada. Parou e observou enquanto eles se aproximavam.

Ele sentia vergonha, raiva e desejo de vingança. Mesmo assim, enquanto eles subiam as escadas, não fez nada.

Redfern balançou a cabeça. Malcolm olhou para ele e desviou o olhar. O cabelo de Malcolm caía sobre seus olhos e seu rosto estava rosado como se o tivesse lavado recentemente. Seus olhos pareciam sombrios, desinteressados, e ele não cheirava a nada.

– As explicações são inúteis – Malcolm disse, como se meu pai tivesse pedido por alguma. – Mas algum dia você vai se dar conta de que isso aconteceu para seu próprio bem.

Redfern balançou a cabeça e continuou subindo as escadas, resmungando:
– Americanos. Totalmente incapazes de serem irônicos.

―――

– Você sabia o que você era? – perguntei ao meu pai.
– Eu fazia uma ideia – disse ele. – Eu havia visto alguns filmes, lido alguns livros, mas aquilo era ficção. E muito dela *havia* sido provada como falsa.
– Você pode virar um morcego?

Ele olhou para mim, aquele olhar relutante de desapontamento:
– Não, Ari. Isso é folclore. Eu desejava que fosse verdade. Eu adoraria conseguir voar.

Comecei a perguntar outras coisas, mas ele disse:
– Você precisa dormir. Eu te conto o resto amanhã.

Minhas pernas já haviam ido dormir, pelo que notei. O relógio do meu avô bateu um quarto de hora, isto é, 0:15. Sacudi as pernas e me levantei devagar.

– Pai – disse. – Eu também sou uma?

Claro que ele entendeu o que eu queria dizer. Disse:
– Está começando a parecer que vai ser assim.

8

— Muito pouco do que as pessoas escrevem sobre nós é verdade — disse meu pai, na tarde seguinte. — Nunca acredite naqueles que afirmam serem *experts* em vampiros. Eles tendem a querer impressionar com imaginações mórbidas.

Sentamo-nos novamente na sala de estar, não na biblioteca. Eu vim para o nosso encontro preparada, ou assim pensei, com as páginas sobre vampiros que eu copiei da internet em meu diário. Ele folheou algumas páginas, e então balançou a cabeça.

— Escritas por tolos bem-intencionados — disse ele. — É uma pena que mais vampiros não escrevam sobre os fatos verdadeiros. Poucos têm, e gosto de pensar que mais virão a ter, a consciência de que temos que descobrir maneiras melhores de lidar com nossa condição.

— E quanto às estacas no coração? — perguntei dessa vez.

Ele franziu a testa, o centro de sua boca cerrou enquanto os cantos se curvaram para baixo.

— *Qualquer um* morreria com uma estaca no coração — disse ele. — E qualquer um irá morrer se for gravemente queimado, incluindo vampiros. Mas dormir em caixões, fantasias melodramáticas, a necessidade de novas vítimas: é tudo enganação.

O mundo é o lar de centenas de milhares, talvez milhões, de vampiros, ele disse. Ninguém sabe, com certeza, porque a questão é do tipo que dá para listar em formulários de recenseamento. A maioria dos vampiros tem vidas bem normais, uma vez que aprendem a lidar com suas necessidades especiais — que não são muito diferentes de qualquer pessoa com uma doença crônica.

— Como lúpus — eu disse.

— Eu menti para você sobre o lúpus, Ari. Perdoe-me. É a história que eu desenvolvi para que pudesse lidar com o mundo. Eu queria ser honesto com você, mas senti que deveria esperar até ser mais velha. Se você se tornasse mortal, eu acharia melhor que acreditasse que eu tinha lúpus. E se não, bem, outra parte de mim acha que você *sabia* que não era lúpus desde o começo.

Mesmo assim, ele disse que em alguns aspectos o vampirismo *é* igual a lúpus: a sensibilidade à luz do sol, a tendência a sentir dor nas articulações e a ter enxaquecas. Certos remédios e suplementos que tratam lúpus ajudam os vampiros também, particularmente, a monitorar seus sistemas imunológicos. A Seradrone havia desenvolvido suplementos sanguíneos usados por vampiros e por pessoas que sofrem de lúpus, produtos derivados de suas pesquisas no campo de sangue artificial.

– Estamos desenvolvendo novos remédios especificamente para nós – disse ele. – Ano passado, os médicos começaram a testar um novo híbrido chamado Complexo Meridiano, que aumenta a tolerância à luz do sol e inibe o desejo por sangue.

Devo ter dado a impressão de estar desconfortável. Seus olhos subitamente ficaram solidários.

– Essa parte da "sabedoria da internet", infelizmente, é verdadeira.

– Você matou minha mãe? – eu disse, sem pensar direito. E isso parecia acontecer cada vez mais: palavras eram ditas como se não fossem pensadas.

– Claro que não – novamente ele pareceu desapontado.

– Você nunca bebeu o sangue dela?

– Você prometeu ser paciente – disse ele.

As pessoas dão nomes ridículos para essa condição, mas meu pai preferia *vampirismo*, apesar da origem da palavra vir de terríveis histórias eslavas. Existem outros nomes para o processo de se tornar um vampiro: os jogadores de RPG chamam de "ser criado", enquanto outros chamam de "transformação" ou "renascimento".

– Você nasce apenas uma vez, infelizmente – disse meu pai. – Eu queria que existisse outra maneira.

Ele se referia à sua própria iniciação como uma "mudança de estado".

– Depois da mudança de estado, segue-se sempre um período de saúde fraca – disse ele.

Tentei imaginar como essa "mudança de estado" fez com que ele se sentisse, mas não consegui.

De repente, supreendi-me imaginando como seria mordê-lo – sim, morder o pescoço do meu próprio pai. Como será o gosto do seu sangue?

Nesse momento, ele me lançou um olhar tão sombrio, tão ameaçador, que eu disse na hora:

– Desculpa.

Depois de um momento de silêncio constrangedor, ele disse:

– Deixe-me contar como foi.

Por dias, ele ficou acordado, meio acordado, meio sonhando, fraco demais para fazer mais do que isso.

Malcolm vinha uma vez por dia para alimentá-lo. A primeira vez foi a pior. Malcolm entrou, sacou uma faca com o punhal de marfim do bolso de seu casaco e, sem cerimônia, abriu seu pulso esquerdo. Ele empurrou a boca de meu pai na ferida, e como qualquer recém-nascido, meu pai sugou o alimento.

Depois de cada refeição, ele se sentia mais forte e sempre prometia nunca mais fazer aquilo. Mas ele não era forte o suficiente para resistir a Malcolm.

Em uma tarde, enquanto meu pai estava se alimentando, Dennis entrou.

A sabedoria vampiresca fala da natureza erótica de se obter o sangue de outra pessoa. Meu pai disse que há uma verdade nessas histórias. Ele sentia um tipo de prazer doentio enquanto bebia.

O rosto de Dennis parecia chocado e enojado. Apesar de meu pai se sentir envergonhado, ele continuou bebendo. Quando estava satisfeito e Malcolm já havia retirado o braço, os dois olharam para Dennis novamente. Sua expressão havia mudado; estava suplicante.

Malcolm abriu sua boca, e meu pai soube que ele estava pronto para se arremessar sobre Dennis. Com toda sua força, meu pai gritou: "Não!"

Malcolm soltou um ruído parecido com um rosnar.

Dennis disse:

– Eu posso ajudar. Vocês dois, eu posso ajudar.

E pelos cinco dias seguintes, Dennis provou para si mesmo que era o melhor amigo de meu pai.

Meu pai ficava deitado na cama, às vezes quase delirante com sua nova fome e com raiva de Malcolm. Ele fantasiava sobre assassiná-lo. Naquele tempo, ele sabia pouco sobre o vampirismo, além da ficção e dos filmes. Certa vez, pediu a Dennis para trazer estacas de madeira e uma marreta.

Em vez disso, Dennis trouxe sangue do hospital, que não era potente como o de Malcolm, mas se provou mais facilmente digerível. Meu pai se sentia menos forte depois das injeções, porém, também menos agitado. Dennis leu para ele pesquisas recentes sobre o desenvolvimento de sangue e hormônios artificiais que simulavam a medula na produção de células vermelhas. Juntos, começaram a planejar um protocolo para sobrevivência que não requeresse a ingestão do sangue de humanos vivos.

Durante esse tempo, Dennis apresentou para meu pai os escritos de Mahatma Gandhi e do Dalai Lama. Ele lia em voz alta suas autobiografias. Os dois acreditavam na suprema importância da bondade e da compaixão. Gandhi escreveu sobre a futilidade da vingança e a importância do comportamento pacífico. E o Dalai Lama escreveu: "Na prática da tolerância, o inimigo é o melhor professor".

Tive de pensar por um minuto antes de entender a última frase.

– Acho que entendi – eu disse, finalmente.

– Eu demorei um tempo – disse meu pai. – Mas, quando eu entendi, senti um tipo de consolo além de qualquer medida. Eu tive um sentimento de que sempre soube dessas verdades, porém, apenas quando ouço as palavras, elas começam a guiar minhas ações. Da próxima vez que Malcolm veio, disse a ele que não queria mais esse canibalismo sem sentido. Com a ajuda de Dennis, eu estava forte o suficiente para voltar a meus estudos e viver com minhas aflições.

– E Malcolm, deixou você em paz?

– Eventualmente, sim. No começo, ele tentou argumentar o contrário. Disse que meu lugar era em seu laboratório, já que ele havia me dado a chance de viver para sempre. Mas o vampirismo não é uma garantia de vida eterna. Ao contrário dessas coisas que você me trouxe da internet, apenas uma pequena porcentagem daqueles que mudaram seu estado vivem mais do que cem anos. Muitos acabam mortos por conta de seus próprios atos de agressão e arrogância. E eles morrem tão dolorosamente quanto qualquer mortal.

– Mas certamente existem compensações?

Meu pai havia colocado suas mãos abaixo de seu queixo, e olhava para mim com a expressão mais próxima do amor que eu jamais havia visto em seus olhos.

– Sim, Ari – disse ele, com a voz macia. – Como eu disse antes, existem compensações.

Meu pai fez uma pausa para responder a uma batida na porta. Alguém, provavelmente Root, entregou para ele uma bandeja prateada com dois copos de Picardo. Ele fechou a porta e trouxe a bandeja para mim.

– Pegue o copo da esquerda – disse ele.

Outra primeira vez, pensei, pegando o copo. Meu pai deixou a bandeja de lado. Pegou o outro copo e o levantou, fazendo um brinde: "*Gaudeamus igitur / iuvenes dum sumus*".

– "Então, deixe-nos regozijar / Enquanto somos jovens" – traduzi.

– Quero isso escrito em meu túmulo.

– E no meu também – foi nossa primeira piada conjunta. Brindamos e bebemos.

Aquela coisa tinha um gosto horrível, e eu acho que meu rosto demonstrou bem o que senti. Meu pai quase riu.

– Outro gosto a ser adquirido – disse ele.

– Ou não – eu disse. – O que tem neste negócio?

Ele segurou o copo e mexeu o líquido vermelho.

– É um aperitivo. Do latim *aperire*.

– Para abrir – eu disse.

– Sim, para abrir o paladar antes de uma refeição. Os primeiros aperitivos eram feitos de ervas e temperos, e de raízes de frutas e plantas.

– E o que deixa tão vermelho?

Meu pai abaixou o copo:

– A receita é secreta, criada e mantida pela família Picardo.

Enquanto bebíamos nossos coquetéis, meu pai continuou sua história. Aqueles que passam pela "mudança de estado", como meu pai a chamava, imediatamente ficavam cientes de sua nova natureza. Mas, quando um vampiro e um mortal geram um filho, a natureza desse filho é indeterminada.

– Eu já li descrições atrozes de pais que expõem seus filhos mestiços à luz do sol, usando cordas e estacas para amarrá-los, deixando-os lá para ver se queimavam – disse ele. – Mas a fotossensibilidade não é um sinal certo de vampirismo. Mesmo na população comum, a sensibilidade ao sol pode ser uma ampla variação.

Eu não tinha certeza se gostava do termo *mestiço*.

– Eu uso o termo histórico – disse meu pai. – Hoje, nós preferimos usar o termo *diferente*.

Tomei um pequeno gole de Picardo e me forcei a engolir sem sentir o gosto.

– Não existe um exame de sangue para vampirismo? – perguntei.

– Nenhum que seja confiável – ele cruzou os braços na altura do peito, e me peguei prestando atenção nos músculos de seu pescoço.

Meu pai me contou que os vampiros estão em todo lugar, em todos os países e em todas as profissões. Não é de se surpreender que muitos deles estão envolvidos com pesquisas científicas, particularmente nas áreas que envolvem sangue; mas outros trabalham como professores, advogados, fazendeiros e políticos. Ele disse que dois atuais congressistas dos EUA, supostamente, são vampiros; de acordo com rumores na internet, um deles estava pensando em "sair do caixão" – um eufemismo para assumir publicamente sua natureza de vampiro.

– Duvido que ele faça isso, por enquanto – disse meu pai. – Os americanos não estão prontos para aceitar vampiros como cidadãos normais. Tudo que eles conhecem são os mitos propagados pela ficção e pelos filmes.

Ele pegou meu diário e o colocou de lado novamente.

– E pela internet.

Respirei fundo:

– E sobre os espelhos? – perguntei – E as fotografias?

– Eu estava imaginando quando você me perguntaria isso – ele apontou para o quadro na parede e me chamou.

Paramos em frente à imagem. Por um momento, não entendi onde ele queria chegar. E, então, vi um fraco reflexo de mim mesma no vidro convexo. Não havia reflexo de meu pai. Virei-me para ter certeza de que ele ainda estava perto de mim.

– É um mecanismo de proteção – disse ele. – Nós o chamamos de emutação. Vampiros emutam em diversos níveis. Nós podemos nos fazer totalmente invisíveis para os humanos, ou produzir uma imagem borrada ou parcial controlando os elétrons de nossos corpos, impedindo-os de absorver a luz. É uma ação voluntária que se torna tão instintiva que parece involuntária com o tempo. Quando sua amiga tentou tirar uma foto minha, meus elétrons se fecharam e deixaram a luz da sala, a radiação eletromagnética para ser mais preciso, passar através de mim.

Pensei por meio minuto.

– Por que a foto não mostra suas roupas? E por que elas não aparecem no espelho?

– Minhas roupas e sapatos são feitos de "metamateriais" – respondeu. – Os tecidos são baseados em metais porque respondem muito bem à luz, é por isso que são usados para fazer espelhos. Quando os elétrons do meu corpo se fecham, a temperatura da minha pele se eleva, e a estrutura microscópica do material é alterada, permitindo que desviem a luz, fazendo-a fluir através de mim. Então, quando as ondas eletromagnéticas atingem minhas roupas, elas não produzem nem um reflexo, nem uma sombra.

– Legal – eu disse sem pensar.

– Alguns alfaites ingleses são magos – disse ele. – Em todo caso, invisibilidade é uma das compensações que vêm com a aflição, se quiser chamá-la assim. Junto com o acesso aos melhores alfaiates do mundo.

– Você chama isso de aflição? – olhei para o lugar no vidro onde o reflexo de meu pai deveria estar.

Ele me deixou olhar por mais alguns segundos, e voltou para sua poltrona.

– Hematofagia é apenas um dos aspectos – disse. – Nossa *condição*, se você preferir, tem mais a ver com a Física, com a conversão de energia, com a mudança das temperaturas das moléculas e padrões de pressão e movimento. Nós precisamos de sangue de mamíferos, ou bons substitutos, para que possamos aguentar. Nós podemos nos manter com quantidades relativamente pequenas, algo que aprendi pela experiência pessoal e experimentando, mas nós nos tornamos fracos se não nos alimentamos.

Eu assenti. Estava faminta.

※

Enquanto eu tentava comer meu jantar (em minha primeira tentativa de fazer uma lasanha vegetariana, acabei produzindo um resultado que não inspirava muita coisa), meu pai bebia outro coquetel e me contava sobre o lado brilhante do vampirismo.

– Antes da minha mudança de estado, eu demorei tanto para aceitar o que agora parece extraordinário – disse ele. – Meus sentidos se tornaram cem vezes mais acurados. Malcolm me avisou para voltar ao mundo em pequenas doses, para evitar ser devastado por ele. Nosso novo estado de consciência sensorial era similar, ele disse, àquele induzido pelo LSD.

Deixei meu garfo de lado:

– Você já tomou LSD?

– Não – disse meu pai –, mas Malcolm descreveu sua própria experiência com isso e disse que a achou comparável. Ele contou que experiências comuns agora tomavam nova aparência e novos significados. Uma caminhada pela capela da King's College enquanto o órgão estava sendo tocado era demais para seus sentidos absorverem. As cores se tornavam mais brilhantes, os sons intensamente mais reais e puros, e todos os sentidos se mesclavam, e assim, conseguia ao mesmo tempo sentir o gosto das texturas dos muros de pedra, sentir na pele o cheiro de incenso, ver o som do carrilhão.

– Eu consigo fazer isso – eu disse.

– Sim, eu me lembro de você me contar uma vez que as quartas-feiras eram sempre cinza, enquanto as terças-feiras eram lavanda.

Enquanto ele falava, eu admirava sua camisa, que conseguia ser de três cores – azul, verde e preta – e também de nenhuma cor.

– Eu também me tornei sensível a estampas – disse ele. – Malcolm falou que não são todos que compartilham essa característica. Certos desenhos, como tecidos, por exemplo, ou as complicadas estampas dos carpetes orientais, são capazes de me hipnotizar, a não ser que eu me afaste deles. Complexidades inúteis, complexidades sem razão de ser, prendem minha atenção, fazem-me querer encontrar a aberração que não existe ali. Aparentemente, isso está relacionado à minha dificuldade em abrir coisas; é uma forma de dislexia. Você já passou por isso?

– Não – pela primeira vez eu entendi porque nenhum dos tecidos em minha casa era estampado, e porque todas as maçanetas eram bem grandes.

– E quanto à mudança de forma?

– Outro mito. Eu posso me tornar invisível, como disse. Eu posso ouvir o pensamento dos outros, nem sempre, mas normalmente. E eu posso – ele fez uma pausa e um gesto de recusa com as mãos –, eu posso hipnotizar os outros. Mas você também pode e muitos humanos também. Dizem que Freud conseguia controlar sua família durante o jantar só com o movimento de sua sobrancelha esquerda.

– Freud era um de nós?

– Deus do céu, não – disse meu pai. – Freud foi o pai da psicanálise. Nenhum vampiro respeitável teria algo a ver com isso.

Olhei por cima da comida e vi um brilho de humor em seus olhos.

– De modo geral, essas qualidades não são as que eu considero como benefícios, mas as habilidades mais incomuns, o mínimo possível que escolhi para listar. As vantagens reais são aquelas óbvias: nunca envelhecer e aproveitar a longevidade potencialmente infinita, imunidade a muitas doenças e perigos, e uma recuperação rápida à exposição das poucas coisas às quais somos vulneráveis.

Afastei meu prato:

– Quais são as poucas coisas?

– *Erythema solare*; queimadura de sol – disse ele. – Fogo. E ferimento grave no coração.

– Pai – eu disse. – Eu sou mortal ou não?

– Parte de você é, claro – ele curvou uma mão ao redor da base do seu copo de coquetel. Suas mãos eram fortes, mas não quadradas, com dedos longos.

– Nós simplesmente não sabemos ainda o quanto. A matéria vai se adaptando conforme você envelhece. A hereditariedade é mais do que DNA, você sabe. As características pessoais também são transmitidas pelo comportamento e pela comunicação simbólica, incluindo a linguagem.

– Enquanto eu envelheço – repeti. – Isso não significa que eu *sou* mortal, o fato de que a cada ano eu fico diferente, enquanto você continua o mesmo?

Ele tirou os óculos:

– Até agora, sim, você está envelhecendo como os mortais. E chegará o momento em que você escolhe – ele parou de falar por um momento, seu rosto tomou os familiares traços de tristeza, mas seus olhos chegavam perto do desespero –, quando você escolhe, ou a escolha é feita para você, parar de envelhecer.

– Eu posso escolher? – isso era algo que eu não tinha considerado.

– Você pode escolher – ele olhou novamente para meu prato e fez uma careta. – Sua *comida* está esfriando, com todas essas perguntas.

Eu não segui a dica.

– Eu ainda tenho tanto para perguntar – eu disse. – Como é que vou escolher? E o que aconteceu com minha mãe? Ela está morta?

Ele levantou a mão:

– Perguntas demais. Eu vou responder a todas, mas não como um assunto de jantar. Deixe-me contar como foi entre nós, tá? E então, como eu disse antes, você estará apta a responder à grande questão sozinha.

Peguei meu garfo. Ele continuou a história.

Durante o tempo que se passou imediatamente após a mudança de estado de meu pai, Malcolm disse a ele que sua nova vida seria melhor do que a anterior.

– Nós nunca envelheceremos – disse Malcolm. – Iremos sobreviver a qualquer coisa: acidentes de carro, câncer, terrorismo, os infinitos pequenos horrores da vida mundana. Nós vamos persistir, apesar de todos os obstáculos. Nós vamos prevalecer.

Na cultura ocidental, envelhecer sempre significou a diminuição da força. Malcolm disse que eles aproveitavam a libertação da dor – e do amor, a maldição dos mortais. Eles viveriam sem o que ele chamava de *efêmero*: preocupações transitórias baseadas em personalidades mortais e políticas que, no final, ninguém se lembraria.

Malcolm falava dos mortais como se fossem os piores inimigos dos vampiros:

– O mundo seria um lugar melhor se humanos fossem extintos – disse.

Eu tomei outro gole de Picardo, que enviou uma sensação de formigamento pelo meu corpo.

– Você concorda com isso?

– Às vezes, sou tentado a acreditar – meu pai acenou sua mão na direção da janela fechada. – Quando você anda lá fora, vê muito sofrimento desnecessário, tanta cobiça e maldade. O abuso e o assassinato de humanos e animais, desnecessário, mas rotineiro. Os vampiros, alguns de nós, estão sempre atentos à feiura. Nós somos um pouco como Deus nesse sentido. Você não se lembra daquela frase de Spinoza, que para ver as coisas como Deus as vê é preciso olhá-las sobre o aspecto da eternidade?

– Eu achei que não acreditássemos em Deus.

Ele sorriu:

– Não sabemos com certeza, sabemos?

Mas Malcolm não mencionava os problemas, disse meu pai: o terrível desejo de se alimentar, as mudanças de humor, a vulnerabilidade, e todas as implicações éticas da mudança de estado.

No começo, meu pai não se considerou melhor do que um canibal. Com o tempo, ele aprendeu a verdade da crença de Bertrand Russel: entendendo a mente das pessoas, a felicidade se torna acessível, até mesmo para um *outro*.

Uma noite, quando meu pai estava meio consciente, ele chamou por Sara. Malcolm o lembrou disso mais tarde. Ele disse que a única coisa certa era nunca mais vê-la.

– Há uma história que você ainda não sabe – disse Malcolm. – Outros vampiros tentaram viver com mortais e nunca deu certo. A única alternativa é mordê-la. Você pode usá-la como usá-la como uma doadora, contanto que nunca a deixe morder você. Eu, pessoalmente, ficaria desalentado se você transformasse uma mulher em *uma de nós*.

Malcolm estava meio deitado no sofá da sala de meu pai quando disse isso, parecia um personagem de uma peça de Oscar Wilde – o perfeito misantropo.

Na hora, meu pai achou que Malcolm podia estar certo – a coisa mais benéfica para ele seria terminar sua relação com Sara. Ele sofreu para saber como contar a ela o que havia acontecido. Como poderia dizer-lhe tudo aquilo? Que tipo de carta poderia ser escrita?

Minha mãe não era religiosa em um sentido convencional, mas acreditava em um deus entre muitos deuses, para quem ela podia rezar nos momentos de preocupação. No resto do tempo, ela acabava ignorando aquele deus, como muitos mortais o fazem. Meu pai tinha medo que essa novidade pudesse fazê-la cometer alguma ação irracional. Ele considerou nunca mais se comunicar com ela novamente, simplesmente mudando-se para um lugar onde ela nunca o encontrasse.

Quando Dennis tomou o lugar de Malcolm como zelador, meu pai começou a olhar o problema de um modo diferente. Talvez houvesse outras ações alternativas. De qualquer modo, estava claro para ele que o assunto não podia ser resolvido com uma carta. Não importa o que ele pudesse escrever, ela não acreditaria; ela merecia ouvir suas explicações cara a cara.

Certos dias, enquanto ele se fortalecia, meu pai pensou que minha mãe e ele podiam ser fortes o suficiente para suportar a situação. Outros dias, ele sentia o contrário. Malcolm havia contado algumas histórias estranhas enquanto esteve acamado, e elas o convenceram de que qualquer união entre um vampiro e um mortal já estava amaldiçoada desde o início.

Então, por enquanto, ele não diria nada para minha mãe.

Supreendentemente, Dennis trouxe o assunto à tona:

– O que você vai dizer para Sara? Isso não é arriscado?

Por um momento, meu pai se perguntou se Dennis havia conversado com Malcolm. Mas, então, ele olhou bem para seu amigo – o rosto sardento, os grandes olhos castanhos – e novamente se deu conta de tudo que Dennis havia feito por ele. Dennis estava segurando um frasco de sangue no momento, preparando-o para injetar nele.

– O que é a vida sem os riscos – disse meu pai. – Nada mais que *mauvais foi*.

<hr>

Ele me lembrou que *mauvais foi* significa "má-fé".

– Nós precisamos passar um pouco mais de tempo com os existencialistas, não acha? – disse ele.

– Pai – eu disse –, eu ficaria feliz em passar mais tempo com os existencialistas. E eu gostaria de conhecer esses detalhes. Gostaria mesmo. Mas eu não consigo suportar a ideia de ir para cama sem saber sobre minha mãe, ou se eu vou morrer.

Ele se ajeitou em sua cadeira e olhou para meu prato, agora vazio, e disse:

– Então, vamos voltar para a sala de estar, e você saberá o resto.

<hr>

No fim, meu pai não teve que escolher um jeito de contar para minha mãe o que aconteceu. Ela deu uma olhada nele no aeroporto e disse:

– Você mudou.

Em vez de levá-la de volta para Cambridge, meu pai preferiu levá-la para o Hotel Ritz, em Londres, e eles passaram os cinco dias seguintes tentando chegar a um acordo. Sara havia feito sua bagagem cuidadosamente para a viagem; ela tinha um estilo distinto, disse meu pai, lembrando-se de um vestido em particular, de *chiffon* verde, que ondulava como uma alface.

Mas ela não teve razões para se vestir. Ao invés de irem ao teatro, ou até mesmo descer para o chá, eles ficaram na suíte, pedindo serviço de quarto todos os dias, e brigando amargamente pelos seus futuros.

Quando meu pai contou sobre seu novo estado, ela reagiu como dizem que os humanos reagem à notícia da morte de uma pessoa amada: com choque, negação, negociação, culpa, raiva, depressão e, finalmente, algum tipo de aceitação.

(Ele notou que eu não reagi de nenhuma dessas maneiras a nada do que ele me contou. E que isso, disse ele, sugere que eu posso ser "uma de nós".)

Minha mãe culpou a si mesma pelo que meu pai havia se tornado. Por que ela tinha o encorajado a vir para a Inglaterra? E então ela culpou meu pai. Quem tinha feito isso com ele? Foi ele que fez isso acontecer? E, depois, ela começou a chorar, e chorou por mais de um dia.

Meu pai a segurou quando ela quis ir embora, mas a segurou carinhosamente, preocupado que ela pudesse tentá-lo de alguma forma. Ele não podia se permitir relaxar perto dela.

Ele disse que havia se arrependido do dia em que havia nascido, depois se desculpou por usar tal clichê. Ele iria sair de sua vida de uma vez, pelo bem dos dois.

Ela se recusou a ouvir isso. Quando seu choro parou, ela insistiu para que ficassem juntos. Se meu pai a deixasse, ela iria tirar a própria vida.

Meu pai a acusou de ser melodramática.

– Foi você que tornou nossas vidas melodramáticas! – disse ela. – Foi você que se transformou num maldito vampiro!

E, então, ela começou a chorar novamente.

– Sara – meu pai me dizia agora –, até nas melhores horas, o que não era o caso, tinha o talento para os argumentos mais racionais.

No final da semana, meu pai se sentia emocional e fisicamente exausto.

Sara venceu. Ela voltou para Savannah usando um anel de noivado: uma réplica de um anel etrusco com um pequeno pássaro empoleirado nele, comprado por meu pai quando havia acabado de chegar em Londres. Algumas semanas depois, ele arrumou suas coisas e pegou um avião de volta para casa.

Ele se juntou a Sara na casa de tijolos perto do cemitério, que de fato era assombrada. Todos os dias eles aprendiam novas maneiras de se acostumarem com o que Sara chamava de "a aflição" de meu pai. Dennis ficou em Cambridge, mas mandava para meu pai pelo correio "coquetéis" congelados a seco, a fórmula mais próxima do sangue humano que haviam desenvolvido até o momento. Esse trabalho foi o começo do que viria ser a Seradrone.

Depois de alguns meses, minha mãe e meu pai se casaram em Sarasto, uma cidade litorânea da Flórida, e mais tarde eles se mudaram para Saratoga Springs. (Sara mantinha sua afeição pela letra S, achando que ela dava sorte, e meu pai cedia a seus desejos. Ele queria agradá-la o máximo possível, para compensar sua condição.)

Eles se fixaram na casa vitoriana. E, com o tempo, Dennis terminou sua pesquisa em Cambridge e encontrou um emprego em uma das universidades de Saratoga Springs, para que, assim, meu pai e ele pudessem continuar o trabalho juntos. Eles abriram a companhia chamada Seradrone e recrutaram Mary Ellis Root como assistente; sua formação em Hematologia era realmente impressionante, disse meu pai. Então, os três desenvolveram um método de purificação de sangue que permitiu transfusões em todo o mundo.

Sara mantinha-se ocupada no começo, decorando a casa e cuidando dos jardins e, mais tarde, de suas abelhas – ela montou colmeias perto do jardim de lavandas. Eram (meu pai falou com algum espanto em sua voz) *felizes*.

Exceto por uma coisa: minha mãe queria um filho.

– Você foi concebida da maneira habitual – disse meu pai, sua voz seca. – Seu nascimento foi um processo longo, mas sua mãe passou por ele muito bem. Ela tinha muita força.

– Você pesava apenas um quilo e oitocentos gramas, Ari. Você nasceu naquele quarto de cima que tem o papel de parede lavanda; sua mãe insistiu nisso. Dennis e eu cuidamos do parto. Estávamos preocupados que você não chorasse. Você olhou para mim com seus olhos azuis-escuros, muito mais focados do que nós esperávamos que os olhos de um recém-nascido pudessem ser. Você parecia dizer "olá" para o mundo de um jeito bem trivial.

– Sua mãe adormeceu quase na mesma hora, e nós te levamos para baixo, para fazer alguns exames. Quando testamos seu sangue, descobrimos que você era anêmica; já havíamos antecipado essa possibilidade, pois sua mãe ficou anêmica durante a gravidez. Passamos alguns minutos discutindo o melhor tratamento. E até chamei o dr. Wilson. Depois, eu te levei novamente para cima.

Nesse momento, ele levantou as duas mãos em um gesto de desamparo:
– Sua mãe havia partido.
– Não morrido – eu disse.
– Não morrido. Ela simplesmente não estava ali. A cama estava vazia. E foi quando você começou a chorar pela primeira vez.

Meu pai e eu ficamos acordados até quatro da manhã, ordenando os detalhes.

– Você não procurou por ela? – foi minha primeira pergunta. Ele disse que sim, de fato havia procurado. Dennis foi primeiro, enquanto meu pai me alimentava; ele havia comprado latas de substituto de leite materno no caso do leite da minha mãe não ser adequado. Quando Dennis voltou, ficou cuidando de mim e meu pai saiu.

– Ela não levou a bolsa – disse ele, sua voz obscurecida pelas lembranças. – A porta da frente estava entreaberta. O carro estava na garagem. Não encontramos quem sugerisse para onde ela poderia ter ido. Quem podia saber o que passava em sua mente?

– Você chamou a polícia?

– Não – meu pai levantou da poltrona e começou a andar de um lado para o outro da sala de estar. – A polícia é tão *limitada*. Eu não vi motivo nenhum para chamá-la, e eu não queria convidá-la para xeretar.

– Mas eles podem ter encontrado ela! – levantei-me também. – Você não se importa?

– Claro que me importo. Eu tenho sentimentos, afinal. Mas eu tinha certeza de que Dennis e eu tínhamos mais chance de encontrá-la por nossa conta. E... – ele hesitou – estou acostumado a ser abandonado.

Eu pensei na mãe dele, morrendo quando ele era uma bebê, e no que ele havia dito sobre crianças que vivem em luto – como a morte as forma, como as marca para sempre.

Ele disse que às vezes sentia como se houvesse um véu pendurado entre ele e o mundo, impedindo-o de experimentá-lo diretamente.

– Eu não tenho o seu senso de imediatismo – disse ele. – Nisso, você é como sua mãe. Tudo era imediato para ela. Quando o choque por saber que ela havia partido começou a sumir, eu comecei a lembrar das coisas que ela havia dito durante os últimos meses. Frequentemente, ela ficava doente e claramente se sentia deprimida e infeliz. Às vezes, ela dizia coisas que não eram racionais. Ela ameaçava me abandonar, me abandonar depois que você nascesse. Ela disse que se sentia como se fosse um animal preso em uma jaula.

– Ela não me queria – sentei-me novamente.

– Ela não sabia o que queria – disse ele. – Eu achava que seus hormônios deviam estar desequilibrados. Para ser honesto, eu não sabia mais o que pensar. Mas, por alguma razão, ela escolheu partir – ele olhou para o chão. – Os humanos estão sempre partindo, Ari. Essa é uma das coisas que aprendi. A vida é feita de pessoas partindo.

Por alguns segundos, nós não falamos. O relógio do meu avô bateu quatro horas.

– Eu telefonei para a irmã dela, Sophie, que vive em Savannah. Ela prometeu me ligar se Sara aparecesse. Depois de um mês, ela não ligou. Sara havia pedido para que eu não ficasse sabendo onde ela estava. Ari, ela disse que não queria voltar.

Senti-me vazia, mas o vazio tinha um peso e me atingia profundamente. E doía.

– Se eu não tivesse nascido, ela ainda estaria aqui – eu disse.

– Ari, não. Se você não tivesse nascido, ela teria sido ainda mais infeliz, Ela queria muito você, lembra?

– E você não queria? – olhei para ele, e sabia que estava certa.

– Eu não achava uma boa ideia – disse ele. Ele esticou suas mãos na minha direção, com as palmas para cima, como se pedisse perdão. – Por todas as razões que te contei, vampiros não deveriam ser gerados.

O vazio dentro de mim se tornou um enfraquecimento. Eu já tinha as respostas para todas as minhas perguntas, tudo bem. Minha cabeça estava cheia delas. Mas, ao invés de me trazerem alguma satisfação, deixaram-me aborrecida.

9

Quando os animais e os humanos são bebês, eles tendem a gravar, instintivamente percebem as características de seus pais, e os imitam. Os potros recém-nascidos, por exemplo, gravam e seguem qualquer coisa que os adultos mais próximos estão fazendo, no momento do nascimento. Depois que eu nasci, meu pai era o único adulto próximo a mim, então eu aprendi a imitá-lo.

Mas, no útero, eu devo ter ouvido muito a minha mãe. De outra forma, muito do comportamento que desenvolvi quando fiquei mais velha não poderia ser explicado, exceto, talvez, geneticamente. E isso é um assunto complicado que vou considerar em outro momento, certo?

Todos os anos, no mês de janeiro, meu pai sai de casa por uma semana para comparecer a uma conferência profissional. Normalmente, Dennis assume minhas aulas enquanto meu pai está fora.

Na noite anterior à partida de meu pai, Dennis se juntou a nós durante o jantar. Root havia preparado uma caçarola de beringela (surpreendentemente muito mais saborosa do que qualquer coisa já feita pela pobre sra. McG), mas, depois de uma garfada, não tive apetite para comer mais.

Ari está deprimida, pensei. Olhando para Dennis e meu pai, eu sabia que eles também pensavam a mesma coisa. A preocupação em suas expressões me fez sentir um pouco culpada. Eles fingiam estar conversando sobre Física, particularmente sobre eletrodinâmica, que era o foco que tomaria minhas aulas –, mas estavam na verdade falando sobre mim.

– Você começará com uma revisão da estrutura atômica – disse meu pai para Dennis, seus olhos em mim.

— É claro — disse Dennis. Ele não esteve muito por perto desde a morte de Kathleen, mas sempre se aproximava colocava a mão nos meus ombros, como se quisesse me fortalecer.

Root subiu do porão com uma grande garrafa marrom em sua mão. Ela a colocou na mesa diante de meu pai e ele a empurrou para o lado do meu prato. Então, ela olhou para mim e eu olhei de volta e por um momento eu vi uma sombra de simpatia em seus olhos negros. Mas isso desapareceu na mesma hora, e ela se apressou de volta ao porão.

— Está certo, então — meu pai empurrou a cadeira para trás. — Ari, estarei de volta na próxima sexta e eu espero que até lá você esteja pronta para discutir teoria quântica e teoria da relatividade.

Ele ficou parado no lugar por um minuto — meu lindo pai em seu impecável terno, seu cabelo negro brilhando na luz do candelabro sobre a mesa. Nossos olhos se encontraram por um segundo, e então eu olhei para a toalha de mesa. Você não me queria, pensei, esperando que ele tivesse ouvido.

O novo tônico tinha um gosto mais forte que o anterior e depois de tomar a primeira colherada senti o crescimento de uma energia nada familiar. Mas, uma hora depois, senti-me apática novamente.

Nós não tínhamos um metro no andar superior; havia um no porão, eu achava, mas não queria ir até os domínios de Root. Eu sabia que havia perdido peso por causa do tamanho de minhas roupas. Meu jeans estava largo e minhas camisetas pareciam um pouco grandes. Foi por volta desse período que minha menstruação parou. Alguns meses depois, dei-me conta de que estava anoréxica.

Dennis e eu abrimos nosso caminho pela teoria quântica. Eu o ouvia sem fazer perguntas. Em certo ponto, ele interrompeu a aula.

— O que há de errado, Ari? — disse ele.

Notei que havia alguns fios prateados em seu cabelo ruivo agora.

— Você nunca pensa sobre a morte? — perguntei.

Ele coçou o queixo:

— Todos os dias da minha vida — disse ele.

— Você é o melhor amigo do meu pai — ouvi minhas palavras, imaginando aonde elas iriam nos levar. — Mas você não é...

— Eu não sou como ele — ele finalizou minha frase. — Eu sei. É uma pena, né?

– Quer dizer que você queria ser?

Ele se recostou em sua cadeira.

– Sim, é claro que queria. Quem não gostaria de ter a chance de ficar por aí eternamente? Mas eu não sei se *ele* gostaria de me ver falando sobre isso com você. Você é ainda do tipo...

Ele hesitou. Finalizei sua frase.

– ... que não está pronta para agarrar.

– Seja lá o que isso significa – ele riu.

– Significa que eu tenho que escolher – eu disse. – Foi o que ele me contou. Mas eu ainda não sei como.

– Eu também não sei – disse Dennis. – Desculpe. Mas tenho certeza de que você vai descobrir.

– Isso é o que *ele* diz – desejei ter uma mãe para me aconselhar. Dobrei meu braços na altura do peito. – Então, onde *ele* está? Alguma grande conferência sobre sangue? Por que você não foi também?

– Ele está em Baltimore. Todos os anos ele vai para lá. Mas não é sobre sangue. É algo a ver com o fã-clube de Edgar Allan Poe, ou sociedade, ou seja lá como eles se nomeiam – Dennis balançou a cabeça e abriu novamente o livro de Física.

Terminamos as aulas, e eu estava praticando ioga sozinha (Dennis riu quando sugeri que ele me acompanhasse), quando eu ouvi o som da aldrava da porta da frente. Era uma velha peça de cobre com a cara de Netuno esculpida nela, e, raramente, eu a ouvia sendo usada; geralmente só nas noites de Halloween, pelos meninos pedindo doces cujas expectativas eram rapidamente esvaziadas.

Quando abri a porta, o agente Burton estava parado na varanda.

– Bom dia, srta. Montero – disse ele.

– Na verdade, já é de tarde – eu disse.

– É verdade. Como está você nesta tarde?

– Tô bem – se meu pai estivesse por aqui, eu teria de dizer *Estou muito bem*, e não *Tô bem*.

– Que bom, que bom – ele usava um casaco de pelo de camelo sobre um terno preto, e seus olhos estavam injetados e, mesmo assim, enérgicos. – Seu pai está em casa?

– Não – eu disse.

– E quando você acha que ele volta? – ele sorriu como se fosse um amigo da família.

– Sexta – eu disse. – Ele está em uma conferência.

– Uma conferência – Burton assentiu, três vezes. – Diga a ele que eu passei por aqui, você poderia? Peça que ele me ligue quando voltar, por favor.

Eu disse que faria, e estava prestes a fechar a porta quando ele disse:

– Diga-me, você não saberia algo sobre kirigami, saberia?

– Kirigami? Você quer dizer aquela coisa de cortar papel? – meu pai havia me ensinado kirigami anos atrás. Depois de dobrar o papel, você faz pequenos cortes e desdobra e produz uma figura. Era uma forma de desenho que ele conseguia tolerar, ele disse, porque era simétrico e podia ser útil também.

– Muito bem cortado – o agente Burton continuava assentindo. – Quem lhe ensinou como fazer isso?

– Eu li sobre isso – eu disse. – Em um livro.

Ele sorriu e disse adeus. Ele estava pensando: Melhor que seu velho saiba algo sobre cortar.

Naquela noite, Dennis fez o jantar – tacos vegetarianos com carne falsa de recheio – e, apesar de eu querer gostar deles, não consegui. Tentei sorrir depois de dizer que não estava com fome. Ele me fez tomar duas colheres de tônico e me deu algumas "barras de proteínas" feitas em casa e embrulhadas em plástico.

Seu rosto se tornava sombrio e avermelhado quando ele ficava preocupado.

– Você está deprimida – disse ele. – E não é de se estranhar. Mas isso vai passar, Ari. Você me ouviu?

– Eu te ouvi – o queijo derretido sobre a glutinosa carne falsa em meu prato fazia com que me sentisse enojada. Eu sinto falta da minha mãe – outra frase que eu não havia planejado. Sim, é possível sentir falta de alguém que você nunca conheceu.

Perguntava-me por que ele parecia culpado.

– O que aconteceu com aquele garoto que você estava vendo? Mitchell, era esse o nome?

– Michael – eu nunca havia mencionado o nome, eu tinha certeza – Ele é irmão de Kathleen.

Eu podia dizer que ele não tinha como saber.

– Isso foi duro – disse ele. Ele deu uma grande mordida em seu taco, que pingou molho de tomate em sua camisa. Normalmente, eu acharia isso engraçado.

– Por que não o convida para vir aqui qualquer hora? – disse Dennis, ainda mastigando seu taco.

Eu disse que talvez fizesse isso.

Quando liguei para a casa dos McGarritt naquela noite, ninguém atendeu. Na manhã seguinte, tentei de novo, e Michael atendeu o telefone.

Ele não pareceu ficar feliz nem triste ao ouvir minha voz.

– As coisas estão bem – disse ele. – Os repórteres estão começando a nos deixar em paz. Mamãe ainda não está bem.

– Você quer vir aqui?

Eu ouvi sua respiração. Finalmente, ele disse:

– Melhor não – outra pausa –, mas eu gostaria de ver você. Você pode vir aqui?

Depois de outra estúpida aula de Física (Dennis preferia me dar aulas de manhã, para que pudesse ir para a faculdade durante as tardes), subi e me olhei no espelho. Meu reflexo ondulante não estava impressionante. Minhas roupas estavam tão frouxas que eu parecia uma criança abandonada.

Felizmente, eu havia ganhado roupas novas de Natal (que nós passamos com ainda menos alegria do que o normal). Uma caixa enorme com a marca Gieves & Hawkes havia sido colocada perto da minha poltrona na sala de estar; nela, havia calças pretas feitas sob medida e uma jaqueta, quatro lindas camisetas, meias, roupa de baixo e até mesmo sapatos feitos à mão e uma mochila. Eu havia estado muito desanimada para experimentar tudo até agora. Todas elas serviram perfeitamente. Dentro delas, meu corpo parecia flexível, e não tão magro.

Sentindo-me apresentável, andei com certa dificuldade até a casa dos McGarritt. O ar não estava tão gelado, a temperatura devia estar mais alta, porque a neve que havia no chão estava se liquefazendo e o gelo das casas pingava lentamente. O céu tinha a mesma cor cinzenta moribunda de sempre e eu percebi como estava cansada do inverno. Às vezes, é difícil imaginar porque as pessoas escolhem viver nos lugares onde vivem, e por que alguém escolheria Saratoga Springs. Não achei nada de esquisito ou pitoresco nisso naquele dia, apenas fileiras e mais fileiras de casas cada vez mais surradas com sua pintura saindo e cercadas por neve suja e pelo céu tristonho.

Toquei a campainha dos McGarritt – três notas ascendentes (dó, mi, sol), que soavam inadequadamente alegres. Michael me deixou entrar. Se eu havia perdido peso, ele havia perdido mais.

Seus olhos me fitavam sem esperar nada. Coloquei minha mão em seu ombro de um jeito fraterno. Fomos para a sala de estar e nos sentamos um ao lado do outro no sofá sem falar por quase uma hora. Em uma das paredes, havia um calendário com a foto de Jesus guiando um rebanho de ovelhas, mostrando o dia do mês de novembro.

Finalmente, eu disse algo, minha voz muito próxima de um sussurro:

– Onde está todo mundo? – a sala estava extraordinariamente limpa e a casa, em silêncio.

– Meu pai está no trabalho – respondeu. – As crianças estão na escola. E mamãe está lá em cima na cama.

– Por que você não está na escola?

– Estou cuidando das coisas por aqui – ele puxou o cabelo para trás, que agora estava tão longo quanto o meu.

– Eu limpo. Eu faço as compras. Eu cozinho.

Odiei o ar de perdido que havia em seus olhos.

– Você está bem?

– Você ficou sabendo do Ryan? – ele disse como seu não houvesse falado – Ele tentou se matar semana passada.

Eu não havia ficado sabendo. Não podia imaginar o Ryan fazendo algo tão sério.

– Eles mantiveram isso longe dos jornais – Michael esfregou os olhos. – Ele tomou pílulas. Você anda lendo os *blogs*? As pessoas andam dizendo que ele a matou.

– Não consigo imaginar o Ryan fazendo isso – notei marcas vermelhas ao longo do antebraço de Michael, como se ele houvesse se arranhado repetidamente.

– Eu também não consigo. Mas as pessoas dizem que foi ele. Dizem que ele teve a oportunidade e o motivo. Dizem que ele tinha ciúmes dela. Eu nunca vi isso – ele olhou na minha direção, com os olhos vagos. – Isso te faz pensar no quanto você nunca conhece uma pessoa o suficiente.

Não havia realmente nada mais a dizer. Fiquei sentada com ele por mais meia hora, e, de repente, eu não podia ficar ali nem mais um minuto.

– Eu tenho que ir – eu disse.

Ele olhou para mim sem expressão.

– Ah, eu li *Pé na estrada* – fiquei imaginando por que eu disse aquilo.

– É?

– É. É muito bom – levantei-me – Estou pensando em pôr o pé na estrada eu mesma.

Na verdade, nunca pensei tal coisa, exceto por meu vago desejo de conhecer a América. Mas, subitamente, isso me pareceu um bom plano, um plano necessário para reagir à inércia que havia ao meu redor. Eu iria fazer o que Dennis e meu pai não haviam feito: seguiria o rastro de minha mãe, descobriria o que aconteceu com ela.

Michael me acompanhou até a porta.

– Se você for, seja cuidadosa.

Trocamos um último olhar. Não havia sentimento sobrando em seus olhos. Perguntei-me se ele estava usando drogas.

—✧—

Durante a caminhada para casa, comecei a raciocinar sobre isso. Por que *eu não deveria* sair deste lugar por um tempo? Por que não tentar encontrar minha mãe? Eu não sei se era o clima, ou ter visto Michael, ou a necessidade de me arrancar desta depressão, mas eu suplicava por uma mudança.

Minha mãe tinha uma irmã que vivia em Savannah. Por que não visitá-la? Talvez ela pudesse me dizer por que minha mãe nos deixou. Talvez minha mãe ainda estivesse por perto em algum lugar, esperando que eu a encontrasse.

Apesar de toda minha educação, eu não sabia muito sobre distâncias terrestres. Eu podia dizer qual a distância entre a Terra e o Sol, mas não tinha ideia de quão longe Saratoga Springs ficava de Savannah. Eu havia visto mapas, é claro, mas não com a intenção de traçar a melhor rota, ou calcular quantos dias eu teria que viajar. Imaginei que chegaria em Savannah em dois ou três dias, encontraria minha tia, e voltaria antes de meu pai chegar de Baltimore.

O máximo de planejamento que Kerouac havia feito era ter preparado sanduíches que durassem sua viagem de costa a costa e, mesmo assim, a maioria dos sanduíches apodreceu. A melhor maneira era simplesmente ir – começar a viagem e ver onde ela ia dar.

Na hora em que cheguei em casa, minha cabeça estava feita. Em meu quarto, enchi minha mochila nova com minha carteira, meu diário, um par velho de jeans e minhas camisetas novas, roupas de baixo e meias. Fiz a mala rapidamente; o quarto agora me fazia sentir claustrofóbica. Odiava ter de deixar meu *laptop*, mas ele iria deixar tudo muito pesado. E, lembrando por último, joguei uma escova de dentes, um sabonete, minhas garrafas de tônico, protetor solar, óculos escuros, as barras de proteína e a cópia de *Pé na estrada* de Michael.

Deixei um bilhete para Dennis: "Vou sair por alguns dias", era tudo que dizia.

Na despensa da cozinha, encontrei um pedaço de papelão e, com um marcador, escrevi uma palavra nele: *Sul*, em letras bem grandes. Eu não estava fugindo, disse a mim mesma. Estava indo à procura de alguma coisa.

Parte 2
Pé na estrada para o sul

10

Minha primeira parada foi no caixa eletrônico do centro da cidade. Meu pai havia me dado uma conta para roupas, comida, cinema... esse tipo de coisa. Eu tinha um saldo de 220 dólares e saquei tudo.

Imaginei que não seria muito inteligente pedir carona no centro da cidade, então, peguei um ônibus para a periferia e andei pela rampa de entrada para 1-87 Sul. Já era final de tarde, e o sol emergia brevemente por entre o cobertor de nuvens cinzentas. Eu comecei a sinalizar, feliz por estar solta no mundo, a caminho de algum destino desconhecido.

Minha primeiríssima carona foi perfeita: uma família em um velho Chrysler New Yorker *sedan* parou para mim. Sentei-me entre três crianças no largo banco de trás. Uma delas me ofereceu batatas fritas frias. O carro era grande e espaçoso, e cheirava como se morassem nele.

– Para onde você vai? – a mulher no banco do passageiro da frente se virou e olhou para mim. Um de seus dentes da frente estava faltando.

Eu disse que estava indo visitar minha tia em Savannah.

– A I-95 te leva direto para lá – ela assentiu, como se estivesse concordando consigo mesma. – Bem, você pode viajar conosco até Florence. Nós vivemos nos arredores de Columbia.

– Obrigada – disse. Eu não sabia em que estados esses lugares ficavam, mas era orgulhosa demais para perguntar.

O pai, um homem grande com uma tatuagem no braço direito, dirigia sem conversar. As crianças se mantinham surpreendentemente quietas também. Do meu lado, havia uma garota sentada, por volta de seus seis anos, que disse que tinham ido visitar os primos em Plattsburgh. Eu não sabia onde ficava, também.

Encostei meu rosto no vidro gelado da janela e fiquei observando a paisagem: colinas cobertas de neve e casas, a maioria delas branca, com janelinhas quadradas escuras, como litofones esperando pela luz interna para iluminá-los. Enquanto o céu escurecia, eu imaginava as famílias dentro das casas, conversando ao redor de mesas de jantar, como os McG nos velhos tempos; eu imaginava os cheiros de carne assada e purê de batatas e os sons suaves da televisão ao fundo. Deixei-me imaginar como seria fazer parte de uma família normal.

A garota sentada ao meu lado me ofereceu outra batata frita e eu a mastiguei lentamente, saboreando o sal e a gordura.

– Meu nome é Lily – disse ela. Tinha cabelos castanhos-escuros presos em pequenas tranças, com uma conta de vidro no final de cada trança.

– Sou Ari – eu disse. Concordamos uma com a outra.

– Quer ficar de mãos dadas? – disse ela. E deslizou sua mão entre a minha. Uma mão pequena e quente.

Enquanto o grande carro se movia pela escuridão, Lily e eu adormecemos de mãos dadas.

Paramos duas vezes em postos na estrada para abastecer e ir ao banheiro. Quando eu me ofereci para ajudar a pagar a gasolina, eles agiram como se não tivessem me ouvido. A mãe da família comprou hambúrgueres e café, refrigerantes e mais batatas fritas, e me entregou um hambúrguer embrulhado como se fosse a minha parte. Além da minha tônica e das barras de proteínas, eu havia planejado comer apenas sorvete e tortas de maçã em lanchonetes, em homenagem a Kerouac.

Tentei dizer não, mas ela disse:

– Você parece faminta. Coma.

Então, experimentei carne pela segunda vez. No começou, achei que iria vomitar, mas descobri que se eu mastigasse rápido e completamente cada mordida, poderia tolerar. E não tinha um gosto ruim.

Depois de comer, o pai da família começou a cantar. E, depois de cada música, ele anunciava seu título, para o meu bem.

– Essa foi "I Saw the Light" – disse ele.

E mais tarde:

– Essa foi "Blue Moon of Kentucky".

Ele tinha uma voz de tenor e as crianças o acompanhavam em coro. Quando ele parou de cantar, todo mundo voltou a dormir, menos ele.

Pararam no acostamento em Florence, Carolina do Sul, bem cedo na manhã seguinte para que eu descesse; eles pareciam verdadeiramente tristes por eu ter de ir.

— Se cuida — a mulher disse. — Cuidado com os policiais.

Entrei em uma manhã fria e clara, o sol se levantando sobre uma paisagem cor de milho lisa e marcada por motéis e postos de gasolina. Enquanto o carro se afastava, Lily acenou para mim freneticamente pelo vidro traseiro. Acenei de volta.

Nunca a verei novamente, pensei. Meu pai estava certo: as pessoas estão sempre partindo. Elas caem sobre nossas vidas e somem como sombras.

Levei mais de uma hora para conseguir minha próxima carona, que me levou por apenas três quilômetros pela I-95. Passei o dia todo progredindo lentamente e comecei a perceber como tive sorte com a primeira carona. Dizia a mim mesma que cada quilômetro me deixava mais perto de minha mãe, mas o romantismo de se pegar caronas começou a sumir.

Lembrava-me do que a mulher havia dito e, todas as vezes que via um carro de polícia, eu corria para o meio das árvores na margem das estradas. Nenhum deles parou.

A maioria das pessoas que parou dirigia velhos modelos de carro; os utilitários passavam direto por mim, assim como os caminhões. Um homem dirigindo uma caminhonete quase passou por cima de mim.

O céu começava a escurecer novamente e eu esperei na entrada de um acostamento, no meio do nada, imaginando onde eu poderia passar a noite. E então, um carro vermelho brilhante (com pequenas letras prateadas do lado, onde se lia *Corvette*) parou para mim. Quando abri a porta do passageiro, o motorista disse:

— Você não é muito jovem para estar por aí sozinha?

Ele provavelmente estava no começo dos seus cinquenta anos, pensei. Era pequeno e musculoso, com um rosto quadrado e cabelos pretos oleosos. Usava óculos escuros estilo aviador. Perguntei-me por que ele os usava de noite.

— Sou velha o suficiente — eu disse. Mas hesitei. Uma voz dentro de mim disse: Você pode escolher não entrar.

— Vai entrar ou não? — disse ele.

Já estava tarde. Eu estava cansada. Apesar de não gostar de sua aparência, entrei.

Ele disse que estava indo para Asheville.

— Serve para você?

– Claro – eu disse. Eu não tinha certeza se ele havia dito Nashville ou Asheville. Mas qualquer um dos dois soava bem sulista.

Ele ligou o motor e saiu em alta velocidade do acostamento para a estrada. Ligou o rádio, que tocava *rap*. A palavra *vadia* estava em quase todas as frases. Concentrei-me em esfregar as mãos. Elas estavam duras e geladas, apesar das luvas, mas eu continuei esfregando, para ter a ilusão de que estavam se aquecendo.

Por quanto tempo eu continuei antes de saber que havia algo errado? Não muito. As placas na estrada diziam I-26 e não I-95, e nós estávamos seguindo para o oeste e não para o sul. Eu teria que percorrer o caminho dobrado para chegar em Savannah, percebi. Mas, pelo menos, não estava parada lá fora no frio.

O motorista segurava o volante com firmeza com sua mão esquerda e o esfregava repetidamente com a direita. Suas unhas eram longas e manchadas. O músculo da mastigação em sua bochecha direita tensionava e soltava, tencionava e soltava. De vez em quando, ele olhava para mim e eu virava minha cabeça na direção do vidro do banco do passageiro. No meio de toda aquela escuridão, eu não conseguia ver muita coisa lá fora. A estrada se esticava à frente, lisa e pálida, iluminada apenas pelos faróis. E então, no começo bem gradualmente, ela começou a subir. Meus ouvidos estalaram e eu engolia com força.

Duas horas depois, o carro desviou e seguiu por uma saída, tão rápido que eu sequer cheguei a ver a placa.

– Aonde você está indo? – perguntei.

Ele disse:

– Nós precisamos de alguma coisa para comer. Aposto que você está faminta, não tá?

Mas ele estava se afastando das luzes do posto de serviço e do restaurante, e alguns quilômetros depois se enfiou numa estrada secundária.

– Relaxa – disse ele, sem olhar para mim. – Eu conheço o lugar certo.

Não parecia que ele sabia exatamente onde estávamos indo, quando virou mais três vezes antes de dirigir por uma estrada de terra que subia ziguezagueando por uma colina. Eu não via casas, apenas árvores. Quando ele parou o carro, senti meu estômago doer.

Ele usou os dois braços para me agarrar, e era forte.

– Relaxa, relaxa – ele continuava dizendo. E ele ria, como se achasse meu esforço para lutar engraçado. Quando eu fingi relaxar, ele usou uma das mãos para desabotoar minhas calças e foi aí que eu me arremessei e o mordi.

Eu não havia planejado isso de uma maneira consciente. Apenas quando vi seu pescoço, exposto e dobrado diante de mim, foi que isso aconteceu. Ainda posso ouvir o som de seu grito. Soou surpreso, zangado, agonizante, e suplicante – no espaço de segundos. E, então, tudo o que ouvi foi meu coração batendo alto e o som que eu fazia ao sugar e engolir.

Como era o gosto? Como música. Como eletricidade. Como a luz da lua iluminando a água corrente. Bebi até me saciar e, quando parei, meu próprio sangue pingava de meus ouvidos.

Passei as horas seguintes andando pela floresta. Eu não sentia o frio e me sentia forte o suficiente para andar quilômetros. A lua acima de mim estava quase cheia, e eu a olhei com indiferença.

Aos poucos, minha energia começou a sumir. Meu estômago reclamou, achei que ficaria enjoada. Parei de andar e me sentei no tronco de uma árvore.

Tentei não pensar sobre o que eu tinha feito, mas pensei mesmo assim. Será que o homem estava vivo ou morto? Eu esperava que estivesse morto, e parte de mim ficou chocada com isso. O que eu havia me tornado?

Senti ânsia, mas não vomitei. Em vez disso, deitei a cabeça para trás e fiquei observando a lua, visível entre duas árvores enormes. Respirei lentamente. A náusea passou e me senti pronta para andar de novo.

A colina começou a ficar bem inclinada. Já não era fácil andar, mas, sem a luz da lua, tornou-se impossível. As árvores cresciam muito próximas. Todas eram altas e cobertas por pequenos fios – algum tipo de pinheiro, eu acho.

Pai, estou perdida, pensei. Eu nem sei o nome das árvores. Mãe, cadê você?

Cheguei a um cume e segui por outra trilha que descia gradualmente. Através dos arbustos desfolhados, vi luzes brilhando lá embaixo, indistintas no começo, e depois mais brilhantes. De volta à civilização, pensei, e a frase me animou.

Quando ouvi vozes, parei de andar. Elas vinham de uma clareira adiante.

Fiquei entre as árvores e me movi em silêncio ao redor do perímetro de área aberta.

Devia ter cinco ou seis deles. Alguns usavam capas, outros usavam chapéus pontudos.

– Eu fui vencido! – alguém gritou, e um garoto usando uma capa apontou uma espada de plástico para ele.

Entrei na clareira e deixei que eles me vissem.

– Posso jogar? – eu disse. – Eu conheço as regras.

Por uma hora nós jogamos na encosta da colina sob a fria luz da lua. Esse jogo era diferente daquele que eu assisti na casa de Ryan; aqui, ninguém consultava o livro de feitiços. E todos improvisavam suas partes. Ninguém mencionava bancos também.

O jogo se focava em uma busca: encontrar e roubar o tesouro dos lobisomens, que alguém havia escondido na floresta. Os lobisomens eram o outro "time", que jogava em algum lugar ali perto, e haviam dado para o meu time (os feiticeiros) uma lista de pistas escritas. "Mantenha seu olho no luar / O que procura perto está", era uma delas.

– Quem é você? – um dos garotos me perguntou, quando entrei no jogo – Feiticeira? Gnomo?

– Vampiro – eu disse.

– A vampira Griselda se une ao Salão do Feiticeiros – ele anunciou.

As pistas pareciam fáceis para mim. O feiticeiro Lemur, o que havia me anunciado, também lia as pistas; ele era o líder do grupo. Cada vez que ele lia uma, eu me movia instintivamente para onde ela direcionava. "Onde a mais alta árvore se faz crescer / É para este lado que você deve se mover". Esse tipo de coisa. Depois de alguns minutos, senti que todos eles estavam me olhando.

O tesouro se revelou uma caixa de cerveja com seis garrafas, escondida em uma pilha de galhos secos. Quando levantei a cerveja, os outros comemoraram.

– A vampira Griselda obteve o tesouro – disse Lemur. – Que esperamos que ela divida.

Entreguei a ele a caixa.

– Eu nunca bebo... – eu disse – ... cerveja.

Os feiticeiros me levaram com eles.

Fui com Lemur (cujo nome verdadeiro era Paul) e sua namorada, Beatrice (de nome verdadeiro Jane), no Volvo amassado de Jane. Eles pareciam irmão e irmã: cabelos coloridos cortados em camadas, corpos magros e até o mesmo jeans gasto. Jane era uma estudante universitária. Paul havia largado a escola. Contei a eles que havia fugido de casa. Eles disseram que seria legal se eu "me jogasse" na casa dele: uma casa velha no centro de Asheville. Disseram que eu podia ficar com o quarto do Tom, já que ele estava viajando em turnê com sua banda.

E me jogar foi o que eu fiz, quase caindo da cama que me indicaram. Meu corpo se sentia cansado e excitado ao mesmo tempo, formigando da cabeça aos pés, e tudo que eu queria era continuar deitada e reabastecer minhas energias. Lembrei-me de meu pai descrevendo sua mudança de estado, de como ele se sentiu fraco e doente, e eu me perguntava por que eu não me sentia fraca. Será que é por que eu já havia nascido metade vampira?

Será que eu precisava morder mais humanos? Será que meus sentidos ficariam mais aguçados? Eu tinha uma centena de perguntas, e o único que podia respondê-las estava a quilômetros de distância.

Os dias passaram de uma forma estranha e nublada. Em certos momentos, eu ficava intensamente consciente de cada detalhe dos lugares e pessoas ao meu redor; em outros, conseguia me concentrar em uma coisa pequena, como o sangue pulsando sob minha pele; eu podia ver o sangue correndo através de minhas veias com cada batida do meu coração. Ficava imóvel por longos períodos de tempo. Em algum ponto, notei que meu talismã – o pequeno saco de lavanda – não estava mais em meu pescoço. A perda não significou muito para mim, mais uma coisa familiar havia partido.

A casa era muito mal aquecida e pouco mobiliada com móveis bem velhos. A pintura das paredes estava descascando, especialmente na sala de estar, onde alguém havia começado a pintar um mural com um dragão cuspindo fogo e pouco além dos pés e da cauda do dragão havia sido finalizado. Outros haviam escrito números de telefone onde o resto do dragão deveria estar.

Jane e Paul me aceitaram sem muitas perguntas. Eu disse a eles que meu nome era *Ann*. Eles gostavam de dormir até tarde, até uma ou duas da tarde, e ficavam acordados até cinco da manhã, geralmente fumando maconha. Às vezes, pintavam o cabelo, usando suco instantâneo. A cor atual de Jane, verde limão, fazia com que ela se parecesse com uma Dríade[4].

A faculdade de Jane estava "fechada para as férias de inverno", disse-me ela, que queria "aproveitar loucamente" até que as aulas recomeçassem. Paul aparentemente fazia isso o tempo todo. Alguns dias eu mal os via; em outros, passávamos o dia inteiro vendo filmes em DVD, ou andando por Asheville – uma cidadezinha linda, rodeada por montanhas.

Passamos nossa segunda noite na casa reunidos em volta de uma pequena televisão com os outros do Salão dos Feiticeiros, vendo um filme tão previsível que eu nem prestava atenção. Quando acabou, começou o jornal – um sinal para todos começarem a falar –, mas Jane cutucou Paul e disse:

– Ei, olha só aquilo.

O locutor dizia que a polícia não tinha pistas sobre o caso de Robert Reedy, o homem de 35 anos encontrado morto em seu carro no dia anterior. O vídeo mostrava policiais parados perto do Corvette vermelho e, depois, uma imagem geral da floresta ali perto.

– É perto de onde estávamos no sábado – disse Jane.

Paul disse:

– É culpa dos lobisomens.

Mas Jane não deixou para lá:

– *Annie*, você viu alguma coisa estranha?

– Só vocês todos – eu disse.

Eles riram.

– A menina está no sul há, tipo, uns três dias e já está tirando sarro – disse Paul. – É isso aí, *Annie*.

Então seu nome era Robert Reedy, pensei. E eu o matei.

Eles passaram adiante um baseado e, quando chegou até mim, decidi experimentar para ver se mudava meu humor. Mas maconha não funcionava para mim.

Os outros se engajaram em conversas longas e confusas. Uma delas começou com a inabilidade de Paul em encontrar a chave de seu carro, os outros aderiram a ela dando sugestões de como encontrá-la, e terminou com Jane repetindo diversas vezes:

---

[4] Na mitologia grega, ninfa associada aos carvalhos.

– Tudo está em qualquer lugar.

Em vez de falar, passei o resto da noite olhando para a estampa do carpete esfarrapado no chão, certa de que no desenho devia haver uma mensagem importante.

Nas noites subsequentes, eu sempre recusava o baseado.

Paul disse:

– *Annie* não precisa fumar. Ela já é naturalmente chapada.

―――

Quando me recordo do meu tempo em Asheville, eu o associo com uma música que Paul sempre tocava no som da casa: "Dead Souls"[5], do Joy Division.

Dormi pouco, comi menos ainda, e passei muitas horas sem fazer nada, a não ser respirar. Frequentemente, por volta das três da manhã, perguntava-me se eu estava doente, ou mesmo se ia morrer. Eu não tinha energia para procurar minha mãe. Perguntava-me se devia ir para casa e tentar me recuperar, mas o que meu pai pensaria de mim?

Às vezes, eu ia até a janela, sentindo que havia alguém lá fora. Às vezes, ficava assustada demais para olhar. E se o fantasma de Reedy estivesse esperando por mim? E quando eu realmente olhava, não via nada.

Todas as manhãs, eu via que o reflexo ondulante do meu rosto no espelho não havia mudado quase nada, eu continuava tão saudável quanto quando saí de Saratoga Springs. Então, passava a maioria dos dias sozinha em minha própria neblina, ou matando o tempo com Jane.

A ideia de um bom dia para Jane era dormir até tarde, comer bastante, dar um passeio por Asheville, falar periodicamente com Paul pelo seu celular. (Ele tinha um trabalho de meio período em uma lanchonete, e toda noite trazia um tipo de comida grátis para casa.) Ela aperfeiçoou a arte de *brechorear* (vasculhar lojas de roupa de segunda mão em busca de tesouros); ela poderia entrar em uma loja e vasculhar araras de roupas com tanta agilidade e tanta precisão, que, em segundos, conseguia dizer: "Jaqueta de veludo, terceira arara do centro". Ou: "Nada a não ser trapos por hoje. Vamos embora".

---

[5] Almas Mortas.

E íamos embora para cafeterias ou lojas de livros esotéricos, onde líamos os livros e as revistas sem nunca comprar nenhum. Uma vez, Jane roubou um jogo de cartas de tarô e eu senti algo tumultuando dentro de mim. Seria minha consciência? Peguei-me querendo dizer algo para ela, querendo dizer para ela devolver aquilo. Mas, em vez disso, eu não disse nada. Como pode uma assassina querer ensinar o que é certo e o que é errado para uma ladra de lojas?

Poucas vezes por semana íamos ao supermercado e Jane fazia compras. Quando me oferecia para ajudar a pagar, ela normalmente dizia:

– Esquece isso. Você não come quase nada mesmo.

Eu normalmente não comia muito, mas, de vez em quando, a fome me atacava em ondas e eu devorava tudo que eu conseguia encontrar. Eu havia sido criada como vegetariana, mas agora eu suplicava por carne – e quanto mais crua e ensanguentada melhor. Uma noite, sozinha em meu quarto, comi um quilo de hambúrguer cru. Depois disso, minha energia aumentou de repente, mas algumas horas depois caiu de uma vez só. Devia existir um jeito melhor de se gerenciar as coisas, eu pensava.

Às vezes, nós nos juntávamos aos feiticeiros e lobisomens para jogar RPG. Os jogadores haviam criado identidades muito mais intrigantes do que as atuais. Por que se identificar como alguém que largou a faculdade, ou um mecânico, ou um empregado de lanchonete *fast-food,* quando você pode ser um feiticeiro, um lobisomem ou um vampiro?

Uma noite, encontramos o grupo em um clube no centro da cidade. O lugar era como um armazém, uma grande construção com o teto alto; a música tecno ecoava em suas paredes e fracas luzes azuis iluminavam a pista de dança. Encostei-me em uma parede para observar e me encontrei dançando com um garoto não muito mais alto do que eu, um garoto de rosto doce, com uma pele linda e cabelos pretos enrolados.

Depois que dançamos um tempo, fomos para um beco lá fora. Ele fumava um cigarro, eu olhava para o céu. Não havia estrelas, nem lua. Por um momento, perdi a noção de quem eu era, ou onde eu estava. Quando voltei a mim, pensei na cena de *Pé na estrada* em que Sal acorda em um quarto de hotel estranho e não sabe quem ele é. Ele diz que se sentia assombrado.

– O que é você? – o garoto com os cabelos enrolados me perguntou, e eu disse:

– Um fantasma.

Ele parecia confuso.

– Paul... quer dizer, Lemur, disse que você era uma vampira.

– Isso também – eu disse.

– Perfeito – disse ele. – Eu sou um doador.

Cruzei os braços, mas meus olhos já estavam em seu pescoço, seu belo, branco e curto pescoço.

– Você irá me procriar? – ele perguntou.

Eu queria corrigir sua terminologia. Queria discutir com ele, repreendê-lo por brincar com fogo. Mas, mais do que aquilo, eu queria sangue.

– Você tem certeza? – perguntei.

– Definitivamente – disse ele.

Minha boca se abriu instintivamente, enquanto eu me curvava em sua direção, e eu o ouvi dizer:

– Nossa! Você é mesmo uma vampira!

Essa foi a noite em que eu aprendi a me conter. Tomei apenas o sangue suficiente para aplacar minha fome. Quando me afastei dele, ele olhava para mim, suas pupilas dilatadas, com uma expressão de êxtase nos olhos.

– Você fez mesmo isso – disse ele.

Afastei-me, limpando a boca na manga da minha jaqueta.

– Não conte a ninguém – eu não queria olhar para ele. Já me sentia envergonhada.

– Eu nunca vou contar – sua mão esfregava a ferida no pescoço, e ele a esticou para ver o sangue – Uau!

– Faça pressão nisso – encontrei um lenço no bolso da jaqueta e o entreguei para ele.

Ele pressionou o lenço contra seu pescoço.

– Isso foi incrível – disse ele. – Eu... eu te amo.

– Você nem me conhece.

Ele esticou a mão que estava livre.

– Eu sou Joshua – disse. – E agora sou um vampiro, como você.

Não, você não é, eu quis dizer. Mas não o contradisse. Ele era apenas um jogador de RPG, no fim das contas.

Eu devia ter ficado em Asheville para sempre. Eu tinha um lugar para morar, amigos (ou algo parecido), e uma fonte desejosa de alimentação. Mas, aos poucos, comecei a emergir da neblina. A maneira que vivíamos me deixava mais e mais desconfortável. Todos os dias pareciam os mesmos, mais ou menos. Eu não estava aprendendo nem realizando nada. E, todas as noites, esperando por mim, ao invés do sono, estava o fato de que eu havia matado um homem.

Eu raciocinava que ele havia merecido completamente aquilo. A segurança com que ele havia encontrado a estrada na floresta e o jeito como havia rido durante meu esforço para me livrar dele me convenceram de que ele já fizera com outras mulheres o que tentou fazer comigo. Mesmo assim, meu comportamento – puramente instintivo –, no final, não pode ser perdoado. Tudo que meu pai havia me ensinado ia contra o que eu havia feito.

Outras vezes, eu questionava o valor da educação. De que adiantava saber História, Literatura, Ciências ou Filosofia? Todo esse conhecimento não me impediu de matar, e não estava me servindo agora em nenhum sentido prático. Eu havia sobrevivido; isso era tudo que importava.

Durante os meses de neblina, meus sonhos eram turvos, frequentemente violentos, populado por feras, sombras e árvores cheias de galhos secos. Nos sonhos, eu corria, perseguida por algo que nunca vi. E sempre acordava com o sentimento de que tentei pedir ajuda, mas as palavras não conseguiam sair. Às vezes, eu imaginava se os sons desarticulados que eu fazia nos sonhos também eram vocalizados de verdade.

Eu abria meus olhos para o mesmo quarto desarrumado e cheio de coisas de alguém que nunca conheci. Ninguém nunca vinha ver se eu estava bem. Essa foi a época em que mais desejei a mãe que nunca conheci. Mas o que ela pensaria de ter uma filha vampira?

Gradualmente, meus sonhos começaram a ganhar mais estrutura, como se eu estivesse sonhando capítulos de uma história que continuava, noite após noite. Os mesmos personagens – um homem, uma mulher, alguém parecido com um pássaro – movendo-se por uma paisagem azul profunda entre plantas exóticas e animais gentis. Às vezes, eles viajavam juntos, mas era mais comum que ficassem separados, e eu, a sonhadora, era privada de cada um de seus pensamentos e sentimentos. Cada um deles procurando por algo nunca definido; cada um deles sentindo-se sozinho ou triste, às vezes, mas todos eles eram pacientes, curiosos e até mesmo otimistas. Eu os amava mesmo sem os conhecer bem. Ir dormir, agora, parecia mais interessante do que ficar acordada – uma boa razão para achar que era hora de deixar Asheville.

Joshua era outra boa razão. Ele me chamava de namorada, apesar de nunca termos nos beijado, ou mesmo dado as mãos. Eu pensava nele como um irmão mais novo – inoportuno às vezes, mas parte da "família". Ele parecia sempre estar por perto, falava em se mudar para a casa. Eu disse para ele que precisava de espaço.

Uma noite, depois do jantar (um burrito para ele, meio copo do sangue de Joshua para mim), sentamo-nos no chão do meu quarto, os dois encostados na parede, deslumbrados. Anos depois, eu vi um filme sobre viciados em heroína e os personagens me lembravam de Joshua e eu em Asheville, em nosso estado pós-refeição.

– *Annie* – disse ele –, você quer casar comigo?

– Não – eu disse.

Ele parecia tão jovem, sentando perto da parede com seu jeans imundo, pressionando uma toalha de papel no pescoço. Eu tentava sempre morder no mesmo lugar, para minimizar a possibilidade de infecção. Eu ainda não sabia que os vampiros são livres de germes.

– Você não me ama? – seus olhos me lembravam os de outro parceiro fiel: Wally, o cachorro de Kathleen.

– Não.

Eu o tratava de modo terrível, não é? E não importa o que eu dizia ou fazia, ele sempre ficava perto de mim.

– Bem, *eu* amo *você* – parecia que ele ia chorar, e, subitamente, pensei: Chega.

– Vai pra casa – eu disse. – Eu preciso ficar sozinha.

Relutante, mas mesmo assim obediente, ele se levantou.

– Você ainda é minha namorada, *Annie*?

– Não sou a namorada de ninguém – eu disse. – Vai para casa.

⁂

A primavera chegou, e o mundo todo se tornou verde. As novas folhas das árvores se entrelaçaram filtrando a luz do sol, suas estampas me lembrando um caleidoscópio; o ar suave. Estiquei meus dedos diante de meus olhos e fiquei observando a luz do sol brilhando através deles, vendo o sangue pulsando. Eu disse a Jane que o dia era como um poema. Ela olhou para mim como se eu fosse lunática.

– Estou me formando em sociologia – disse ela. – Meus dias não são como poemas.

Tudo que eu sabia sobre sociologia era o que meu pai uma vez me disse: "Sociologia é uma desculpa fraca da ciência".

– Aliás – disse ela –, Joshua ligou hoje de manhã. Duas vezes.

– Ele é irritante – eu disse.

– Esse garoto me deixa nervosa – disse Jane. – Parece que você jogou um feitiço nele.

Estávamos passeando pelo centro, usando óculos escuros pela primeira vez no ano, a caminho de uma loja de sapatos. Jane sempre parecia ter bastante dinheiro, mas, de qualquer forma, era mais provável que ela preferisse roubar um par. Senti uma súbita sensação claustrofóbica de opressão, por eles, por Joshua, e até mesmo pelos calorosos feiticeiros e lobisomens.

– Estou pensando em continuar minha viagem – ouvi-me dizendo.

– Para onde?

Realmente, para onde?

– Para Savannah – eu disse. – Eu tenho uma parente lá.

Ela assentiu:

– Quer ir este final de semana?

E assim, fácil, a decisão foi tomada.

Não me despedi de ninguém, a não ser de Paul.

– Joshua sabe que você está partindo? – perguntou-me ele.

Eu disse:

– Não, e por favor não conte a ele.

– *Annie*, isso é muito frio – disse ele. Mas me deu um abraço de despedida mesmo assim.

―――

Jane dirigia rápido. O carro acelerou pela I-26 e eu tremi quando passamos pela entrada onde Robert Reedy havia me pegado.

– Está com frio? – perguntou Jane.

Balancei a cabeça:

– Não deveríamos virar na 95 para Savannah?

– Vamos fazer uma parada em Charleston primeiro – disse ela. – Preciso ver os rentes.

– Os rentes?

– *Parentes*, minha mãe e meu pai – disse ela. E ligou o rádio, alto.

Dentro de uma hora, estávamos em Charleston e Jane parou o carro em frente a um portão de ferro.

– Sou eu – ela disse para um alto-falante, e o portão se abriu.

Dirigimos por uma passagem curvilínea, bordejada por árvores altas salpicadas com enormes flores brancas recém-florescidas; elas eram chamadas magnólias-sulistas, aprendi depois. O carro parou diante de uma mansão de tijolos brancos. Acho que devia ter ficado surpresa por ela ser rica, mas de algum modo não fiquei.

Acabamos passando a noite. Os pais de Jane eram pessoas de caras esticadas e cabelos loiros pintados, próximos da meia-idade, que falavam e falavam sobre dinheiro. Mesmo quando falavam sobre família – o irmão de Jane, um primo, um tio –, eles falavam sobre quanto dinheiro eles tinham e com o que estavam gastando. Eles nos serviram camarões e grãos, e caranguejos enormes, cuja casca esmagavam com martelos de prata para que pudessem sugar sua carne. Fizeram perguntas sobre os trabalhos escolares de Jane, que respondeu de modo ambíguo: "Na verdade não", ou "Tipo assim", ou "Sei lá". Ela fez questão de checar suas mensagens de texto no celular diversas vezes durante o jantar.

Jane os tratava ainda mais desdenhosamente do que eu havia tratado Joshua. Na manhã seguinte, entendi porque ela roubava lojas: era a sua maneira de expressar seu desprezo por seus pais e o materialismo deles.

Apesar de tudo, quando seu pai lhe entregou um maço de notas quando estávamos saindo, ela aceitou e as enfiou em um dos bolsos de seu jeans.

– Bem, está feito – disse ela. Deu um tapinha na janela, e nós arrancamos.

※

Jane pegou a rodovia para Savannah, rota 17, fora de Charleston, e depois que deixamos a cidade eu tive minha primeira visão do "País Baixo". Dos dois lados da estrada, a grama alta marrom avermelhada ondulava com o vento. Riachos cinzentos luziam como veias de prata nos campos gramados. Abaixei o vidro do carro e respirei o ar, que cheirava como um canteiro de flores. Aquilo me deixou meio entontecida. Abri minha mochila para tomar um gole de tônico.

– O que *é* esse negócio, afinal? – perguntou Jane.

– Remédio para minha anemia – nesses dias eu mentia sem nem pensar. A garrafa estava três quartos vazia. Imaginei o que eu faria quando acabasse.

Jane pegou o telefone celular e ligou para Paul. Eu consegui sintonizar sua voz.

Passamos por uma *Balsa Abelha* e uma loja de presentes chamada Garça Azul; os nomes me faziam pensar em minha mãe. Eu não havia pensado muito nela em Asheville, mas essa paisagem me fazia lembrar dela, fazia-me imaginá-la quando era uma garota, crescendo entre a grama e os cheiros agridoces. Será que ela havia passado por essa estrada quando fugiu de nós? Será que ela viu as mesmas placas que eu estava vendo? Teria se sentido feliz como se estivesse voltando para casa?

Passamos pelo rio Savannah, que é azul safira, e chegamos ao centro da cidade na hora do almoço.

Jane abaixou o telefone celular.

– Está com fome? – ela parecia ansiosa para voltar para Asheville, e para Paul.

– Não – é claro que eu estava com fome, mas não de *fast-food*, ou mesmo de grãos e camarões. – Você pode me deixar em qualquer lugar.

Ela encostou perto de um cruzamento. Agradeci a ela, mas ela balançou a mão.

– O Salão dos Feiticeiros vai sentir sua falta – disse. – E nossa, Joshua provavelmente vai se matar.

– Espero que não – eu sabia que ela estava brincando. Eu também sabia que Joshua podia pensar em fazer algo do tipo. Mas eu não achava que ele fosse capaz de levar isso adiante.

Nós duas dissemos "te vejo por aí", sem convicção.

Fiquei olhando o *sedan* cinza se afastar, rápido demais, e desejei bem a ela. Não havíamos sido amigas, de verdade, mas ela havia me oferecido todo companheirismo que podia. E, por isso, eu era grata.

11

Em Savannah, aprendi como ser invisível.

Naquele primeiro dia, passei horas andando pela cidade, saboreando os jardins verdes e frescos, as fontes, as estátuas, os sinos da igreja. Memorizei os nomes das ruas e das praças para que não me perdesse, e imaginei o arquiteto original da cidade tentando calcular quanto de rua deveria existir entre as praças, de modo a oferecer uma trégua ao calor úmido. Elogiei-o pelo excelente projeto.

Já era quase fim de maio e as pessoas andavam pela cidade usando roupas de algodão, ou camisetas de manga curta, e carregando as blusas. Minha calça preta parecia fora de lugar entre eles. Sentei-me em um banco em uma praça coberta pelas folhas dos carvalhos e observei as pessoas enquanto passavam. Talvez algumas delas fosse a minha tia. Não tinha como eu reconhecê-la. Eu podia distinguir os turistas dos moradores locais pelo jeito de andar e pela maneira que olhavam para tudo; os moradores locais andavam com intimidade leve, um lânguido passeio.

Em Savannah, comecei a imaginar: Como um vampiro reconhece outro? Há um gesto secreto, um sinal, ou uma piscada ou um movimento pelo qual nos proclamamos "um de nós"? Ou será que algum instinto nos permite a identificação instantânea? Se eu encontrasse outro vampiro, será ele ou ela me daria boas-vindas ou me evitaria?

Enquanto a tarde chegava ao fim, continuei sentada em meu banco e fiquei vendo as sombras. Todos que passavam traziam uma sombra. Eu não. Ou havia poucos vampiros em Savannah além de mim, ou todos eles estavam dentro de suas casas, esperando a noite cair.

Fiz uma peregrinação ao Cemitério Colonial, mas não ultrapassei os portões. Em vez disso, procurei pela casa onde minha mãe havia vivido. E acho que a encontrei: uma construção de tijolos vermelhos com três andares, venezianas verdes e sacadas de ferro forjado negro. Olhei para a sacada que ficava em frente ao cemitério e imaginei meu pai sentado lá com uma mulher – uma mulher sem rosto. Minha mãe.

Enquanto me afastava, olhei para a calçada de tijolos, para a estampa cravada nos tijolos. Elas não eram espirais, eram círculos concêntricos, como pequenos alvos. A memória de meu pai não era perfeita, afinal, ou era culpa de sua dislexia com estampas.

Alguns quarteirões depois, vi um velho hotel com sacadas de ferro moldado saltando sobre a rua, e, por um momento, fantasiei em me registrar, tomar um banho, passar uma noite dormindo em lençóis muito limpos. Mas eu tinha menos que cem dólares sobrando e não sabia como ou quando teria mais.

Olhei para dentro da janela do primeiro andar do hotel: um saguão, um bar e um restaurante. No bar, havia um homem alto de terno preto sentado, estava de costas para mim, ele levantou um copo que tomou a luz das velas para si e brilhou sua cor vermelha escura familiar.

Picardo. Subitamente, senti uma falta terrível de meu pai. Estaria ele sentado em sua poltrona de couro, segurando um copo de coquetel igual a esse? Será que ele sentia minha falta? Ele devia estar mais preocupado do que nunca. Ou será que ele sabia o que eu estava fazendo? Podia ele ler meus pensamentos a essa distância? Esse pensamento me alarmou. Se ele soubesse o que eu havia feito, desprezaria-me.

O espelho atrás do bar refletia o copo de coquetel, mas não o homem que o segurava. Como se tivesse sentido meu olhar, ele se virou. Rapidamente, continuei andando.

O céu já havia escurecido quando encontrei o rio. Meus pés doíam, e minha fome se tornara vertigem. Andei entre os turistas pela Rua do Rio, passei por lojas chamativas e restaurantes que anunciavam ostras cruas e cerveja. Quando vi uma loja de artigos importados da Irlanda, parei de andar. Na minha cabeça, vi meu pai entrando nela e saindo com um xale, que ele enrolou em volta da mulher sem rosto.

Meu pescoço arrepiou – uma sensação que eu não tinha há tanto tempo e que no começo não reconheci. E, então, eu soube. Alguém estava me observando. Olhei em todas as direções, mas vi apenas alguns casais e famílias prestando atenção em si mesmos. Respirei fundo e olhei ao redor novamente, mais devagar. Dessa vez, meus sentidos se focaram em uma escadaria de pedra, no primeiro degrau, no qual a névoa, vinda do rio, parecia ter se reunido.

Então você é invisível, pensei. Você é o mesmo outro que me vigiava em casa?

Escutei uma risada, mas ninguém ao meu redor estava rindo.

Meu rosto ficou quente. *Isso não é engraçado.*

E, pela primeira vez, tentei ficar invisível.

Não foi difícil. Assim como meditação profunda, é uma questão de concentração; você respira fundo e concentra sua consciência profundamente no momento presente, a experiência de aqui e agora, e esquece de tudo isso. Os elétrons de seu corpo começam a desacelerar enquanto você absorve o calor deles. A sensação de desviar da luz é como se você estivesse escoando toda a energia para o seu íntimo mais profundo. Um sentimento de liberdade e leveza se espalhou por mim. Depois, aprendi que isso é chamado de *qi* ou *chi*, uma palavra chinesa para "ar" ou "força vital".

Como um jeito de provar, levantei as mãos diante do meu rosto. Não vi nada. Olhei para minhas pernas e enxerguei direto através delas. As calças feitas pelo alfaiate haviam desaparecido. Assim como minha mochila. As afirmações de meu pai sobre os metamateriais não haviam sido exageradas.

Depois disso, não senti mais o *outro*. Comecei a andar, descendo a Rua do Rio, como se estivesse flutuando. Entrei em um restaurante, passei pela cozinha, onde pratos de comida esperavam para serem coletados e servidos. Ninguém sequer olhou na minha direção. Peguei um prato cheio de filé mignon malpassado, saí com ele pela porta dos fundos e me sentei em uma muretinha de pedra para devorá-lo, usando minhas mãos como talheres. Poucos minutos depois, dois garçons do restaurante saíram para fumar, e um deles notou o prato vazio na mureta, bem ao meu lado. Lentamente, ele veio buscá-lo, e ficou tão perto que eu vi os flocos de caspa em seus cabelos.

– Alguém deve ter jantado ao ar livre, hein? – disse ele.

O outro garçom riu.

– Ao ar livre? Quem? Você deve estar falando do bebâdo que dorme perto da lata de lixo?

Enfiei uma nota de dez dólares em seu bolso traseiro quando fui embora, para pagar pelo jantar.

Continuei andando sem destino, beco e novamente pela Rua do Rio, vetiginosamente desviando dos turistas. Estar invisível é quase tão bom quanto voar. Uma hora, esbarrei em um homem grande de terno, ele recuou e olhou furtivamente ao redor para ver quem havia tocado nele. Ele engasgou. Levei um segundo para entender o porquê: ele havia esbarrado na minha mochila invisível.

Pela primeira vez em muito tempo, eu estava me divertindo e imaginava o que mais eu podia fazer. Mas a tensão física de se manter invisível é tão exaustiva quanto correr ou andar de bicicleta por quilômetros. Era hora de encontrar um lugar para passar a noite.

Subi a rua de pedras em direção à cidade novamente, na direção do hotel que eu havia visto mais cedo.

Registrar-me no Marshall House foi mais fácil do que você pode imaginar; pendurei-me e pulei para dentro de uma das sacadas de ferro, passei por um corredor de cadeiras de balanço vazias, e escalei através de uma janela de banheiro destrancada. Depois de me assegurar que o quarto estava vazio, tranquei a porta, tirei minhas roupas e tomei um banho; eles até ofereciam um robe bem macio. Também encontrei um pequeno frasco de óleo de banho com cheiro de lavanda, mas sua tampa estava tão apertada que eu não consegui abrir, mas usei meus dentes. Espalhei o óleo pela água que corria.

Afundei-me na banheira e, lentamente, deixei a luz escapar de mim, permiti-me ficar visível – como se houvesse alguém ali para ver. Esfreguei as pernas e meus cabelos, que, como notei, haviam crescido além da minha cintura.

Quase caí no sono na banheira. Exausta, enxuguei-me, enrolei-me no robe, enrolei meus cabelos, e subi na cama *king-size*. Os lençóis tinham um improvável cheiro de rosas. Sonhei com flores, e pássaros, e palavras cruzadas.

―⸺―

Em *Eneida*, Virgílio chama o sono de "Irmão da Morte". Para nós, dormir é o mais próximo da morte que gostaríamos de chegar – salvo as catástrofes, é claro. Sempre com exceção disso.

A luz do sol me acordou, entrando em correntes douradas pela janela sobre a sacada. Sentei-me na cama, minha mente renovada e alerta pela primeira vez em meses. Senti como se estivesse dormindo desde que saí de casa. Em um segundo, percebi o quanto eu sentia falta da minha mente metódica. Talvez a minha educação tivesse alguma utilidade no final das contas, nem tanto nos termos do que eu havia aprendido, mas em como me ensinar a pensar.

Encontrar minha tia agora me parecia um processo perfeitamente claro. Primeiro, consultei a lista telefônica que havia na escrivaninha do quarto; mais de vinte Stephensons estavam listados, mas nenhuma Sophie, ou mesmo *S*.

Mas ela deve ter casado e ganhado outro nome, ou ter um número que não está na lista. Voltei a pensar no que meu pai havia me dito sobre o passado de minha mãe: ela havia sido criada nos arredores de Savannah, mas eu não sabia onde ela havia frequentado a escola. Eu sabia, ou achava que sabia, seu endereço antigo, e sabia que ela tinha um emprego criando abelhas.

Deixei o quarto do hotel exatamente como o havia encontrado, menos a pequena garrafa de óleo de banho de lavanda. A velha porta de madeira estalou quando eu a abri. Na ponta dos pés, segui pelo corredor e desci um lance de escadas. No saguão, sentei na estação de computadores dos hóspedes. Graças à internet do hotel, levei apenas alguns segundos para buscar por *Savannah* e *mel* e encontrar o que precisava: endereço e número de telefone da Companhia de Apicultura Tybee.

Passei pelo saguão como se, de fato, fosse uma hóspede pagante.

O porteiro abriu a porta da frente para mim.

– Bom dia, gata – disse ele.

– Bom dia – eu disse. E coloquei meus óculos escuros e saí a passos largos descendo pela Rua Broughton, sentindo-me, em meu casaco preto feito em Londres, realmente uma gata.

Há dias em que parece que você é um só com o universo. Você também se sente assim? A cada passo que você dá, o chão se levanta para encontrar seu pé, e o ar acaricia sua pele. Meus cabelos compridos flutuando sobre a brisa atrás de mim, cheirando a xampu de lavanda. E até minha mochila se sentindo leve.

A Companhia de Apicultura Tybee ficava na periferia da cidade, em um armazém – não era um lugar bonito, e nem muito fácil de encontrar. Mas ficar invisível ajudava. Eu não queria pedir carona, mas, em um posto de gasolina, deslizei para dentro do banco traseiro de um carro com um adesivo da Ilha Tybee em seu vidro traseiro. Uma adolescente era a motorista, e ela se encaminhou para a autoestrada da ilha. Quando se aproximou da saída da President Street, comecei a choramingar, tentando ao máximo soar como um problema mecânico. Ela obedientemente encostou, e eu (e minha mochila) deslizamos para fora enquanto ela olhava dentro do capô do carro. Eu disse um "obrigado" sem voz.

Não, eu não me sentia culpada pelas minhas brincadeiras na hora; eu sentia que o fim iria justificar os meios, seja lá qual fosse o fim. Só muito mais tarde eu fiz uma completa avaliação moral de meus atos.

Tornei-me visível para a reta final, e parei duas vez para pedir informações antes de encontrar o armazém. Dentro dele, meia dúzia de pessoas jovens trabalhava. Uma estava grudando rótulos em todas as garrafas de mel dourado. Outra empacotava pequenos frascos em caixas de papelão para remessa, outra pessoa usava uma espátula para cortar os favos de mel em quadrados. O salão tinha janelas e teto altos, mas seu ar estava grosso e doce.

Todos eles olharam quando entrei.

– Oi – eu disse. – Estão contratando?

Uma mulher elegante vestindo um terninho me entrevistou no escritório do andar superior. Ela disse que eles não tinham vagas no momento, mas que manteria meu registro no arquivo. Quando preenchi a papelada, disse que tinha 18 anos, e deixei o espaço para endereço em branco. Expliquei que eu estava viajando para visitar um parente. Perguntei se ela conhecia minha mãe, que havia trabalhado aqui cerca de quinze anos atrás.

Ela disse:

– Estou aqui há apenas um ano. Você pode querer falar com o dono. Ele está fora, em Oatland Island, com as abelhas.

Uma das empacotadoras vivia na ilha e estava indo para casa almoçar, então me deu uma carona até as colmeias. Elas ficavam às margens de uma reserva natural, perto de um velho barco de madeira que descansava em cima de blocos de cimento. Ela me apontou a direção e virou a cabeça de volta para o carro.

– Tenho medo das abelhas – disse ela, sobre o ombro. – Ande devagar, e elas te deixam em paz.

Tendo sido avisada, cruzei o gramado na direção das colmeias, que pareciam, à distância, arquivos de escritório cheios e desorganizados. Um homem de roupa branca e capuz estava puxando o que parecia ser uma gaveta de um dos arquivos. No chão, ao seu lado, havia um dispositivo de metal emitindo uma fumaça com cheiro de pinho. Aproximei-me devagar por trás dele. Uma abelha zumbiu perto de mim, como se estivesse me checando, e então se afastou. Uma sólida corrente de abelhas trafegava, indo e vindo das colmeias. O céu estava nublado e o lugar estava totalmente quieto a não ser pelo som das abelhas.

O apicultor se virou para me olhar. Enfiou a gaveta de volta no armário e gesticulou para que eu voltasse ao barco. Quando chegamos nele, tirou o capuz e o véu.

– Assim está melhor – disse ele. – As garotas estão um pouco selvagens hoje.

Ele tinha um cabelo surpreendentemente branco e seus olhos tinham a cor de água-marinha.

Eu já mencionei meu interesse por pedras preciosas? Ele começou com uma velha enciclopédia em casa. Ainda posso ver as placas de cabochão – e as esmeraldas cortadas em forma de esmeralda: jade, água-marinha, olho de gato, esmeralda, pedra da lua, peridoto, rubi, turmalina, e minha favorita: a safira-estrela. Os diamantes eu achava chatos, sem sutilezas. Mas as safiras-estrela marfim de seis pontas irradiavam contra um fundo azul prussiano como se fossem fogos de artifício, ou iluminadas pela luz da noite. Anos depois, vi uma safira-estrela de verdade, e ela tinha ainda mais sutilezas: a estrela não era visível até que você olhasse para a pedra pelo ângulo certo, e então ela aparecia, como uma criatura do mar fantasmagórica nas profundezas da água, graças a um fenômeno ótico chamado asterismo. Eu interrompia a descrição das pedras e suas mitologias, e virava a página para o próximo tópico: *Genealogia*, que incluía um "gráfico de relações sanguíneas", explicando como, no final das contas, um bisavô está diretamente conectado a um primo em primeiro grau. Nunca li esse tópico, mas acompanhar o gráfico – uma série de pequenos círculos, conectados por linhas – sempre estará associado para mim ao brilho, ao fogo e ao mistério das pedras preciosas.

– Você não é desta região – o apicultor estava dizendo.

Apresentei-me, usando meu nome real pela primeira vez em meses.

– Eu acho que minha mãe trabalhou para você – disse. – Sara Stephenson?

Sua expressão mudou de intrigada para triste.

– Sara – disse ele. – Eu não tenho pensado nela há anos. O que aconteceu com ela?

– Sua pergunta é igual à minha – eu disse.

Seu nome era Roger Winters e, quando ele ouviu que eu nunca havia conhecido minha mãe, balançou a cabeça. Depois de alguns segundos, disse que a conhecia muito bem.

– Ela trabalhou para mim meio período quando ela estava no colégio, e depois ela voltou, após seu divórcio. Você sabia que ela havia sido casada?

Eu disse:

– Sim.

– Eu estava feliz por ela ter se separado dele, e feliz por tê-la de volta. Ela era uma boa funcionária – disse ele. – Ela se dava muito bem com as abelhas.

Sua voz estava calma e lenta, com inflexões e vogais mudas que eu nunca havia ouvido antes. Pensei na maneira rude que a maioria das pessoas de Saratoga Springs falava (com a notável exceção de meu pai). Eu poderia ouvir o sr. Winters falar por horas.

– Eu percebo a semelhança agora – disse, olhando para mim – Você tem os olhos da sua mãe.

– Obrigada! – ele havia me dado minha primeira ligação física com minha mãe.

Ele se encolheu – e apenas torceu de modo estranho seu ombro direito.

– Ela era muito bonita – disse ele. – E divertida. Aquela mulher sempre conseguia me fazer rir.

Eu disse para o sr. Winters que tinha vindo a Savannah para encontrar minha mãe, qualquer pista dela, ou de suas relações.

– Ela tinha uma irmã, Sophie.

– Sophie não se parecia em nada com Sara.

– Ela está aqui? – eu mal podia acreditar na minha sorte.

– Vive há alguns quilômetros daqui, perto da cidade. Pelo menos ela vivia. Eu não ouço falar de Sophie há anos. Costumava vê-la nos jornais com suas rosas, todas as vezes que havia exposição de flores.

Meu desapontamento deve ter ficado evidente, porque ele disse:

– Isso não quer dizer que ela ainda não esteja aqui, agora. Você deveria tentar ligar para ela.

Eu disse que não havia encontrado o nome dela na lista telefônica. Ele se encolheu novamente:

– Ela é uma solteirona. Vive sozinha. Gosta de ter seu número fora da lista. Sim, esse é o tipo de coisas que Sophie *faria* – ele se abaixou para pegar seu capuz e seu véu, que havia colocado perto do aparelho de fumegação que estava na grama.

– Deixa eu dizer uma coisa. Já está quase na hora do meu almoço mesmo. Eu te levo até lá depois do almoço e a gente vê se ela ainda vive naquela casa da Rua Screven.

– É muito gentil da sua parte – eu disse.

– Parece que é o mínimo que posso fazer pela filha de Sara. Aliás, qual sua idade? Dezessete? Dezoito?

– Mais ou menos – eu não queria explicar por que uma garota de treze anos estava viajando sozinha.

<hr>

O sr. Winters dirigia uma velha picape azul com o logo de uma abelha amarela nas duas portas. Os vidros estavam abaixados, e eu estava feliz; o sol havia emergido das nuvens e o ar se chocava contra o veículo, úmido e quente.

Ele parou em um restaurante no caminho de volta para a cidade, nada chique, um barraco de beira de estrada, e, sentada em uma mesa de piquenique do lado de fora, com vista para um pântano, experimentei pela primeira vez as ostras cruas.

O sr. Winters trouxe um prato cheio delas, metade da concha de vários tamanhos, encrustradas em gelo raspado. Ele voltou para dentro e saiu com um prato de sopa com bolachas e uma garrafa de molho vermelho. Abriu tudo e colocou em posição estratégica, no meio de nós.

– Nunca comeu uma? – disse ele, seu rosto tão desconcertado como se eu tivesse dito que nunca havia respirado.

– Ianques... – ele murmurou.

Ele demonstrou a técnica apropriada para se comer uma ostra: ele pingava duas gotas de molho na ostra cinzenta e redonda, levantava a concha, colocava a ponta em sua boca, e a sugava para dentro. Ele colocou a concha vazia na tigela de sopa. Então, pegou algumas bolachas e as jogou de volta.

Peguei uma concha, já planejando um jeito de esconder meu desgosto, sutilmente cuspindo em um guardanapo, por exemplo. Os pequenos corpos cor de marfim e cinza pareciam intragáveis, e, de qualquer modo, nesses dias eu não tinha vontade de nada que não fosse vermelho. Segurei a concha como ele tinha feito, e, como ele, eu não havia derramado nenhum líquido, e depois, heroicamente, suguei-a para minha boca.

Como descrever aquele primeiro gosto? Melhor do que sangue! A textura era firme e mesmo assim cremosa, exalava uma essência mineral que parecia injetar oxigênio direto em minhas veias. Depois, descobri que as ostras – quer dizer, aquelas que não haviam sido contaminadas – estão cheias de minerais nutritivos, incluindo oxigênio, cálcio e fósforo.

O sr. Winters estava me observado – senti isso, mesmo tendo fechado os olhos. Ouvi sua voz.

– É claro que algumas pessoas podem não sobreviver a coisas...

Abri os olhos:

– Nunca experimentei coisa melhor na vida.

– É mesmo? – ele começou a rir.

– Nunca – olhamos um para o outro sem entender absolutamente nada.

E, então, paramos de olhar e falar, e começamos a comer. Comemos quatro dúzias em pouco tempo.

Você sabe, há certas coisas na vida que ou a gente ama, ou odeia. Não há meio-termo. Ostras são esse tipo de coisa. Aliás, elas têm o gosto azul – o gosto oculto, tranquilo e salgado de um topázio azul de Londres.

De volta à picape, perfeitamente saciada e sentindo o oxigênio se movendo como um elixir através de mim, eu disse:

– Obrigada.

Ele fez seu movimento engraçado de ombros novamente e ligou o carro. Enquanto partíamos, ele disse.

– Eu tive uma filha.

Olhei para ele, mas seu rosto de perfil não mostrava emoção.

– O que aconteceu com ela?

– Casou-se com um idiota – disse ele.

Não conversamos por um minuto. Perguntei:

– Você chegou a conhecer meu pai?

– Ah, sim – ele saiu da autoestrada e entrou em uma vizinhança de casas velhas. – Encontrei-o três ou quatro vezes. Gostei dele das duas primeiras.

Eu não sabia o que dizer.

Ele guiou por uma rua calma com velhas casas e encostou perto de uma esquina, sob uma enorme árvore de magnólias. Algumas de suas flores ainda não haviam brotado e estavam em um formato de cone, com cor de palha pálida. Difícil imaginar que, quando abrissem, tornariam-se flores brancas com forma de prato, mas havia muitas evidências naquela árvore de que elas podiam, e iriam.

— Então, aqui estamos — ele olhou na minha direção, seus olhos azuis muito sérios. — Agora, sua tia, se ela estiver em casa, é alguém que você vai levar tempo para conhecer bem. Ela é do tipo... do tipo dama, se você entende o que eu quero dizer.

Eu não entendia.

— Ela nunca comeria ostra crua em sua vida — disse ele. — Ela é do tipo que você vê em salões de chá, comendo pequenos sanduíches de pão branco sem as bordas.

Saímos da picape. A casa era cinza, tinha dois andares, um projeto plano e simétrico, e um grande e vazio jardim do lado esquerdo.

— É ali onde ela tinha seu jardim de rosas — disse, falando sozinho. — Parece que ele foi enterrado.

Ele parou um pouco atrás de mim na varanda da frente, enquanto eu tocava a campainha. A varanda estava bem limpa e as janelas acima dela estavam enfeitadas com cortinas de renda e persianas.

Toquei a campainha pela segunda vez. Ouvimos o eco lá dentro.

O sr. Winters disse:

— Bem, você sabe...

E, então, a porta abriu. Uma mulher com um vestido caseiro sem forma olhou para nós com olhos que eram da mesma cor que os meus. Ela era tão pequena quanto eu. Olhamos uma para a outra. Ela alisou seus cabelos brancos na altura de seu queixo, e então parou a mão no pescoço.

— Meu Deus do céu — disse ela. — Você é a menina da Sara?

O sr. Winters nos deixou em seguida, mas ele anotou seu número de telefone a lápis em um velho recibo de posto de gasolina e me entregou, com uma piscadela, enquanto ia embora.

Não foi um encontro fácil.

Minha tia Sophie, e isso ficou claro em poucos minutos, havia sido totalmente desapontada pela vida. Diversas vezes as pessoas a haviam deixado mal. Ela havia sido noiva uma vez de um homem que mais tarde sumira da cidade sem se despedir.

Enquanto seu sotaque parecia similar ao do sr. Winters em se tratando das vogais, o dela era mais alto e mais duro nos tons e mais correto na gramática. Eu preferia muito mais ouvir o sr. Winters. De fato, assim que me sentei no sofá desconfortável e cheio de almofadas da sala de visitas, com enfeites rendados colocados precariamente em seus braços e no topo, desejei que o sr. Winters houvesse me falado sobre essa pessoa que claramente amava falar e não se importava em ouvir ou não sabia.

– Sua mãe – ela fez uma pausa para arregalar os olhos e balançar a cabeça – não faz contato comigo há anos. Você consegue imaginar uma irmã assim? Mas é claro que você é apenas uma criança, Arabella. Mas nem mesmo um cartão de Natal. Nem mesmo me ligou no meu aniversário. Você consegue *imaginar*?

Se recentemente não tivesse consumido o melhor lanche da minha vida, eu poderia dizer a ela que sim, que eu conseguia imaginar. Eu devia ter mencionado que meu nome não era Arabella. Eu devia até ter ido embora. Ela era chata, repetia as mesmas coisas e era condescendente e egoísta. Em questão de minutos, soube que ela tinha tido ciúmes de Sara por toda a vida, e suspeitava que havia tratado mal minha mãe. Mas a alegria de ter descoberto as ostras se prolongou, deixando-me mais complacente e tolerante. O mundo não era um lugar tão ruim naquela tarde, mesmo que tia Sophie estivesse nele.

Ela sentou na beirada da poltrona, seus tornozelos enfiados em meias de *nylon* brancas, ordenadamente alinhadas acima de seus sapatinhos de salto baixo, como se fossem hóspedes da casa. Ela parecia estar no fim dos seus cinquenta anos; sua boca tinha um franzido de humilhação permanente, e sua pele uma palidez que eu esperaria ver em uma mulher muito mais magra e velha. Mesmo assim, seus olhos sugeriam que ela já havia sido bonita.

Suas mãos estavam enfiadas nos bolsos de seu avental, e seus cotovelos pareciam secos e vermelhos. A sola estava decorada em tons de bege e branco, os móveis eram quadrados e desconfortáveis. Um armário antigo com a frente de vidro aprisionava figuras de porcelana de crianças impossivelmente animadas. Nada na sala parecia genuíno.

Ela tinha um jeito de começar uma história, e então interrompia com comentários irrelevantes ou de desaprovação ("Seu cabelo está muito *comprido*" foi uma deles). Depois de um tempo, parei de ver sentido nisso e simplesmente deixei as palavras passarem por mim, sabendo que eu teria que selecioná-las depois, ou para sempre.

Quando ela me convidou para passar a noite, foi com tal relutância, tal estranhamento, com um tom de questionamento em sua voz, que eu fui tentada a ir embora. Mas ela era minha tia. Ela sabia coisas sobre minha mãe, mesmo que fossem meias verdades. E eu decidi ficar.

Jantamos salada de galinha recheada com folhas geladas de alface, com uvas verdes sem semente de sobremesa. Depois disso, na sala estreita, senti-me desapontada e vazia. Tomei o último gole de tônico e me lembrei que, apesar da tia Sophie, no mundo havia ostras, Roger Winters e minha mãe – quer dizer, se minha mãe ainda estivesse viva. Peguei meu diário e comecei a escrever.

Sophie havia visto minha mãe pela última vez há treze anos, logo depois do meu nascimento (Ela não disse isso, mas eu calculei as datas, deitada na cama).

Minha mãe havia aparecido na sua porta em uma tarde.

– Do jeito que você apareceu – disse-me Sophie –, eu acho que as pessoas são ocupadas demais para ligar antes.

– Naquela época, seu telefone também não estava na lista? – perguntei.

– Oh... – disse ela, fazendo a palavra demorar três sílabas. – Eu não me lembro disso. Você sabe, eu tenho que deixar meu número fora da lista telefônica. Um homem ficava ligando aqui, e ele *dizia* que havia discado o número errado, mas eu sabia pela sua voz que tipo de homem ele era. Não é fácil viver sozinha.

E, então, ela entrou em uma besteirada sobre as lamentações da solteirice, e ser pobre demais para viver em um condomínio fechado, e como ela teve que comprar seu próprio revólver.

Enfim, minha mãe havia chegado com uma aparência lamentável, disse Sophie.

– Ela estava terrível, e nem tinha feito uma mala. Não quis me contar nada; queria algum dinheiro e, é claro, eu não tinha nenhum.

Por três minutos, ouvi sobre a perda da fortuna da família duas gerações atrás, e sobre as tristes circunstâncias nas quais Sophie fora forçada a trabalhar para um viveiro de rosas local.

O lance com a mente da minha tia era tão serpenteante quanto infeccioso. Logo, surpreendi-me pensando de uma forma labiríntica e tangenciada, ao melhor estilo Sophie. Então, tive de fazer um esforço considerável, deitada na cama naquela noite, para conseguir retirar apenas os fatos.

Minha mãe havia aparecido. Aparentava estar doente. Pediu dinheiro. Disse que havia deixado Saratoga Springs para sempre, que estava querendo uma vida nova. Pediu para Sophie não contar para ninguém que ela havia estado aqui.

– Bem, é claro que no instante que ela saiu eu corri para ligar para seu pai – disse Sophie. – Ele havia me ligado há mais ou menos um mês antes, para ver se ela estava aqui. Você consegue imaginar, fugir de um bebê recém-nascido?

O que eu podia dizer sobre isso? Mas não importava, pois ela já estava falando de novo.

– Seu pai era uma cara estranho. Você não acha? Era um garoto tão bonito, e tão cheio de vida. Todas as garotas eram meio apaixonadas por ele; por que ele escolheu Sara eu nunca vou saber, ela tinha um temperamento terrível. Raphael, nós o chamávamos de Raph, era um ótimo dançarino. Tão cheio de vida. Daí, ele foi para a Inglaterra. Algo deve ter acontecido com ele lá – ela balançou a cabeça, enfaticamente. – Inglaterra – disse ela, como se fosse culpa do país.

Na manhã seguinte, depois de um café da manhã miserável com biscoitos velhos e manteiga com gosto de velha, agradeci a Sophie por sua hospitalidade e disse que planejava continuar.

– Minha mãe não te disse nada sobre o lugar para onde estava indo?

– Ela disse que estava indo para o sul – Sophie arrumou a toalha de mesa de crochê, cujos nós irregulares e calombos sugeriam que havia sido feita em casa.

– Seu pai sabe onde você está? – ela olhou para mim, com olhos subitamente afiados.

Tomei um gole do meu copo de suco – suco de pomelo de latinha que tinha cor vermelho rubi – e seu gosto de sacarina azeda me fez querer cuspir. Mas, ao invés disso, engoli.

– É claro – eu disse. E então, para evitá-la, perguntei:

– Você tem alguma fotografia da minha mãe?

– Eu as joguei fora – disse ela, com um tom de voz trivial. – Quer dizer, tantos anos sem saber dela, nem mesmo um cartão de aniversário, só aquele cartão-postal barato...

– Ela te mandou um cartão-postal?

– Era a foto de um animal, alguma criatura marinha. Bem vulgar.
Tentei ser paciente:
– De onde ele foi enviado?
– Algum lugar da Flórida – ela pressionou as mãos contra a testa. – Você não pode esperar que eu me lembre de tudo. Você não vai terminar seu suco?

Eu disse que achava melhor tomar meu rumo.

– Não quer ligar para o seu pai? – novamente, seus olhos mudaram de vagos para afiados.

– Eu falei com ele ontem – menti.

– Está certo – seus olhos se tornaram vagos novamente. – Você tem um desses telefones celulares?

– Sim – peguei minha mochila e fui na direção da porta, esperando que ela não me pedisse para vê-lo.

Apesar da atitude de tia Sophie a meu respeito ter beirado a indiferença, ela agora havia florescido com uma cintilante demonstração de afeto. Ela colocou sua mão em meu ombro, olhando com desaprovação para meus cabelos.

– Aonde você vai hoje? – ela perguntou com uma voz perspicaz.

– Sul – eu não fazia ideia para onde estava indo. – Vou ficar com alguns amigos.

– Você sabe, é uma coisa estranha – Sophie deu um tapinha no cabelo, que não precisava de tapinha; ele parecia grudado no lugar. – Sua mãe sempre fazia um pedido quando via um cavalo branco. Seu defeito era ser supersticiosa – a voz de Sophie se tornou obscura. – Aquele casamento ridículo, feito no meio da noite.

– Você esteve no casamento deles?

Ela se virou e saiu da sala. Fiquei parada, próxima à porta, segurando a mochila, imaginando: E agora? Perguntei-me se minha tia estava senil, ou se ela sempre fora desse jeito. A pequena saleta bege, antissepticamente limpa, parecia como se fosse raramente, ou nunca, usada. Subitamente, senti pena dela.

Sophie voltou, carregando um álbum de fotos em couro verde.

– Eu havia me esquecido disso. Venha e sente-se na sala de visitas.

Então, voltamos para o sofá desconfortável e, desta vez, ela se sentou do meu lado. Ela abriu o álbum e lá estavam eles, minha mãe e meu pai, olhando para mim. Minha mãe – finalmente eu via seu rosto! Ela parecia radiante: os olhos bem abertos, seu sorriso de alegria, seus cabelos castanhos brilhando.

Ela usava um vestido de noite branco que cintilava como uma opala de fogo. Meu pai estava muito elegante de *smoking*, mas seu rosto estava borrado.

– Você consegue imaginar alguém com um vestido desses em seu casamento? E sem véu? – Sophie suspirou. – Não é uma boa foto do Raph. Nenhuma delas saiu boa.

Ela virou a página. Outra foto de meus pais, essa tirada à luz de velas contra um fundo de bambus.

– Eles tiveram um casamento ao ar livre em um jardim na Flórida – a voz de minha tia soava amarga. – Lá embaixo, na Flórida. Chamava-se Sarasota. Eles nos levaram para lá de trem.

– Sarasota?

– Ela escolheu por causa do nome – Sophie fez um estalo com a língua. – Era assim que Sara fazia as coisas. Já imaginou?

Virei a próxima página, e a página depois dessa. Em cada foto, minha mãe parecia linda e serena, e meu pai indistinto.

– Ela é tão adorável – tive de dizer.

Sophie não respondeu.

– Você pode ficar com isso, se quiser.

Levei um segundo para compreender. Ela entregou o álbum para mim.

– Obrigada – peguei o álbum, e olhei para minha tia. Seus olhos estavam tristes, mas mudavam sempre que eu olhava, afiados novamente.

– Como você vai viajar, mocinha?

Eu não podia contar meu plano para ela: ser uma caroneira invisível outra vez.

– Eu pensei em pegar o trem – eu disse.

Ela assentiu prontamente:

– Eu te levo até a estação.

– Você não precisa fazer isso – eu disse, mas ela se recusou a ouvir.

Fiquei parada do lado de fora, olhando ela tirar o carro da garagem. Isso demorou um pouco. E, quando eu entrei, perguntei para ela:

– O que aconteceu com seu jardim de rosas?

Seu rosto se tornou azedo:

– Era uma batalha sem fim contra os besouros japoneses – disse ela. – Eu tentei todos os tipos de pesticida que você pode imaginar. Nada os intimidava. Eles me deixavam louca, eu até atirei em alguns deles, mas acabei estragando as roseiras. Um dia, eu decidi que o esforço não valia a pena, e eu as arranquei pelas raízes até a última delas.

Achei que Sophie ia apenas me deixar na estação, mas ela estacionou e entrou comigo. Então, entrei na fila do guichê das passagens, forçada a escolher um destino.

– Quanto é uma passagem para a Flórida? – perguntei.
– Que parte da Flórida? – perguntou o atendente.
– Hum... Sarasota – eu disse.
– O trem vai para Tampa ou Orlando – disse ele. – E o restante do caminho você pode ir de ônibus. De qualquer maneira, a passagem só de ida custa 82 dólares.

Ele disse que Tampa ficava mais ao sul. Eu contei as notas.

– Quando o trem sai?
– Ele sai às 6:50 – disse ele – da manhã, amanhã.

E então, passei outra noite dura na estreita cama de Sophie, precedida por outro jantar sem brilho de salada de galinha. Será que ela comia alguma outra coisa?, perguntava-me. Eu desejava poder ter ligado para o sr. Winters e ter jantado com ele, ao invés de ser a audiência cativa da tia Sophie. Os tópicos desta noite incluíram seus vizinhos barulhentos, os horrores aos cachorros, mais evidências da natureza mimada e egoísta de minha mãe, e os problemas digestivos de Sophie.

Tentei ouvir apenas as partes sobre minha mãe ("Ela teve de fazer aulas de montaria, mesmo que custassem uma fortuna e ela voltasse para casa imunda depois. Eu não conseguia suportar o *cheiro*."), mas era difícil se concentrar, porque os pensamentos de Sophie interferiam. Mesmo quando eu tentava bloquear seus pensamentos, eles vazavam de alguma forma. Ela tinha suspeitas quanto a mim; pensou no começo que eu "havia vindo atrás de dinheiro", e, quando não pedi nada a ela, suspeitou que eu devia ter muito. O que estava fazendo, viajando sozinha, na minha idade? Ela se perguntou se eu estava usando drogas. Ela não achava que meu pai tivesse ideia de onde eu estava, mas não iria ligar para ele depois da última vez, quando ele foi tão mal-agradecido.

Eu queria perguntar sobre isso, mas fiquei quieta. O mais interessante que descobri foi que, por anos, minha mãe havia dado apoio financeiro para Sophie; ela mandava dinheiro toda semana quando trabalhava de apicultora (Sophie era muito delicada para arrumar um emprego), e, quando meus pais se casaram, eles deram para Sophie cinco mil dólares para ajudá-la a começar um viveiro de rosas. Mas os pensamentos confusos de Sophie eram ainda mais amargos sobre esse assunto: "meros cinco mil, sendo que tinham tanto. Se tivessem me dado dez, o negócio teria sobrevivido. Você já viu esse cabelo? Eu gostaria de cortar eu mesma, fazê-la parecer mais respeitável".

Dissemos boa noite, as duas cansadas, mas cautelosas. Sophie achou que eu iria vasculhar a casa, procurando dinheiro ou algo para roubar. Fiquei preocupada que ela tentasse cortar meu cabelo enquanto eu dormia.

Na manhã seguinte, ela me acordou às 5:30 e mandou eu me apressar.

Sophie dirigia com as duas mãos agarradas no volante, desacelerando sempre que outro carro se aproximava.

– Só tem bêbados a esta hora – disse ela.

Chegamos lá às 6:20. Estava frio e não muito claro na rua, e, apesar da minha jaqueta de lã, eu tremia.

Sophie também sentia frio, mas ela não iria embora. Ela sentiu que era sua obrigação se certificar de que eu pegasse o trem. Na verdade, se ela não estivesse rodeando, eu teria pedido o dinheiro de volta e procurado carona.

Mas continuamos e trememos juntas, vendo o trem se aproximar.

Dizer adeus a ela foi esquisito. Claramente, havia ali um desapontamento mútuo. Mas ela ofereceu sua bochecha seca e cheia de pó, que eu beijei de leve, e isso foi o suficiente.

– Me ligue quando chegar lá – ela disse, e eu falei que ligaria, mas nós duas sabíamos que eu não iria.

O nome do trem era Estrela de Prata e, no momento em que o vi, amei-o. Olhei ao redor para os outros passageiros, muitos deles dormiam, com cobertores puxados até o queixo, e eu imaginava de onde tinham vindo e para onde estavam indo. O condutor que checou minha passagem usava um uniforme azul-marinho e uma camisa branca, ele sorriu para mim e me chamou de "Madame". Amei isso também.

Às vezes, sinto-me com treze anos, e não "indo para os trinta" – viva em todos os sentidos, e cheia de curiosidade e questões. Hoje foi um dia e tanto. Assim que o trem ganhou velocidade, seu apito soou e nos movemos com maciez por uma paisagem clara, pelas árvores, passando por lagos e córregos, passando por cidades que começavam a acordar. Alguns passageiros se mexiam e acordavam, alguns passavam para o vagão restaurante para o café da manhã. Eu estava satisfeita onde estava.

Deitei meu banco de couro, meu pé esticado no descanso de pés, e deixei o gentil balanço do vagão me ninar até dormir. Quando acordei, estávamos parando em Jacksonville, Flórida. O auto-falante disse que pararíamos por dez minutos, que podíamos sair do trem e que haveria café e comida na estação.

Eu não queria café nem comida, mas decidi esticar minhas pernas, então andei pela plataforma, saboreando o ar fresco. O ar da Flórida tinha um cheiro diferente do ar da Geórgia. Ainda era de manhã e o cheiro era fraco, mas já se pronunciava: um odor de terra úmida, com pitadas cítricas e de vegetação podre nele. Mais tarde, descobri que o cheiro é característico do solo e da vegetação que assam embaixo de um sol intenso, e depois fritam sob as chuvas pesadas.

Uma caixa de jornais ficava do lado de fora da estação, e uma das manchetes principais era: "O assassino de Reedy ataca novamente?". E esse foi o fim da minha manhã maravilhosa.

Não pude ler muito através do vidro da caixa, mas o primeiro parágrafo da história dizia que um corpo havia sido encontrado noite passada, em Savannah, suas condições eram similares às de Robert Reedy, assassinado meses atrás perto de Asheville.

Olhei para os passageiros ao meu redor, certa de que meu rosto indicava minha culpa, mas ninguém parecia notar. Rapidamente, voltei para o trem. Tomei um gole de tônico para me deixar alerta; restava tão pouco, talvez o suficiente para mais dois dias. E depois, o que eu faria?

O trem começou a andar novamente, mas eu não senti prazer com esses movimentos. Tudo que vi à frente foi uma luta sem-fim para sobreviver. Agora, eu sabia por que meu pai chamava sua condição de aflição.

Ao sul de Jacksonville, a paisagem se tornava mais tropical. Árvores que eu nunca havia visto antes cresciam em abundância – uma selva de palmeiras de várias formas e tamanhos, intercaladas com árvores cujas folhas cresciam em cachos tingidos de vermelho. Novamente, incomodou-me não saber seus nomes.

Lagos verdes com pequenos lírios-d'água bordejando lotes de terra cobertos com plástico preto impermeável, sobre os quais vinhas verdes cresciam abundantemente. O que crescia ali? Casas, um pouco melhores do que cabanas ou barracos, e pequenas igrejas cujas portas ficavam de frente para os trilhos do trem. Passamos por cidades com nomes exóticos: Palatka e Crescent City e Deland. (Apesar da estação parecer linda e pitoresca, senti algo sinistro em Deland. Depois, descobri que era um local de frequentes desastres da natureza, acidentes e assassinatos. Por que será que alguns lugares são mais inclinados a ter problemas do que outros?)

Quando deixei minha mente se voltar para dentro novamente, foi muito mais calmo. Era horrível pensar em outro assassinato como o de Reedy, mas seja quem o tenha cometido só desviaria a atenção de mim. Eu não me incomodava em especular sobre quem deve ter cometido esse crime – deve ter sido um dos milhares de vampiros que meu pai disse que existem aí fora, tentando sobreviver da maneira que conseguiam. Permiti-me pensar que, seja lá quem morreu, era uma pessoa ruim, mesmo achando que isso não é desculpa para um assassinato.

Então, pensei adiante, no que poderia acontecer em Sarasota. Peguei o livro de fotos de casamento da minha mochila e estudei cada foto. O sorriso de minha mãe sugeria que ela nunca teve um momento de preocupação ou desespero, mesmo que pelas histórias de meu pai eu saiba que ela conhecera as duas coisas, antes e depois de se casar. Por que ela escolhera voltar para a cidade onde se casou? As memórias não seriam muito dolorosas?

Estudei os detalhes: as plantas tropicais ao fundo, as velas e as lanternas de papel brilhando, usadas para iluminar a cerimônia. Havia poucos convidados; uma foto mostrava uma tia Sophie que havia exagerado no *rouge* e um Dennis, mais jovem e magro, com minha mãe (presumo que meu pai tenha tirado a foto); outra, mostrava meus pais parados diante de uma mulher de vestido preto; ela estava de costas para a câmera, mas da sua posição parecia que ela estava declarando-os marido e mulher.

Virei a página e um cartão-postal caiu do meio do álbum. Uma imagem de uma criatura flutuando em uma água de cor turquesa e olhando para mim; abaixei-me para pegar. Do outro lado do cartão, uma legenda identificava o animal como sendo um *manati*, também conhecido como peixe-boi. Eu já havia ouvido aquela palavra antes, em um sonho com palavras cruzadas.

A mensagem, escrita em uma letra de mão que pendia para a direita, dizia: "Sophie, encontrei um novo lar. Não se preocupe, e não diga nada a ninguém, por favor". Estava assinado simplesmente com um "S".

Mas foi o carimbo do correio que mais me interessou: "Homosassa Springs, FL". Pensei: Cinco S's em um único nome.

Da próxima vez que o condutor passou pelo vagão, fiz um sinal para ele.

– Cometi um erro – eu disse. – Eu comprei a passagem para o lugar errado.

O condutor balançou a cabeça. Ele parecia realmente sentido por não poder trocar a passagem. A única pessoa que podia fazer isso, ele disse, era um vendedor de passagens, e me aconselhou a falar com um na próxima estação.

E, assim, deixei o Estrela de Prata na parada seguinte, Winter Park. O vendedor da pequena estação de tijolos me disse três vezes que *não haveria reembolso* para minha passagem. E, então, falou que a empresa, Amtrak, tinha interrompido o serviço até a Costa do Golfo.

Eu ainda não tinha ideia de onde ficava Homosassa Springs, o que provavelmente foi uma vantagem em minhas negociações. Eu continuava dizendo:

– Eu preciso achar minha mãe – e ele continuava dizendo:

– Amtrak não vai até lá.

Até que, finalmente, a pessoa na fila atrás de mim disse:

– Ela pode pegar o ônibus!

Alguma outra pessoa disse:

– Dá um tempo pra garota.

E foi assim que consegui um reembolso de dezoito dólares e informações sobre como chegar até a estação de ônibus (que eu não tinha a intenção de seguir). Segui pela rua principal de Winter Park, cheia de lojas e cafeterias de calçada. O ar cheirava a água estagnada e perfume feminino. Quando passei por um café, ouvi uma mulher dizer à garçonete:

– Este é o melhor sangue[6] que eu já tomei – e riu.

Parei de andar, e entrei no restaurante. O garçom me levou até o pátio.

– Eu gostaria de um daqueles – eu disse, apontando para a mulher alta de óculos vermelhos.

O garçom disse:

– Posso ver sua identidade?

---

[6] No original, *Bloody*, de Bloody Mary: coquetel feito com vodca, suco de tomate, suco de limão, sal, molho inglês, tabasco e pimenta. (N. R.)

Mostrei a única identidade que tinha: meu cartão da biblioteca.
– Uh-hu – disse ele. E voltou com um copo alto que parecia com o que minha vizinha estava tomando. Imagine minha decepção quando descobri que aquilo não era mais do que suco de tomate condimentado.

12

Luz e sombra: você precisa das duas coisas para pintar uma cena ou contar uma história. Para representar três dimensões em uma superfície plana, você precisa da luz para formar o objeto da sombra e dar seu formato.

Ao compor uma figura ou uma história, você deve prestar atenção aos espaços negativo e positivo. O espaço positivo é no que você quer que o olho observador se foque. Mas o espaço negativo também tem substância e forma. Não é a ausência de algo; é uma presença.

A ausência de minha mãe em minha vida era, em muitos aspectos, uma presença. Meu pai e eu fomos formados por ele, até mesmo nos anos em que não mencionávamos seu nome. A possibilidade de encontrá-la me atormentava e, mesmo assim, deixava-me ansiosa; ela ameaçava rearranjar e tirar do lugar tudo que me era familiar. Se a encontrasse, eu me tornaria um espaço negativo?

A última légua de minha jornada foi a mais fácil de todas. Graças ao Serviço Postal dos Estados Unidos, ganhei uma viagem grátis para Homosassa Springs.

Em Winter Park, encontrei uma agência dos correios e perguntei ao atendente se alguma carta para Homosassa Springs seria transportada diretamente dali. Ele me olhou como se eu fosse louca.

– Estou fazendo um trabalho sobre as entregas do correio – eu disse, como desculpa.

Ele disse que uma carta endereçada a Homosassa Springs iria primeiro para a Central de Processamento da Flórida, em Lake Mary. E foi assim que eu segui, em um caminhão postal.

Sentia-me um pouco como uma lenda urbana: o passageiro invisível no banco de passageiros. Mas o motorista nunca olhava na minha direção, exceto para olhar nos espelhos laterais. A estrada entre Winter Park e Lake Mary era reta e maçante. Quando chegamos ao centro de processamento, não foi difícil encontrar um caminhão sendo carregado com correspondência direcionada ao oeste. O motorista assobiava sem parar enquanto a paisagem mudava de plana para subidas leves. No final da tarde, o caminhão chegou em Homosassa Springs, que parecia com qualquer uma das várias pequenas cidades que eu havia visto: posto de gasolina, pequenas lojas, torres de celular. Pensei, não pela primeira vez: Se você quiser se esconder do mundo, viva em uma cidade pequena, onde todos parecem anônimos.

Quando o motorista saiu do caminhão, puxei a mochila de debaixo do banco e desci também. Parada à sombra de um carvalho, fiz-me visível e andei pelo estacionamento, entrando na agência dos correios. A atendente lá dentro, uma mulher de meia-idade com cabelos escuros, estava parada de costas para a porta. Ela estava conversando com alguém que estava em uma sala à direita do balcão.

Puxei o álbum de fotos da minha mochila e o abri. Quando ela se virou, eu disse:

– Com licença. Você conhece esta mulher?

A mulher olhou de mim para a foto, e de volta para mim:

– Eu devo tê-la visto por aí – disse. – Por que está procurando por ela?

– Ela é minha parente – eu não consegui dizer as palavras "minha mãe" para uma estranha.

– Onde você está hospedada? – a atendente estava pensando: O que você quer com ela?

– Ainda não sei, eu acabei de chegar à cidade.

– Bem, quando você descobrir, você pode voltar e deixar um bilhete para ela. Pergunte por mim; pergunte pela Sheila. Eu me certificarei de que ela o receba, se aparecer por aqui.

Lentamente, fechei o álbum e o coloquei em minha mochila. Sentia-me cansada, com fome, e sem ideias.

A mulher estava pensando: Estou fazendo a coisa certa?

– Você está procurando por um hotel? – disse ela. – Existem dois em Homosassa, é só descer a estrada.

Ela me deu as direções. Agradeci-a e saí. Andei por uma autoestrada bem movimentada e virei para uma mais quieta.

As árvores cobriam a rua estreita dos dois lados, e eu segui ao longo da rua, passando por pequenas casas de madeira, uma biblioteca, um restaurante, uma escola – tudo com cara de adormecido. Senti como se estivesse caminhando penosamente para lugar nenhum. Mais à frente, uma placa anunciava o Riverside Resort, onde uma hóspede invisível iria se hospedar dentro em breve.

Desta vez, entrei no quarto por uma porta da varanda. Tive que tentar três varandas antes de encontrar uma porta destrancada. Lá dentro, tomei o que havia sobrado do meu tônico e me sentei na sacada, observando o sol se pondo no rio Homosassa. A água azul-esverdeada estava cheia de manchas laranjas, como uma pedra-sangue.

Mais tarde, uma versão visível de mim desceu ao restaurante do hotel e pediu duas dúzias de ostras em meia concha.

O restaurante tinha umas janelas de vidro com vista para o rio e para uma pequena ilha próxima, com um farol pintado com pseudolistras vermelhas. Enquanto eu observava, um animal – grande e escuro – moveu-se por entre as árvores.

– Bob está agitado esta noite – a garçonete colocou uma grande bandeja de prata com ostras, mais os frascos de molho picante e molho de coquetel.

– Bob?

– O macaco – disse ela. – Mais alguma coisa?

– Não, obrigada – enquanto comia, observei Bob, o macaco, passeando pela pequena ilha.

Mais uma vez, as ostras fizeram sua mágica. Imaginei o que dava a elas esse sabor sutil, tão fresco e elétrico, como o ozônio depois de uma tempestade elétrica. A cada mordida, minha energia e meu espírito reviviam. Pelo menos a atendente do correio havia reconhecido a foto, pensei. É claro, minha mãe deveria estar no meio de seus quarenta anos agora e, provavelmente, está diferente – mas quão difícil deve ser encontrar alguém em uma cidade tão pequena quanto Homosassa Springs?

A garçonete me perguntou se eu queria algo mais para comer.

– Outra dúzia, por favor – eu disse. E quando ela as trouxe, perguntei: – Estas ostras estão vivas?

– Acabaram de abrir as conchas – disse ela.

Lancei um olhar amoroso para o prato: os belos, rechonchudos e acinzentados pedacinhos ainda grudados às suas conchas da cor da madrepérola. Seja lá quando morreram, espero que tenham morrido sem dor.

– Mais alguma coisa? – a garçonete bateu o pé.

– Mais biscoitos, por favor – eu disse.

Sim, voltei ao restaurante no dia seguinte para mais três dúzias. E, confesso, dessa vez fui de Ari invisível porque meu dinheiro estava acabando.

Eu queria lavar minhas roupas, que já estavam ficando mais imundas do que eu gostaria. Uma das vantagens do vampirismo é que não suamos, mas, ainda assim, nossas roupas pegam poeira e sujeira.

Lavá-las seria muito arriscado, pois elas precisariam ser penduradas para secar, e alguém poderia alugar meu quarto nesse meio-tempo. Então, vesti minhas calças e uma camiseta quase limpa, dobrei a jaqueta e a coloquei na mochila.

Na varanda, procurei por Bob, o macaco; ele tinha um amigo, eu via agora, um macaco menor que balançava em uma ponte de cordas amarradas entre duas árvores. Enquanto observava, dois barcos de pedal se aproximaram da ilha, e as pessoas a bordo sacaram suas câmeras. Bob e seu amigo pararam de brincar. Eles andaram até a margem da ilha. Pararam um do lado do outro, olhando para as câmeras.

Eles conseguem nadar?, perguntei-me. Enviei-lhes minha compaixão e uma despedida silenciosa.

Minha estratégia agora era voltar até a agência dos correios e dizer para a mulher que eu estava hospedada no Riverside Resort. Mas antes de andar um pouco menos de um quilômetro, notei um pequeno grupo de pessoas paradas ao longo da estrada. Crianças em volta dos professores segurando pequenos pedaços de papelão. Todos pareciam estar falando ao mesmo tempo.

Nunca havia visto um eclipse, exceto uma vez, pela televisão, na casa dos McGarritt. Agora, eu estava parada perto de um dos grupos e ouvia a professora falando sobre o caminho do eclipse, sobre a lua se movendo sob a sombra da Terra. Ela alertou as crianças para usarem suas câmeras de papelão furadas com um alfinete, e as encorajou a ver o "efeito anel de diamantes".

Quando a professora parou de falar, perguntei se ela tinha uma câmera extra. Ela olhou para mim de um jeito esquisito, mas me entregou dois quadrados de papelão.

– Não se esqueça de ficar de costas para o sol – disse ela. – Você é das redondezas?

– Estou visitando – eu disse. Mas eu a ouvi pensando: Ela se parece com a Sara.

– Você conhece minha mãe? – perguntei, mas ela já tinha se afastado. O céu começou a escurecer, o ar começou a esfriar. Todos nós nos afastamos do sol, como patinhos obedientes. Segurei os dois quadrados separados, para que aquele com o buraco de alfinete filtrasse a luz no outro. O sol parecia... um ponto branco.

Por mais barulhentos que estivessem antes, o pessoal ao meu redor subitamente ficou em silêncio. Enquanto a lua passava pela sombra da Terra, o sol em meu papelão se tornou um crescente e, por um momento, ele ficou parecendo um anel de diamantes, uma pedra radiante presa a uma fina linha de luz ao redor de um centro negro. Isso era, usando as palavras de Kathleen, *totalmente demais*. E essas palavras despertaram minhas lembranças dela – correndo na minha frente com sua bicicleta, ou deitada em almofadas no chão, jogando os cabelos para trás e rindo –, uma garota cheia de vida, ainda sem ser uma vítima. Parada na quase escuridão, desejei que ela pudesse ver o eclipse, e tive esperança de que ela estivesse em paz.

Quanto tempo passou antes do sol sair? Ficamos num silêncio sepulcral na pouca luz. Fiquei parada olhando para o papelão por mais tempo do que era necessário. Espero que ninguém tenha me visto chorar. O barulho dos outros me trouxe de volta. Sequei os olhos com minha manga e, quando eles estavam secos, olhei para cima novamente, direto para os olhos de minha mãe.

Ela estava parada na frente de um grupo de crianças, olhando-me. Exceto por suas roupas – jeans desbotado, uma camiseta –, ela era igual à mulher das fotos do casamento: pele lisa, cabelos longos penteados para trás de sua testa, olhos azuis como lápis-lazúli.

– Bem – disse ela –, estávamos imaginando quando você ia aparecer.

Ela abriu os braços e eu corri para eles. Desta vez, não me importei se alguém me visse chorar.

E essa foi a parte mais difícil de todas, você não concorda? Como descrever a primeira experiência do amor de mãe, sem soar como um cartão comemorativo patético?

Talvez, eu nem precisasse tentar. Uma frase da *Bíblia* traduzia isso: "Paz que supera todo o entendimento".

Parte 3
O Azul Além

13

A estrada para a casa da minha mãe era estreita, de terra e cheia de buracos. Sua picape branca desviava dos buracos mais fundos, mas ainda assim a viagem era excitante. Ela dirigia rápido e, quando olhei para o espelho lateral, vi nuvens de poeira atrás de nós.

Ela saiu daquela estrada para uma ainda mais estreita. Pequenas luzes brancas marcavam suas curvas. Finalmente, ela parou em um portão alto de alumínio, conectado a uma cerca alta de alumínio que se estendia nas duas direções.

– Feia, não é? – disse ela. – Mas necessária, às vezes.

Ela destrancou o portão, entrou com o carro e, então, trancou o portão de novo.

Eu não conseguia tirar meus olhos dela.

– Me chame de Mãe[7] – disse ela. – Apenas Mãe; gosto de ouvir essa palavra.

– Mãe – eu estendi as duas sílabas: man-nhê[8].

Ela assentiu.

– E eu vou te chamar de Ariella. Um nome que sempre amei.

As árvores altas protegiam a estrada, algumas eram carvalhos vivos, cobertos de musgo espanhol; outras, aprendi depois, eram árvores do mangue.

– O rio está longe, a oeste – disse Mãe. – E ao leste, ficamos à margem de uma reserva natural. Nós temos quarenta acres.

– Nós?

---

[7] No original, Ariella pede à mãe para chamá-la de "Mãe", em português mesmo! (N. R.)
[8] MY-yeh, no original. Algo que poderia ser traduzido, literalmente como "Minha, sim". (N. R.)

– Dashay, os animais, e eu – disse ela. – E agora, você.

Eu estava prestes a perguntar quem era Dashay, mas nós viramos outra curva e eu vi a casa. Nunca havia visto nada como aquilo. A estrutura central era retangular, e uma dúzia ou mais de quartos e varandas haviam sido adicionados. Claraboias e janelas redondas foram colocadas em certos ângulos, posicionadas nas paredes em lugares mais altos e mais baixos. A casa era feita de pedra azul acinzentada; depois, descobri que os anexos eram de estuque, pintado para combinar. No sol do fim da manhã (mais claro que o habitual, pelo que parecia, ou será que parecia assim por causa do eclipse ou por eu ter encontrado minha mãe?), as paredes pareciam brilhar.

Saímos do carro. Mãe carregou minha mochila. Parei para tocar a parede perto da porta da frente. Bem de perto, eu podia ver as veias prateadas das pedras, azul ardósia, e azul meia-noite.

– É lindo – eu disse.

– Pedra calcária – disse Mãe. – Construído na década de 1850. Isso é tudo que restou da casa original, o resto foi destruído por soldados da União.

Ao lado da porta da frente, ficava uma estátua de pedra de uma mulher em um cavalo, perto de uma urna cheia de rosas.

– Quem é ela? – perguntei.

– Você não a conhece? – Mãe pareceu surpresa. – Epona, deusa dos cavalos. Todo bom estábulo tem santuário para ela.

Ela abriu as pesadas portas de madeira e me levou para dentro.

– Seja bem-vinda ao lar, Ariella.

O cheiro de lar: madeira polida com óleo de limão, rosas, uma saborosa sopa sendo cozinhada em algum lugar, lavanda, tomilho, gerânios brancos, e uma pitada de cavalos. Mãe tirou seus sapatos e eu fiz o mesmo, envergonhada com a visão de minhas meias, uma delas tinha um buraco no calcanhar. Ela notou, mas não disse nada.

Minha primeira impressão visual do lugar foi uma mistura de coisas: cada parede (pintada em vários tons de azul) tinha um mural, ou pinturas emolduradas, ou uma estante de livros, ou um canto onde ficavam estátuas, flores e ervas. Os móveis eram simples, humildes e modernos, a maioria estofado e branco. Carpetes e almofadas estavam espalhados por todo lugar. Ela me levou por um corredor, e para um quarto com paredes da cor da pervinca, uma grande cama branca e uma cadeira de marfim perto de uma luminária de chão com um quebra-luz de madrepérola.

Era tão diferente dos móveis vitorianos da casa de meu pai. Sempre achei que minha mãe havia decorado tudo, mas agora imagino que não. E esse pensamento me levou de volta para aquela pessoa que me manteve longe da felicidade: por que ela nos deixou?

Ela olhava para mim, eu tentava ouvir seus pensamentos, mas não conseguia.

– Você provavelmente tem perguntas, Ariella. Eu vou respondê-las o melhor que conseguir. Mas antes, deixe-me te dar umas roupas limpas e alguma coisa para comer. Certo?

– Certo – eu disse. – Desculpa pelas meias.

Ela colocou a mão em meu ombro e olhou dentro de meus olhos, e eu quis me derreter em seus braços novamente.

– Você não precisa nunca se desculpar para mim – disse ela.

Minha mãe – Mãe – preparou para mim um banho com pétalas de rosas flutuando na água.

– Para amaciar a pele – ela disse. Sua própria pele era como veludo. E, enquanto sua voz tinha o mesmo sotaque de Savannah de Sophie, seus agudos e o ritmo se pareciam mais com o do sr. Winters. Sua voz era gentil e leve, e hipnótica como a voz de meu pai, mas de um jeito diferente.

– Você parece com suas fotos de casamento – eu disse.

– Eu pensei que seu pai tivesse jogado fora todas essas coisas.

– Sophie me mostrou. Ela me deu um álbum.

– Então você esteve com Sophie? – Mãe balançou a cabeça. – É um milagre que ela não tenha atirado em você. Você tem que me contar sobre ela, depois do banho.

Ela me deixou no banheiro – uma sala hexagonal com paredes cor de espinheiro azul e um grande vitral sobre o banheiro com a figura de um cavalo branco contra um fundo cobalto. Tirei as roupas e me enfiei na água, as pétalas de rosas flutuavam sobre mim, e olhei para a claraboia que emoldurava as folhas de uma árvore coberta por videiras e um pequeno pedaço do céu lápis-lazúli. Na parede acima da banheira, prateleiras apoiavam pequenas plantinhas verdes, cada uma em um pote de madrepérola.

Quando saí do banheiro, enrolada em uma toalha perfumada (ela colocava óleo de gerânio ou de tomilho na água de lavar as roupas, descobri depois), vi que roupas novas haviam sido colocadas em minha cama: uma camisa, calças e roupas de baixo, todas feitas do mesmo tecido macio, da cor de amêndoas pálidas. Elas pareciam confortáveis, mas não me protegeriam do mesmo jeito que as roupas de metamaterial. Talvez eu não precisasse ficar invisível aqui.

Vesti-me, passei bastante protetor solar – um ritual que já era tão automático quanto respirar. Tanto humanos quanto vampiros precisam de proteção constante contra o sol. Espero que você se lembre disso. Se mais humanos se dessem conta disso, eles não envelheceriam tão horrivelmente como sempre acontece.

Na mesa perto da cama, havia um pente de madeira. Tentei desembaraçar meus cabelos, sem muito sucesso.

Mãe bateu e entrou com um pequeno frasco de *spray* em sua mão:
– Sente-se – disse ela.

Eu sentei e ela espirrou algo nos meus cabelos, e então trabalhou nos nós com o pente.

– Você reconhece o cheiro?

Eu não reconhecia.

– Alecrim – disse ela. – Misturado com um pouquinho de vinagre branco.

– Eu conhecia o vinagre – eu disse. – E já havia lido *alecrim*, mas eu nunca havia sentido o cheiro antes.

Ela passava o pente gentilmente em meus cabelos.

– O que ele te *ensinou*? – perguntou ela.

– Ele me ensinou bastante coisa – eu disse: – História, Ciências, Literatura, Filosofia, Latim, Francês, Espanhol. Um pouco de Grego.

– Uma educação clássica – disse ela. – Mas nada sobre Epona, ou sobre o cheiro de alecrim?

– Ele não me ensinou nada sobre certas coisas – eu disse, lentamente. – Não sou boa com mapas de autoestradas. E eu não sei muito sobre as deusas.

– Ele não te ensinou mitologia – disse ela, decididamente. – Pronto, seu cabelo está uma seda. Agora vamos almoçar.

A cozinha era outro cômodo grande e com teto alto, com ladrinhos de pedra em tons que alternavam entre azul no chão e argamassa tingida de azul nas paredes. Panelas de cobre penduradas no teto, e uma panela enorme fumegava em um fogão esmaltado azul. Oito cadeiras estavam encostadas em uma longa e gasta mesa de carvalho.

Perguntei-me como contar para minha mãe sobre minha dieta, por falta de um termo melhor.

– Eu não como o mesmo tipo de comida que a maioria das pessoas – eu disse. – Quer dizer, eu posso comê-las, mas apenas certos alimentos me fortalecem.

Ela serviu com a concha duas grandes tigelas azuis de sopa e as trouxe para a mesa:

– Experimente um pouco – disse ela.

O caldo era vermelho-escuro, com um toque dourado nele. Tomei cuidadosamente uma colher, e então outra.

– Ah, é *bom* – eu disse.

O caldo tinha vegetais – cenoura, beterraba, batata –, mas eu não conseguia identificar os outros sabores. Era grosso e ardente, e me fazia feliz.

– É sopa de missô vermelha – minha mãe também tomou uma colherada – com feijão, lentilhas, açafrão e algumas outras coisas, feno-grego e luzerna e tal, para dar sabor. E mais alguns suplementos de vitaminas e minerais. Você nunca tomou isso antes?

Balancei a cabeça.

– Está certo, então coma – disse ela. – Você está muito magra. Com o que ele te alimentava?

Sua voz não era crítica, mas as referências a "ele" estavam me deixando nervosa.

– Meu pai contratou uma cozinheira especialmente para mim – eu disse. – Eu seguia uma dieta vegetariana. Dennis e ele monitoravam meu sangue, e me deram um tônico especial quando eu fiquei anêmica.

– Dennis – disse ela. – Como ele está?

– Ele está bem – eu disse, educadamente. E então, mais honestamente eu disse: – Ele está preocupado com seu peso e com o envelhecimento.

– Pobrezinho – ela pegou minha tigela para enchê-la novamente. – E Mary Ellis Root... como ela está?

Está horrenda, pensei. Mas eu disse:

– Está sempre igual. Ela não muda.

Minha mãe trouxe a tigela.

– Não – ela disse e sua voz era divertida. – Eu não acho que ela mude.

Ela dobrou os braços sobre a mesa e me observou comer. Senti seu prazer, provavelmente cada mastigada com mais prazer do que eu, tomando aquela maravilhosa sopa vermelha.

— Alguém te ensinou a cozinhar? – ela perguntou.

— Não – peguei o copo grande e azul de água que ela havia me entregado. Esse sabor, também, foi uma surpresa carregada com minerais, deixando um gosto de metal gelado na boca.

— A água vem de uma fonte mineral lá atrás – disse. – Depois do almoço, eu te levo para conhecer as redondezas.

— Eu sei cozinhar um pouco – eu disse, pensando na minha lastimável tentativa de lasanha vegetariana. – Eu sei andar de bicicleta e nadar.

— Sabe remar um barco? – ela perguntou.

— Não.

— Você sabe cultivar um jardim orgânico? Sabe costurar suas próprias roupas? Sabe dirigir um carro?

— Não – eu queria impressioná-la de algum jeito. Eu consigo ficar invisível, pensei. Eu posso ouvir pensamentos.

Ela limpou a mesa, dizendo por sobre os ombros.

— Estou vendo que tive meu trabalho interrompido.

Um pequeno gato de pelo azul acinzentado e olhos verdes-claros entrou na cozinha. Ele cheirou minha perna, e então esfregou seu focinho em mim.

— Posso tocá-lo? – perguntei.

Mãe olhou da pia:

— Olá, Grace – disse ela para o gato. – Claro que pode – disse-me ela. – Você nunca teve um bichinho de estimação?

— Não.

— Bem, aqui você terá vários.

Grace me rodeou e cheirou minha mão. Então, virou de costas para mim. Estava claro que eu teria de provar que eu valhia a pena.

Nós três, Grace seguindo minha mãe e eu, andamos ao redor do estábulo: uma construção grande e azul atrás da casa, cada cabine vazia cheirava a relva doce.

Mãe tinha quatro cavalos, soltos em um pequeno pasto. Ela chamou pelos nomes: Osceola, Abiaka, Billie e Johnny Cypress. Os cavalos vieram até ela, que me apresentou a eles.

— Posso tocar neles? – eu nunca estive tão perto dos cavalos em Saratoga Springs.

– É claro.

Ela acariciou o pescoço de Osceola, e eu brinquei com Johnny Cypress. Ele era o menor dos quatro, com um pelo levemente cinza e olhos azuis. A pelagem dos outros ia do puro branco ao marfim para o creme.

Perguntei sobre seus nomes e ela disse que eles vieram de líderes da tribo Seminole.

– Acho que você não aprendeu sobre eles, também?

Balancei a cabeça.

– São nativos americanos que nunca foram conquistados. Osceola os liderou na batalha contra os Estados Unidos. E você não sabe muito sobre cavalos?

– Às vezes, eu observava os cavalos na pista de corrida – eu disse. – Nós íamos de manhã bem cedo, quando estavam se exercitando.

– Como *nós*? Você quer dizer você e seu pai?

– Não. Eu tinha uma amiga. Seu nome era Kathleen. Ela foi assassinada.

Contei a ela o que sabia sobre a morte de Kathleen. Ela colocou seus braços ao meu redor quando terminamos.

– O assassino foi capturado? – ela perguntou.

– Não, pelo que eu sei – pela primeira vez em meses, quis ligar para casa.

– Raphael não sabe que você está aqui – disse ela de maneira direta, como se soubesse.

– Eu deixei um bilhete – eu não queria olhar nos olhos dela. – Foi um pouco vago, acho. Ele tinha ido a uma conferência em Baltimore e eu senti que... eu queria encontrar você.

– Baltimore? Ele foi em janeiro?

Eu assenti.

– Algumas coisas nunca mudam.

Osceola relinchou e ela disse para ele:

– Está tudo bem.

– Posso montar em um deles qualquer dia?

– Claro – ela segurou minhas mãos entre as delas, e as examinou. – Você nunca montou?

– Não.

– Está certo, então – ela disse. – Vamos adicionar a montaria à lista de coisas a aprender.

Em seguida, ela me mostrou as colmeias: pilhas de caixas de madeira, iguais às que o sr. Winters mantinha, perto de um pomar de laranjas e limões.

– Você consegue sentir o gosto cítrico no mel? – perguntou ela.

– Tem o gosto diferente do mel de lavanda? – eu estava pensando no seu livro de receitas, lá em Saratoga.

Ela parou de andar:

– Sim – disse ela, com a voz macia. – Nada se compara ao mel de lavanda, na minha opinião. Mas não posso cultivar lavanda aqui. Eu tentei. Sempre morrem.

O caminho circulava uma pequena horta e ela nomeou cada um dos grupos: amendoins, batatas-doces, tomates, alfaces, abóboras e todos os tipos de grãos. Uma casinha pintada de azul ficava na frente do jardim. Mãe a chamava de casa de hóspedes.

– Nós criamos cavalos e isso nos dá dinheiro suficiente para nos permitir continuar com os resgates – disse ela.

Resgates?, pensei. Eu tinha mais questões urgentes:

– *Nós*? Quer dizer você e... qual é mesmo o nome?

– Dashay. Ela está em um leilão de cavalos hoje. Estará de volta amanhã.

– Você e Dashay são um casal? – eu mal havia conhecido minha mãe e já estava com ciúmes. Eu queria sua atenção completa.

Ela riu:

– Somos um casal de idiotas. Dashay é uma grande amiga. Eu a conheci quando estava fugindo, como você. Ela me ajudou a comprar esta terra e nós dividimos o trabalho e os lucros.

Fiquei encarando minha mãe – o sol iluminando seu cabelo, os olhos de topázio.

– Você está apaixonada por alguém? – perguntei.

– Estou apaixonada pelo mundo – disse ela. – E quanto a você, Ariella?

– Não tenho certeza – eu disse.

A Flórida em maio é curiosa. Minha mãe a chamava de o mês da última chance; com junho, viriam os dias quentes e úmidos, ela disse, e o começo da época dos furacões.

Naquela noite, a temperatura caiu consideravelmente, e nós vestimos nossas blusas quando fomos dar uma caminhada depois do jantar, perto do rio. Uma pequena doca de madeira estava ligada a um ancoradouro e, amarrados a ele, havia três barcos: uma canoa, um barco a motor e um barco de pedal.

– Quer sair em um deles? – disse Mãe.

– Qual deles?

– Vamos começar do jeito mais fácil – disse ela.

Desci desajeitadamente até o barco de pedal, e ela desamarrou as cordas e entrou também, tão levemente que o barco nem se moveu. E então, saímos pedalando rio abaixo.

A lua cheia deslizava para dentro e para fora das nuvens, e a brisa noturna estava doce, com cheiro de flor de laranjeira.

– Você vive em um mundo maravilhoso – eu disse.

Ela riu, e o som da sua risada parecia faiscar no ar escuro.

– Eu o construí cuidadosamente – disse ela. – Eu desisti de meu coração quando deixei Saratoga – seu rosto não estava triste, meramente pensativo. – Temos tanto para contar uma para a outra – disse ela. – Não dá para contar tudo no mesmo dia.

O barco entrou em água aberta e, mais adiante, vi as luzes do hotel onde eu passei a noite anterior e a fraca luz vinda do farol na ilha do macaco.

– Pobres macacos – eu disse. Eu contei que os observava do hotel.

Os olhos da minha mãe brilharam.

– Você conhece a história? Os macacos originais foram colocados na ilha depois de terem sido usados para desenvolver a vacina contra pólio. Eles eram os sobreviventes, aqueles que não ficaram paralisados ou morreram. Então, a recompensa deles foi virar atração turística.

Pedalamos até lá perto. Bob estava sentado em uma pedra, olhando para o nada. O outro, o macaco menor, pendurou-se em um galho de árvore e observou nossa aproximação. Mãe fez um barulho engraçado de estalo com a língua e Bob se levantou. Ele andou até as rochas às margens da ilha. O outro macaco desceu da sua árvore e trotou atrás de Bob.

O que aconteceu em seguida é difícil de descrever. Foi como se minha mãe e Bob tivessem uma conversa por meio da água, apesar de nenhuma palavra ter sido dita. O outro macaco ficou fora disso, e eu também.

— Está certo, então – disse Mãe, depois de alguns minutos passados. Ela olhou de novo para Bob. Depois, direcionou o barco para a parte da ilha que não era visível do Resort. Atingimos o fundo a vários metros da margem. Ela foi com dificuldade até a costa, movendo-se tão graciosamente que mal espirrava água. Eu me sentei e assisti, torcendo por ela, mas sem fazer som algum.

Quando Mãe chegou até a praia, Bob estava esperando. Ele enrolou seus braços ao redor de seu pescoço e suas pernas em sua cintura. O outro macaco subiu em seus ombros e se segurou em seu pescoço. Ela voltou para o barco, bem mais devagar desta vez. Os macacos olhavam para mim, seus olhos brilhavam, curiosos. Eu queria cumprimentá-los, mas me mantive em siêncio enquanto subiam no barco. Eles se sentaram no chão, na popa.

Partimos do ancoradouro tão quietos quanto antes.

Eu estava excitada além das palavras. Não tinha apenas encontrado minha mãe, eu havia encontrado uma heroína, assim como dois macacos.

Bob não era seu nome verdadeiro. Era Harris.

Minha mãe e Harris sentaram-se na sala de estar mais tarde, naquela noite, pensando nos detalhes. O outro macaco, Joey, ganhou um lanchinho de maçãs e sementes de girassol, e foi para a cama na casa de hóspedes.

Mãe e Harris se comunicavam por meio de gestos, movimentos de olhos, rosnados e sacudidas de cabeça. Quando eles terminaram, abraçaram-se, e Harris balançou a cabeça para mim quando foi para a casa de hóspedes.

— Como você aprendeu a se comunicar com os macacos? – perguntei.

— Oh, já tivemos macacos aqui antes – ela se levantou e estendeu os braços. – Alguns eram animais de estimação que haviam sido abandonados, e outros vieram da ilha dos macacos. Você sabe que o hotel irá substituir Harris e Joey, não sabe? Eles sempre fazem isso.

Eu não havia pensado nisso.

— Então nós podemos resgatar os novos, também?

— Depende – ela esfregou os olhos. – Alguns gostam da ilha. Joey deve ter sido perfeitamente feliz lá. Mas Harris odiava e Joey não queria ficar lá sozinho.

— Você me ensina a conversar com eles?

— Claro – respondeu. – Leva algum tempo, mas não tanto quanto para aprender francês ou espanhol.

– Eu queria que Harris fosse meu amigo – eu disse. Eu me imaginava segurando sua mão, fazendo caminhadas e conversando, e até mesmo fazendo passeios de barco.

– Ele será, por um tempo – minha mãe olhou com dureza para mim. – Você sabe que ele não pode ficar aqui?

– Por que não?

– Não é seguro, por uma razão. Alguém pode vê-los e nós teremos que lidar com o hotel. Você ainda não sabe como esta cidade é pequena – ela andou ao redor da sala, desligando as luzes. – E o que é mais importante: Harris e Joey serão mais felizes em um abrigo para primatas. Há um santuário no Panamá para onde mandamos os macacos. Eles são reabilitados e ensinados a viver na floresta novamente.

Pensei sobre isso. Infelizmente, fazia sentido.

– Eu realmente queria que ele fosse meu animalzinho de estimação.

– Um dia, algum macaco pode vir a querer ficar – minha mãe bocejou –, mas não o Harris. Ele absolutamente odeia a Flórida.

Como alguém pode odiar a Flórida?, perguntei-me mais tarde. Deitei-me em minha cama macia e branca, observando a brisa com cheiro de flor de laranjeira levantando as cortinas brancas, ouvindo o som ritmado de três sapos, pontuados pela percussão dos talos de bambu batendo uns nos outros. Sentia-me o mais próxima da felicidade que jamais estive.

※

Na manhã seguinte, depois de escrever em meu diário, fui para a cozinha e não havia ninguém lá. Sentei-me na grande mesa de carvalho, sem saber ao certo o que devia fazer. Um jornal de Tampa estava em cima da mesa, e eu li as notícias da primeira página de cabeça para baixo. Então, peguei o jornal e o analisei, matéria por matéria. Guerras. Inundações. Aquecimento global.

Na parte inferior direita de uma das páginas internas, eu li: "Nenhuma pista no caso do Assassino Vampiro". A história listava as mortes de Robert Reedy, em Asheville, e de um tal Andrew Parker, em Savannah. A polícia pedia para que a população ligasse com qualquer informação sobre os assassinos. A família Parker oferecia uma recompensa por qualquer dica. Cuidadosamente, dobrei o jornal, imaginando como poderia contar para minha mãe que havia matado um homem.

Ela apareceu alguns minutos depois, falando com uma mulher alta com o cabelo mais interessante que eu já havia visto: ele havia sindo enrolado, torcido e prendido em formatos elaborados como repolhos. Seus olhos eram enormes, da cor de caramelo.

– Dashay, esta é a Ariella – disse minha mãe.

Eu disse "olá", sentindo-me envergonhada. Eu nunca soube quão bonitas e animadas as mulheres podiam ser. Ninguém gostava desse tipo de mulher andando por Saratoga Springs. Fiquei olhando para a mesa, ouvindo suas vozes.

Dashay falou sobre os cavalos que ela havia levado para o leilão e sobre as pessoas que estavam comprando e vendendo. Ela não havia sido tentada a comprar nada, mas conheceu três proprietários interessados em procriar suas éguas com Osceola.

Mãe fez perguntas detalhadas sobre os proprietários, enquanto ela estava no fogão cozinhando aveia. Ela colocou tigelas fumegantes diante de nós e Dashay me entregou um pote de mel com o formato de uma colmeia.

– Coloque em cima – disse ela.

Nós comemos e eu saboreei cada colherada. O mel tinha gosto de flores e do ar da primavera, e a textura da aveia era cremosa e leve. O jantar da noite passada – macarrão com coco empanado, molho cítrico e purê de batata-doce – havia sido igualmente delicioso. Eu realmente não sentia falta do meu tônico e das barras de proteína, mas imaginava quando iria precisar de sangue novamente.

Minha mãe olhou para mim, seus olhos interrogativos.

– Então, você acorda cedo com as abelhas, hein – disse Dashay. – Acho que vou fazer um pouco de jardinagem esta tarde, e depois pegar um pouco de mel para o estoque.

Mãe ainda estava me olhando:

– Duas caixas de flor de laranjeira já estão prontas para ir – disse ela. – Enquanto isso, vou levar Ariella para uma aula de montaria.

⁂

Para encurtar a história, aprendi como apertar uma sela, ajustar os estribos, montar e desmontar, e segurar as rédeas. Pedi para montar em Johnny Cypress; Mãe concordou.

– Ele é o mais gentil da turma – disse ela. – Acho que é porque ele é muito agradecido. Seu dono anterior abusava dele. Você devia ter visto quando o adotamos, pobre bebê.

Seguimos por uma trilha na direção do rio, os cavalos andando ligeiramente, aproveitando a saída. Rapidamente, acostumei-me com o ritmo e me permiti relaxar na sela.

– Você monta bem – disse minha mãe. Era a primeira vez que ela me elogiava e eu fiquei sorridente.

– Nem sempre é tão calmo – disse ela. – Logo nós acertamos o passo.

A trilha de terra nos levou através de mangues, passamos por pequenos lagos e por gramados altos, até que chegamos ao rio, largo e azul, cheirando a sal. Lá, desmontamos e nos sentamos numa grande pedra, sob a sombra das árvores do mangue.

– Aqui a gente faz piqueniques – disse Mãe.

Por um tempo, nenhuma de nós falou. O vento brincava com nossos cabelos, e observávamos os cavalos enquanto eles pastavam. Osceola era realmente bonito: alto, musculoso e belo em todos os aspectos. Johnny Cypress era pequeno e garboso, perfeito para mim.

– Eu quero montá-lo todos os dias – eu disse, sem perceber que havia dito em voz alta, até que Mãe respondeu:

– Claro que irá.

– Mãe, eu preciso te contar algumas coisas – novamente eu não tinha planejado falar. E então, as palavras vieram todas de uma vez. – Eu matei alguém. Eu não queria, você não sabe quem eu sou, tudo aconteceu tão de repente – palavras desajeitadas, mas foi um alívio dizê-las.

Ela levantou a mão e o gesto me fez parar de falar e me lembrar de meu pai.

Contei a história da morte fora de hora de Robert Reedy, na floresta, nos arredores de Asheville. Ela me interrompeu apenas duas vezes, para perguntar: "Alguém viu você entrar nesse carro?" (eu não sabia) e "Você deixou para trás alguma evidência?" (eu não estava usando luvas).

– Bem, não deveria se preocupar com isso – disse ela, quando eu terminei.

– Mas é assassinato.

– Está mais para autodefesa – disse ela. – Ele teria estuprado você.

– Então, por que eu me sinto tão mal? – cruzei os braços segurando os ombros – Por que eu penso nisso o tempo todo?

– Porque você tem uma consciência – disse ela. – Algo que para ele provavelmente faltava. Ariella, por tudo que você disse, eu duvido que você tenha sido a primeira garota que ele levou para lá. Fique feliz por ter sido a última.

Eu balancei a cabeça:

– Você nem está chocada que eu seja... que eu seja...

Ela riu:

– Você é tão parecida com seu pai – disse. – Toda essa preocupação com coisas que não têm conserto. Não, eu não estou chocada. Como poderia estar? Eu sabia que você era uma vampira, apesar de eu não gostar de usar a palavra desde o começo.

Para ser precisa, contou, ela sabia desde o primeiro trimestre que sua gravidez não era "normal".

– Eu me sentia terrivelmente enjoada – ela esfregou a testa e passou a mão pelos cabelos –, eu vomitava o tempo todo e era maldosa com seu pai. Eu o culpava por tudo. Mas, na verdade, ficar grávida foi tudo culpa minha.

– Geralmente precisa de dois – minha voz soou tão afetada que ela riu novamente e, finalmente, eu sorri.

– Em nosso caso, eu era a força motriz – disse ela, sua voz seca. – Ele não te contou nada disso?

– Alguma coisa – eu disse. – Ele disse que havia sido uma gravidez difícil. E disse que era você quem me queria – olhei na direção do rio.

– Isso não é totalmente verdade, também. Olhe para mim. Você tem certeza de que quer ouvir isso?

Eu não tinha mais certeza. Mas disse:

– Eu tenho que saber. Eu sinto como se tudo dependesse de eu saber.

Ela assentiu. E me contou sua história.

Imagine encontrar o amor da sua vida, e então perdê-lo. Sim, as pessoas perdem seus amados o tempo todo para a guerra, doenças, acidentes e assassinatos. Mas imagine ver o seu amado mudar diante de seus olhos, transformando-se em outro ser, e você sem o poder de trazê-lo de volta.

Minha mãe me falou sobre encontrar Raphael, sobre seus poucos meses juntos, sobre fazer as malas para a viagem para a Inglaterra como se fosse uma lua de mel. Ela descreveu seu encontro – o horror de ver um homem que não era Raphael habitando seu corpo, o desejo vão de recuperar o que ele havia sido.

– Ele era brilhante – disse ela. – E engraçado. Ele conseguia dançar e contar piadas e, é claro, que ele era lindo...

– Ele ainda é lindo... – eu disse.

– Mas falta algo nele – disse minha mãe. – Algo que fazia dele o *meu* Raphael.

Ela contou que tinha esperanças de que, com tempo e amor, ele voltasse a ser quem era.

– A coisa mais estranha é que ele impôs essa nova personalidade a ele mesmo – contou. – Não aconteceu como resultado de sua, assim chamada, *aflição*. Ele se sentia culpado. Ele se tornou um tipo de monge, tão obcecado em fazer a coisa certa que tudo que fazia parecia duro, programado. Você me conhece há apenas um dia – disse ela para mim –, mas você viu o bastante para saber que sou impulsiva, e um pouco boba às vezes.

– Eu gosto disso – disse.

– Assim como seu pai gostou – disse ela. – Em todo caso, casar-se foi ideia minha. Ele não achava que era ético um vampiro se casando com uma humana. Eu disse que amor não é uma questão de princípios!

Ficamos sem dizer nada por um momento. A água ali perto começou a ondular e, enquanto eu olhava, uma massa branco acinzentada surgiu na superfície e tomou forma. Coloquei minha mão no ombro de minha mãe e falei sem nenhum som: *manati*?

Ela assentiu. O peixe-boi virou seu focinho enrugado para o outro lado e, aos poucos, afundou novamente.

– Oh – eu disse. – E pensar que certas coisas realmente existem.

Mãe me segurou e me abraçou com força.

Ouvir a minha mãe naquele dia foi algo como ouvir uma história de terror lida em voz alta em um piquenique de crianças. Nada no lugar ou na companhia tinha a ver com o que estava sendo contado.

– Eu o encurralei – ela disse. Ali perto, borboletas rodeavam um canteiro de flores. – Ele não queria ter um filho. Eu disse que estava usando duas formas anticonceptivas para que ele não precisasse usar nenhuma. Menti para ele.

Pela primeira vez, senti que *estava* ouvindo mais do que queria saber.

Ela parecia sentir meu desconforto:

– Assim, quando eu descobri que estava grávida, me senti triunfante... por pouco tempo – disse ela. – E então eu me senti mais doente que um cão.

Ela descobriu que estava grávida em novembro – estação de pico na monotonia de Saratoga Springs.

– O clima estava terrível, e eu só ficava dentro de casa – disse ela. – Ele se odiava por ter se entregado a mim, e seu jeito de lidar com isso foi se converter para a mais completa correção. Ou seja, ele interpretava o marido modelo... não, estava mais para uma enfermeira... cuidando de mim, fazendo pesquisas sobre gravidez e parto em casa, cuidando da minha alimentação, retirando amostras de sangue. Dennis e ele pareciam duas galinhas cacarejando sobre mim. Eles me davam vontade de gritar.

Dois corvos – machos, suas asas e caudas de um azul real vívido – pousaram nas rochas perto do rio e olharam para nós. Subita e inesperadamente, senti compaixão por meu pai. Ele havia tentado fazer o que achava certo, dadas as circunstâncias. Minha mãe havia sido a gananciosa.

Ela estava me olhando, e agora assentia:

– Ele tentou fazer o que era certo. E achou que ter um filho era errado. Bem, Ariella, pelo menos eu ganhei essa.

Respirei fundo:

– Mãe, eu quero saber por que você nos abandonou.

– Isso é simples – disse ela. – Eu queria ser como vocês dois. Eu estava cansada de ser deixada de lado.

Conforme sua gravidez progredia, minha mãe tinha mais indicações de que a criança dentro dela – eu – não era um humano normal. Enjoos extremos e anemia do tipo que ela sofreu eram considerados incomuns, mas não anormais. Esse foi o consenso a que chegaram meu pai e Dennis, e Root, que havia se juntado a eles recentemente. (– Eu tive nojo dessa mulher logo que a vi – disse Mãe – e claramente ela se ofendia comigo.)

Os pesadelos também não eram anormais.

– Mas meus sonhos eram mais do que pesadelos – disse ela. – Eu não conseguia me lembrar deles, e isso por si só era terrível para alguém que sempre levou os sonhos muito a sério. Eu acordava com minha boca ainda aberta por ter gritado, os lençóis molhados, meu sentido de olfato tão extremo que eu podia sentir o gosto do alvejante das fronhas. Eu ouvia vozes, nenhuma que eu reconhecesse e, certamente, nem a sua nem a de seu pai, dizendo-me que eu estava amaldiçoada. Eu queria responder: "Quem me amaldiçoou?".

Mas minha voz secava em minha garganta. Eu tive febres altíssimas. Eu os ouvia dizendo que eu estava delirando.

Uma brisa soprou, formando uma linha de sombras do vento através da água. O ar veio direto para mim. Perguntei-me se deveria ter nascido.

— Ariella, estou te contando isso porque quero que você entenda por que eu parti — ela se inclinou na minha direção, sobrou apenas um pequeno espaço entre nós na pedra morna, mesmo que eu não tenha me inclinado para ela.

— Me conte o resto — eu disse, com a voz endurecida.

— Eu pedi que ele me fizesse uma *outra*. Como ele. Como você — disse. — E ele se recusou.

E ela me contou seus argumentos, os quais eu não gostaria de pensar a respeito, muito menos de escrever aqui. Ouvindo sobre a briga de meus pais, há algo pior para uma criança do que anos depois ouvir que você era a causa dessas brigas?

Meu pai não queria transformar ninguém em vampiro. Minha mãe, sentindo que eu (no útero) já era uma, não queria ser a única a envelhecer na família.

— Pense nisso — disse ela para mim. — Envelhecer, ficar doente. Perder força e inteligência na companhia de outros que se mantêm como estão. O insulto final.

Respirei fundo:

— Vocês dois eram muito orgulhosos.

No final, ou no começo, eu nasci. E minha mãe partiu.

Meu pai me examinou no laboratório do porão. O que ele fez além de contar meus dedos?, perguntava-me. Exames de sangue devem ter sido feitos, e o que mais?

No andar de cima, minha mãe dormia. Ela se lembrava de terem cobrido ela com um cobertor de casimira amarelo.

Quando ela acordou, estava sendo levada, ainda enrolada no cobertor, para um automóvel. Ela ouviu o motor sendo ligado e sentiu o cheiro da fumaça. Conseguiu ver rapidamente o rosto de Dennis quando fechou a porta do carro.

— Quem estava dirigindo? — eu não conseguia ser paciente — Era o meu pai?

Mãe havia se arqueado para frente, traçando desenhos nas rochas enquanto falava. Agora, ela havia se endireitado e olhava para mim:

– Seu pai? Claro que não. Era o seu melhor amigo. Um homem chamado Malcolm.

Minha mãe conhecia Malcolm há anos, desde que ele conhecera meu pai em Savannah e, quando ele contou para ela que Raphael havia lhe pedido para levá-la para um tratamento de emergência no hospital, ela não o questionou. Sentia-se fraca e exausta. Dormiu no carro.

Quando acordou, estava em uma cama, não em um hospital, mas em uma casa.

– Uma casa bem grande, em algum lugar em Castskills – disse ela. – O quarto tinha janelas com batentes chumbados. Isso é o que eu me lembro melhor: olhar para as janelas com vidros em forma de diamantes e não ver nada além de campos vazios e colinas.

Malcolm trazia sua comida e se sentava ao lado de sua cama.

– Ele me contou que você havia nascido com deformidades – disse ela, sua voz baixa. – Ele me disse que não esperavam que você vivesse. Disse que Raphael estava devastado, mas que ele, no fundo, me culpava. Ele me odiava. Malcolm explicou as coisas calma e racionalmente. Ele disse que eu tinha algumas escolhas para fazer, a primeira que era a mais óbvia: ou voltar para casa e encarar o terror (*encarar a música*, foi o que ele disse) ou seguir com minha vida e deixar Raphael seguir com a dele. Seu pai, ele disse, preferia muito mais a segunda opção.

Levantei-me, tremendo.

– Isso não é verdade – eu disse. – Não foi isso que meu pai me contou.

Mãe olhou para mim. Ela estava chorando. Mas sua voz permanecia clara e firme.

– Você não consegue imaginar como me senti: enjoada por dentro, fraca e estúpida. Ele falou comigo por horas sobre os princípios envolvidos. Como eu odeio essa palavra! Princípios não são nada além de desculpas para o comportamento.

Eu discordava, mas não era hora para tal debate.

– Por que você não chamou meu pai?

– Ele não queria falar comigo. Malcolm me disse que a melhor coisa para todo mundo seria que eu fosse embora, começasse uma nova vida, esquecesse o que ele chamava de *"esse sofrimento"* que eu havia criado.

As lágrimas corriam por seu rosto e eu queria confortá-la, mas algo em mim resistia.

– E ele me fez uma oferta. Em troca de abandonar Raphael, ele me daria o que eu quisesse.

– Que foi?

– Viver para sempre. Ser como você.

– Então você partiu, você nos abandonou, por isso?

Ela parecia tão patética, e eu queria consolá-la na mesma medida em que queria bater nela, ou quebrar alguma coisa. Peguei uma rocha e a joguei no rio, depois me lembrei do peixe-boi. Corri até a margem e fiquei olhando.

– Está tudo bem – ela parou atrás de mim. – Veja – apontou na direção da correnteza, para redemoinhos que surgiam, e se partiam quando o peixe-boi vinha para a superfície. Observamos por um tempo.

– Eu não sei como me sentir – eu disse, minha voz rouca.

Ela balançou a cabeça. Voltamos para a pedra e nos sentamos. O sol estava quente e eu fui para a sombra de uma árvore. Em algum lugar, um tordo cantou uma canção complicada e a repetiu seis vezes. Bem acima de onde estávamos, um pássaro com longas asas planava, circulando.

– O que é isso? – perguntei.

– Um falcão de cauda curta – ela disse. – Não seria ótimo ser capaz de voar? – sua voz estava melancólica.

– Meu pai também desejava poder voar – lembrei da tarde na sala de estar quando ouvi sua história.

– Saber a verdade não a liberta, não é?

– Eu acho que liberta, no tempo certo – as lágrimas haviam parado.

O sol havia começado a se mover para o oeste, e eu notei que ela não tinha sombra.

– Então, você é uma de nós?

– Se você está querendo dizer o que eu acho que está querendo dizer, sim.

Ela contou que Malcolm cumpriu sua parte no acordo. Depois disso, ele tomou conta dela por um mês, até que ficou estável o suficiente para se defender sozinha.

– Foi o pior mês da minha vida – disse ela sem emoção. – Às vezes, eu pensava que ouvia você chorando, e meus seios doíam. Eu queria morrer.

– Mas você não veio me buscar.

– Eu não fui te buscar. Malcolm me disse que eu não devia; você precisava de cuidados especiais. E Raphael odiaria a ideia de eu ser uma vampira. Malcolm disse que eu já havia causado estragos demais, que eu acabaria com Raphael se interferisse ainda mais. Ele me convenceu de que estava certo:

Raphael e sua pesquisa eram o que importava, afinal. E seria diferente se tivéssemos sido felizes juntos. Malcolm disse que se você sobrevivesse, o que ele duvidava, manteria os olhos em você, ele agiria como seu guardião invisível. Ele queria que seu pai se concentrasse no trabalho e não confiava em Dennis para cuidar de você. Ele achava que Dennis estragaria as coisas, de alguma forma. Então, eu concordei. Mas eu nunca me esqueci de você. Eu tive amigos olhando por você, de tempos em tempos, e eles me disseram que você estava bem, que estava crescendo forte.

– Nós tivemos poucos visitantes – eu disse. Eu estava observando um pássaro com uma cabeça que parecia bidimensional, e um bico âmbar, e pernas longas que se dobravam para trás antes de angular para frente, enquanto se aproximava pela água. Ele parecia um pássaro de desenho animado.

– Esses visitantes eram invisíveis – disse ela, trivialmente.

– Por que não veio você mesma?

– Isso iria doer muito – ela esticou os braços para mim. Eu não me mexi. – Eu tentei mandar mensagens para você – disse ela. – Eu mandava seus sonhos.

Eu me lembrei das palavras cruzadas e da música.

– "O Azul Além" – eu disse.

– Então funcionou! – seu rosto se iluminou.

– A música eu entendi – eu disse. – As palavras cruzadas vinham muito distorcidas.

– Mas elas te trouxeram até mim.

Na verdade não. Mas, para a minha mãe, elas eram o fio invisível que me levaram para casa.

– Na verdade, foi a letra *S* que me ajudou a encontrar Homosassa Springs – eu disse. – Meu pai e Sophie disseram que você achava que o *S* dava sorte.

– Isso é – ela pegou uma folha de um arbusto e a colocou na boca.

– A forma do *S* simboliza as luas cheia e minguante. Mas eu já gostava muito antes de saber disso. Desde o momento em que aprendi a escrever o alfabeto, o formato e o som do *S* me pareceram especiais.

Uma cobra nadou para perto, e eu endureci.

– É um pássaro – disse Mãe. – Olhe.

Visível embaixo da água havia o corpo de um pássaro – seu pescoço comprido criava a ilusão de ser uma cobra.

– É chamado de biguatinga. Você não aprendeu sobre os pássaros?

– Alguma coisa. Concentramo-nos mais nos insetos, na verdade – eu estava pensando muito em tudo que ela havia dito. – Eu acho que Malcolm agiu secretamente nessa história.

– De um modo geral, ele me tratou bem.

– Ele te enrolou. Ele contou mentiras – mais e mais eu me convencia disso. – Meu pai não te contou como Malcolm havia tratado ele?

– Malcolm era seu amigo – disse ela.

– Ele não te contou quem transformou ele em vampiro?

Seus olhos estavam cautelosos agora:

– Ele nunca disse. Eu presumi que tinha sido um de seus professores.

Por que meu pai contaria para mim, e não para ela?, perguntei-me.

– É bem como ele, ser tão discreto – sua voz era amarga.

– Você ouviu meus pensamentos?

Ela assentiu:

– Eu não ouço o tempo todo, juro.

– Por que não posso ouvir os seus?

– Já me habituei a bloqueá-los – então ela baixou a guarda e a ouvi pensando: *Eu te amo. Eu sempre te amei.*

Pensei: Ele ainda te ama. Ele nunca deixou de amar.

Ela balançou a cabeça. Ele deixou de me amar no dia em que eu menti, no dia em que o seduzi. Quando ele me olhou depois disso, eu vi em seus olhos.

– Eu vejo nos olhos dele quando ele fala sobre você – eu disse. – Ele sente sua falta. Ele está solitário.

– Ele prefere sua solidão – disse ela. – De um modo geral, Malcolm estava certo. Foi melhor desse jeito.

Cruzei os braços:

– Deixe-me contar sobre o Malcolm.

⁂

E então, contei para minha mãe sobre a "mudança de estado" de meu pai e tudo que se seguiu. Contei tudo que ele havia me contado. Depois que terminei de falar, ela não disse uma palavra.

Levamos os cavalos de volta ao estábulo – primeiro andando, depois correndo e então galopando. Segurei-me na sela, com medo de ser atirada para fora, mas consegui me segurar no assento. Minha mãe e Osceola voavam na minha frente.

De volta aos estábulos, tratamos dos cavalos e os alimentamos. Quando Mãe não estava olhando, dei um beijo de boa noite no pescoço de Johnny.

Finalmente, ela disse:

– Eu vou sair. Quer vir junto?

14

O estacionamento estava cheio, e minha mãe teve que estacionar a picape na rua. Ela andou na direção de um edifício branco comprido, com uma placa de néon onde se lia Cantinho da Flo.

Lá dentro, todas as mesas estavam ocupadas, e no bar só havia lugares para ficar em pé. O *barman* chamou:

– Ei, Sara! – Mãe parou aqui e ali para dizer "olá", enquanto seguíamos na direção de uma assento no canto.

Dashay estava sentada com um homem musculoso usando um chapéu de caubói. Eles bebiam alguma coisa vermelha. Minha mãe se sentou também, e eu me sentei na ponta.

Dashay disse:

– Ariella, esse é Bennett. Ele é meu namorado.

Apertei sua mão. Ele tinha uma pegada forte e um sorriso muito bonito.

– Gostei do seu chapéu – eu disse.

– Ouviu isso? Ela gosta do chapéu – disse ele. – Dashay está sempre falando para eu me livrar desse chapéu. Joga fora isso, ela diz.

– Você tem um namorado? – Dashay me perguntou.

– Algo do tipo – eu disse.

– Como ele é?

– Ele é quieto – respondi. – Ele tem cabelo comprido – perguntava-me se minha mãe tinha um namorado.

Ela olhou para mim e disse:

– Não.

Um garçom nos trouxe dois copos de Picardo, e minha mãe levantou seu copo para brindar.

– À justiça – disse ela. Dashay e Bennett pareciam intrigados, mas beberam.

Tomei um gole. Picardo *era* um gosto que eu havia adquirido; desta vez, gostei do seu gosto forte. Quando olhei ao redor, notei que a maioria dos outros também parecia estar tomando Picardo. Aqui e ali eu via uma cerveja ou um copo de vinho branco, mas os copos de líquido vermelho eram duas vezes mais superiores.

– Por que quase todo mundo está bebendo a mesma coisa?
– São criaturas de hábito – disse Mãe.
– Por que eles ficam tão vermelhos? – perguntei.
– Supõe-se que seja uma receita secreta – disse Bennett.
– Eu li em algum lugar que a cor vem dos insetos esmagados – Dashay segurou seu copo no alto, e raios do sol poente lá fora deram ao líquido um brilho granada.
– Muito apetitoso – minha mãe não havia sorrido desde nossa conversa, e isso me fez perceber o quanto ela havia sorrido antes. – Ariella, eu preciso conversar com esses meus amigos. Você é bem-vinda para ouvir, mas será sobre as mesmas coisas que estivemos falando por horas. Ou você pode colocar algumas músicas no *jukebox* – ela mexeu nos bolsos e tirou a mão cheia de trocados.

Eu não queria ouvir as histórias de novo. De qualquer maneira, eu também tinha coisas no que pensar. Peguei o dinheiro e minha bebida, e segui até o *jukebox*: uma máquina monstruosa que brilhava nas cores vermelha, roxa e amarela. A única dessas que eu havia visto antes foi na lanchonete em Saratoga Springs, e essa era três vezes maior.

Nenhum dos nomes das músicas me era familiar, então, eu as escolhi aleatoriamente: "Late Night, Maudlin Street[9]", do Morrissey; "Marooned on Piano Island[10]", do Blood Brothers; "Lake of Fire[11]", do Meat Puppets; "Spook City USA[12]", do Misfits. Coloquei algumas moedas de 25 centavos na máquina. Quando a música começou, não era nenhuma das músicas que escolhi, mas uma música country sobre um círculo de fogo[13]. Todos no bar pareciam conhecer; todos começaram a cantar em coro, exceto minha mãe e seus amigos, que conversavam no assento do canto.

Sentei-me num banco perto do *jukebox*, e olhei para os outros, que olhavam para mim de tempos em tempos. Eram todos vampiros? Ou

---

[9] Tarde da noite em Maudlin Street – Morrissey.
[10] Abandonado na ilha do piano – Blood Brothers.
[11] Lago de fogo – Meat Puppets.
[12] Cidade assustadora dos EUA – Misfts.
[13] Círculos de fogo – Johnny Cash (N.T.)

será que esse cantinho da Flórida tem um desejo incomum por bebidas vermelhas?

Eles pareciam "pessoas normais", eu pensava, variavam na idade, no peso e na cor da pele; usavam, na maioria das vezes, roupas casuais. Dois homens usavam macacões de mecânico e um casal usava paletós. Este poderia ser qualquer bar de cidade pequena, se não fosse pela preponderância de bebidas vermelhas, e as canções no *jukebox*. Algo me ocorreu agora, o fato de que ninguém no lugar estava acima do peso.

Enquanto eu olhava as pessoas no bar, – o garçom massageava os ombros de uma das clientes, o *barman* cantava e bebia seu próprio copo de bebida vermelha; pensei em meu pai, sentado em sua poltrona de couro verde, bebendo seu coquetel da noite, sozinho. Perguntava-me qual a cor da camisa que ele estava usando. E, apesar de eu estar cansada de pensar no passado, ele começou a passar pela minha cabeça de novo.

Quando eu era bem jovem, mesmo antes de conseguir falar tanto, meu pai me deu um livro de figuras chamado *Você consegue ver as seis diferenças?* Claro que eu não conseguia ler o título, mas agarrei o conceito instantaneamente: dois desenhos quase idênticos (geralmente retratando animais e alienígenas), colocados um ao lado do outro, com apenas pequenas diferenças entre eles, o formato de um olho pode ter sido sutilmente alterado; a cauda de um gato ou uma sombra pode estar faltando. Apesar eu não conseguir *dizer* onde as diferenças estavam, conseguia apontá-las, e meu pai balançava a cabeça, aprovando.

Enquanto eu pensava na história de meu pai, e na de minha mãe, a diferença entre eles se sobressaiu com um alívio agudo. De todas as discrepâncias, o detalhe que mais me incomodava estava relacionado a Dennis: ele havia fechado a porta do carro de Malcolm. Eu sabia o quanto meu pai confiava em Dennis, dependia de sua lealdade.

Tomei uma decisão: era hora de ligar para casa.

Na cabine telefônica atrás do Flo, perto dos banheiros, liguei para Saratoga Springs e coloquei uma moeda. Eu não fazia ideia do que dizer quando atendessem.

Mas, sequer tocou. Uma voz gravada me disse que o número que eu havia discado estava fora de serviço, e me encorajava a checar a lista e tentar novamente. Eu não precisava checar a lista, mas disquei o número novamente, coloquei as moedas e ouvi a mesma gravação.

Desconcertada, coloquei o fone no gancho.

Quando me juntei novamente à minha mãe e seus amigos, Dashay estava no meio de uma frase longa, que terminou com:

– ... deve ser a influência Sanguinista.

Eu sabia que eles estavam falando sobre meu pai; minha mãe me deixou ouvir seus pensamentos.

– O que é um Sanguinista? – perguntei.

Eles olharam para mim.

– Bem – disse Dashay –, precisamos falar sobre seitas.

Bennett começou a rir.

– Silêncio! – ela disse para ele. – S-E-I-T-A-S foi o que eu disse – e virou as costas para ele. – Eu acho que não lhe contaram sobre elas? Alguns vampiros são Colonistas: eles acham que os humanos devem ser mantidos em cativeiro e devem procriar para gerarem mais sangue, como animais. Outros são Reformistas, e querem ensinar aos humanos como os vampiros são superiores. Existem alguns esquisitos chamados de Nebulistas: extremistas que querem acabar com a raça humana. Gente boa. E então, existe o que eles chamam de "Sociedade do S". S de Sanguinistas. Eles são ambientalistas, conservadoristas; bem, nós somos, também. No fim das contas, todos nós pensamos que vamos estar por aqui para sempre, então temos uma aposta real; para de rir, Bennett. Estou falando sério. Nós apostamos em preservar a terra.

– Mas os Sanguinistas deram um passo adiante. Eles praticam a abstinência e não se misturam muito com os mortais, apesar de pensarem que os mortais devem ter, você sabe, direitos democráticos. Os Sanguinistas acham que morder as pessoas é imoral, e vampirizar os humanos também.

– Vampirizar?

– Transformar os mortais em vampiros – Bennett traduziu. – Essa é uma palavra que Dashay inventou por ela mesma.

Dashay nos ignorou:

– Os Sanguinistas são obcecados em fazer a coisa certa. Eles levam a vida muito, muito a sério.

– Nós não pertencemos a nenhuma seita – disse Bennett. – Você sabe, granola e jardinagem orgânica e tudo isso. Nós não nos metemos com grandes ideais ou obssessões sobre princípios.

– Nós fazemos o que surge naturalmente – disse Dashay. – Viva e deixe viver.

– Algumas seitas acreditam que eles precisam de sangue humano todos os dias para sobreviver – minha mãe levantou seu copo. – Mas nós nos damos muito bem usando suplementos, contanto que prestemos atenção em balancear nossa dieta. Seu pai era um típico cientista e nunca se interessava muito por comida.

Ela continuou:

– Ele não reconhece o valor dos vegetais.

– Nós não precisamos de sangue?

Dashay disse:

– Nós pegamos os suplementos. Nós não precisamos morder as pessoas. Claro que nós gostamos, mas você consegue o mesmo prazer com ostras puras ou grão de soja, que são cheios de zinco, ou vinho tinto ou Picardo.

– Quase a mesma coisa – Bennett soou como se estivesse arrependido. Perguntei-me como ele e Dashay se tornaram vampiros. O Cantinho da Flo devia estar cheio de histórias estranhas.

– E quanto a comer carne? – fazer perguntas me dava tempo para chegar a alguma conclusão sobre o telefone desligado.

– Carne não é necessária – disse minha mãe. – Nós somos peixetarianos.

– Tem um gosto nojento – Bennett estendeu seus dedos e os mexeu como se fossem vermes. – Mas os Sanguinistas comem isso. Eles acham que a carne é necessária, que é um tipo de substituto para o sangue.

– Nós temos os suplementos e as fontes de água – Dashay parecia ansiosa para manter a conversa fora do assunto sangue. – O rio é abastecido pelas fontes, você sabia disso, Ariella? E a água tem os mesmos minerais que a água salgada. Tanto peixes de água doce quanto os de salgada vivem no rio, e nós os comemos também. E as fontes são uma das razões para tantos vampiros se estabelecerem aqui.

Mãe se inclinou até meu ouvido:

– O que há de errado?

– Eu conto depois – eu disse.

O garçom nos trouxe pratos de ostras cruas e uma garrafa de molho picante. Apesar da suculência das ostras, comi pouco, sem muito apetite.

Mais tarde naquela noite, sentei-me na ponta do ancoradouro. Harris se juntou a mim, sentando-se a um metro de distância à minha direita. O sol havia se posto, mas o céu permanecia rosa. Nuvens nacaradas ao longo do horizonte brilhavam como se tivessem sido acesas por dentro. Gradualmente, elas sumiram, tornando-se azuis como as montanhas distantes. Elas me faziam pensar em Asheville e eu suprimi aquele pensamento, junto com qualquer pensamento sobre Saratoga Springs.

Harris e eu balançamos nossos pés na água fria. Uma biguatinga passou por mim, ainda parecida com uma cobra, e um sabiá cantou de uma árvore ali perto. Lembrei-me de uma linha do livro *Walden*, de Thoreau: *A vida em nós é como a água em um rio.*

Tudo estava calmo, até que eu vi uma barbatana sinistra a não mais do que cem metros de nós, ondulando a superfície do rio. Agarrei Harris e nos afastamos. Ele saiu pulando e desapareceu no meio das árvores.

Corri descalça todo o caminho de volta para casa e para dentro da sala de estar:

– Eu vi um tubarão!

Minha mãe, Dashay e Bennett jogavam cartas na mesa da cozinha. Mãe me entregou um pedaço de papel e um lápis:

– Desenhe a barbatana dorsal.

Desenhei-a rapidamente.

– Se parece com um golfinho, para mim – disse Dashay. Ela pegou o lápis e desenhou outra barbatana, essa sem o formato curvo crescente.

– É assim que um tubarão se parece.

Errada novamente, pensei. Sempre errada, e eu costumava sempre estar certa.

– Eu assustei Harris – eu disse, minha voz soando envergonhada, como eu me sentia.

– Eu o encontro e explico o que houve – disse Dashay. E depois saiu.

E, então, Mãe empurrou sua cadeira para trás e saiu. Ela voltou com dois livros: um guia de campo da Flórida e um manual sobre jardinagem:

– Você vai aprender do mesmo jeito que eu aprendi – disse ela.

Peguei os livros e me sentei em uma poltrona coberta com chita no canto. Grace, a gata, passou devagar perto de mim como se nem houvesse me notado.

Quando Dashay voltou, disse que Harris já havia entrado na casa de hóspedes para passar a noite.

– Eu expliquei para ele o que houve – disse ela. – Ele não vai guardar rancor.

O jogo de cartas recomeçou, mas deu para notar pela pressa em retomar as conversas que eu havia interrompido uma conversa mais importante. Então, eu dei boa noite para eles e fui para meu quarto, carregando os livros.

Mais tarde, enquanto eu estava deitada, Grace entrou e se sentou a meus pés. Olhamos para a lua ocre que escalava o céu. Mãe bateu e abriu a porta:

– Você vai me contar o que está incomodando você?

Mantive meus pensamentos bloqueados, sem ter certeza do que dizer:

– Amanhã – eu disse.

———

Quando acordei, a luz do sol me ofuscou. Eu ouvia vozes e, pela janela, vi Mãe e Dashay do lado de fora dos estábulos, falando com alguém que eu não reconheci. Um furgão de entregas da Cruz Verde estava estacionado na entrada.

Desci as escadas o mais quieta possível, como se elas estivessem na sala de estar. Peguei o telefone sem fio da cozinha e voltei novamente para meu quarto.

Michael atendeu no terceiro toque.

– Michael, sou eu – eu disse.

Depois de uma pausa, ele disse:

– Obrigado por ligar. Eu te aviso – e desligou na minha cara.

Segurei o telefone mudo. Ele soou estranho, formal e nervoso. O estalo permaneceu no meu ouvido, o som de mais uma desconexão.

Eu estava prestes a levar o telefone de volta para a cozinha quando ele tocou. Eu atendi na hora.

– Sou eu, Ari – Michael ainda parecia nervoso. – Eu não posso falar.

– O que está acontecendo?

– O agente Burton está aqui. Ele aparece a cada dois meses, para checar. Estou na garagem agora, no celular. Eu peguei seu número no detector de chamadas.

Então, finalmente, os McGarritt haviam modernizado seus telefones?

– Você está bem?

– Sim, ótimo. Onde você está?

– Com minha mãe – eu disse. – É bem legal aqui.

– Que bom, que bom. Não me diga onde você está. Burton anda perguntando sobre você e é melhor que eu não saiba.

– Ele está perguntando sobre mim?

– Sim. Você sabe, desde aquilo que aconteceu com seu pai e tudo...

– O que aconteceu com meu pai?

Até o silêncio no fone teve sua tensão.

– Michael?

– Quer dizer que você não sabe?

– Eu não falei com ele desde que parti. O que aconteceu?

Outro silêncio, esse ainda mais carregado. E uma frase, tão apressada e desajeitada, que não teve sentido.

– Não consigo te escutar – eu disse. – Fala de novo.

– Ele está morto – as palavras fluturam até mim, meros padrões sonoros. – Ari, seu pai está morto.

Em algum ponto, minha mãe entrou e pegou o telefone da minha mão. Eu estava segurando sem ouvir, sentada no chão. Eu ouvia sua voz distante, falando com Michael, mas as palavras não eram registradas. Em meus ouvidos, havia um ruído branco – o som de todos os sons e de nenhum som –, e na minha cabeça não havia nada.

O cheiro de incenso me despertou. Eu não conseguia identificar a fragrância, uma mistura de ervas, algumas eu reconhecia. Lavanda era uma, e alecrim a outra.

Quando abri meus olhos, vi fumaça, mas não era do incenso, mas de um feixe de plantas colocadas em um braseiro de ferro. Velas queimavam em quase todas as superfícies do quarto – talvez uma centena delas, pilastras brancas com chamas tremeluzentes. Mesmo assim, o quarto estava frio, o ventilador de teto girando preguiçoso. Juro que ouvi o som de vozes femininas cantando, mas o quarto estava vazio.

Devo ter fechado os olhos, porque, subitamente, Dashay estava no quarto. Ela usava um vestido branco e seus cabelos estavam enrolados em um lenço branco. Sentou-se do meu lado e me alimentou com uma sopa clara com uma colher de madrepérola. Comi sem sentir o gosto, sem nem mesmo falar entre as colheradas.

Ela sorriu e foi embora. Grace subiu na cama, deu-se um banho e lambeu minha mão.

Algum tempo depois, acordei novamente. As velas ainda queimavam. Minha mãe estava sentada ao meu lado, lendo. Seu rosto à luz das velas me lembrava um quadro que havia na sala de estar dos McGarritt, intitulado

Nossa Senhora das Dores: uma mulher de perfil, com o rosto sereno e mesmo assim sofrido, usando um robe azul e capuz. Dormi novamente, e da próxima vez, despertei, o sol manchava as paredes cor de pervinca. Dessa forma, reentrei no mundo dos vivos. Depois disso, eles me contaram que eu estive "em estado de coma" por quase uma semana.

Durante esse tempo, Mãe e Dashay estiveram bem ocupadas. Aos poucos, à medida que eu me fortalecia, elas me contaram o que estiveram fazendo.

Descobri que a rede de vampiros funciona como se fosse um trilho de trem subterrâneo. Quando um vampiro está em apuros, outros oferecem transporte, comida e abrigo. Os contatos de minha mãe também afastavam animais que eram abusados do lugar que os fazia mal, e eles trocavam bens e serviços. Mas, principalmente, trocavam informações.

Os amigos de Mãe, de Saratoga Springs, disseram para ela que o obtuário de meu pai havia sido publicado no jornal local; eles enviaram uma cópia para ela. Ele havia morrido de parada cardíaca. Seu corpo havia sido cremado e as cinzas enterradas no Cemitério de Green Ridge. Seus amigos enviaram uma fotografia do túmulo. Eles tiraram outra de nossa casa, com uma placa de "vende-se" colocada no gramado da frente. Alguém havia derrubado a glicínia que traçava um dos lados da nossa casa, fazendo-a parecer exposta, nua.

Minha mãe não me mostrou as fotos todas de uma vez, para prevenir que eu reagisse muito emocionalmente. Mas foi difícil manter meus sentimentos sob controle, especialmente da primeira vez que olhei para as fotos. A imagem da casa abandonada me chocou tanto quanto a imagem da lápide de mármore negro. Raphael Montero havia sido inscrito nela, junto com a citação: Gaudeamus Igitur / Iuvenes Sumus. Não havia datas.

– O que significa a inscrição? – Dashay perguntou.

– Deixe-nos regozijar / Enquanto somos jovens – disse Mãe.

Eu não sabia que ela sabia latim. Ela se virou para mim:

– Às vezes, ele usava essa frase como brinde.

A fotografia havia sido tirada bem de perto e visível no plano de fundo havia algum tipo de garrafa.

– O que é isso? – perguntei para Mãe.

– Parece ser a parte de cima de uma garrafa de bebida – disse ela.

– Coisa estranha para se colocar em um túmulo – disse Dashay. – Talvez os vândalos tenham deixado isso aí.

Eu estava deitada na cama, apoiada nos travesseiros. Harris sentado do outro lado da cama, colorindo meu livro de figuras. Minha mãe havia adiado a transfêrencia dos macacos para o santuário de primatas, na esperança de levantar meu humor. Naquela semana, se eu tivesse dito que queria um elefante, acredito que ela teria me trazido um.

— Mãe — eu disse. — Você pode mandar um *e-mail* para seus amigos e pedir para eles tirarem mais fotos? E perguntar a eles quem assinou esse obtuário?

Minha mãe achou que eu era teimosa e até um pouco iludida, mas enviei um pensamento de volta para ela, alto e claro: Eu não acredito que ele esteja morto.

Você não quer acreditar, ela pensou.

Se ele estivesse morto, eu teria sentido. Cruzei os braços.

Isso é um pouco clichê, ela pensou. Então, bloqueou seus pensamentos e disse:

— Desculpe.

— Ele esteve perto de mim durante todos os dias por treze anos — eu disse. — *Você* não estava por perto.

Ela hesitou. E então, virou-se e deixou o quarto.

Enquanto ela se afastava, Dashay me contou sua teoria sobre a morte de meu pai: Malcolm havia matado ele. Minha mãe havia contado sobre ele, e ela o considerava o "mal encarnado".

— O atestado de óbito diz que foi parada cardíaca — disse ela. — Isso pode significar qualquer coisa. Eu nunca ouvi falar de algum de nós que teve uma parada cardíaca, a não ser que fosse você sabe o quê — ela cerrou a mão esquerda, com o dedão para cima e simulou um martelo com a mão direita.

— As pessoas realmente usam estacas no coração? — meu pai não tinha sido muito claro nesse ponto.

— É sabido que acontece — Dashay não parecia certa sobre se deveria discutir esse assunto. — Às vezes, você sabe, as pessoas não sabem de nada. Alguns ignorantes botam a ideia na cabeça de que alguém é um vampiro, e decidem se livrar desse alguém. — Ela franziu a testa. — Eu não gosto muito de pessoas. Se eu mesma não tivesse sido uma, não veria muita utilidade para elas, mesmo.

Ela se virou e foi na direção de Harris:

— Ei, isso está muito bom — ela disse para ele.

Harris estava pintando um cavalo-marinho de roxo, na maior parte do tempo dentro das linhas. O livro de colorir apresentava um grupo de criaturas marinhas; ele já tinha terminado o polvo e uma estrela-do-mar. Eu me mexi para ver por cima dos seus ombros, inalando seu bafo de hortelã (ele escovava os dentes duas vezes por dia). Não queria que ele fosse embora, nunca.

– Onde está o Joey? – perguntei.

– Tirando um cochilo na varanda. Como sempre – Dashay não pensou muito em Joey. – Então, Ariella, você está mais parecida com você hoje. Você deve estar muito melhor.

– Eu acho – olhei para as fotos de novo. – O que você acha que aconteceu com nossos livros, móveis e outras coisas?

– Boa pergunta – ela se levantou, esticou os braços. – Não sei, mas vou perguntar.

Passaram-se alguns dias antes da resposta chegar, e, durante esse tempo, fiquei ainda mais entediada por estar doente. Comecei a andar pela casa, e depois pelo jardim. No lado sul da casa, minha mãe havia plantado hortênsias azuis e plumbaginas; elas eram sebes verdes e arbustos quando olhei pela útlima vez. Reconheci-as pelas fotos do livro que minha mãe havia me dado. O ar tinha um cheiro hipnoticamente doce de jasmim-da-noite e das flores de laranjeira e dos limoeiros. Era difícil ficar deprimida na Flórida, pensei.

Mais tarde, aventurei-me por uma trilha que eu não havia explorado antes, e encontrei um tipo diferente de jardim. As rosas escalavam uma grade cercada por malvas e bocas-de-dragão. A água descia pelas laterais de uma fonte com o formato de um obelisco. Grama alta bordejava a trilha. Tudo no jardim era negro: as flores, a grama, a fonte, as vinhas que escalavam a fonte, até mesmo a água da fonte.

– Bem-vinda ao meu jardim da tristeza – apareceu Dashay atrás de mim.

Sentamo-nos em um banco de ferro negro e ficamos ouvindo o som da fonte. Eu me lembrava de uma história de Hawthorne que havia lido: "A filha de Rappaccini", cuja maior parte se passa em um jardim macabro, mas lindo e cheio de plantas venenosas.

Mesmo assim, eu achava a escuridão desse jardim curiosamente reconfortante:

– Por que você o plantou? – perguntei.

– Eu havia lido sobre jardins góticos. Duzentos ou trezentos anos atrás, se perdia alguém que amasse, você plantava um jardim funéreo e, quando você se sentava nele, fazia o seu luto. Você tem que se permitir ficar triste, Ariella.

– Alguém que você amava morreu?

– Perdi meus pais e meu primeiro amor, todos no mesmo ano ruim – seus olhos eram como âmbar: translúcidos, mas nebulosos.

– Isso aconteceu lá na Jamaica, há muito tempo.

Ela desviou os olhos da fonte para mim:

– Mas você não quer ouvir essa história agora. Depois disso, eu guardei meu dinheiro e comprei uma passagem só de ida para Miami. Você nunca vai querer ir para aquele lugar. Gangues de vampiros *maus* circulam por lá, mordendo pessoas o tempo todo, competindo para ver quem aumenta mais suas gangues com presas. E eles são viciados em sangue: roubam sangue dos hospitais e dos bancos de sangue para injetar em si mesmos. Depravados! Eu não passei nem uma hora fora do avião antes de ser vampirizada. Eu não gostei daquilo, então eu vim para o norte, procurando um lugar onde as pessoas me deixariam em paz. Foi assim que encontrei Sassa[14] e conheci sua mãe – ela sorriu. – Sara tem sido minha melhor amiga desde aquele primeiro dia em que nos encontramos no Flo. Nós duas estávamos com pouca sorte, mas erámos duronas e confiamos uma na outra. Nós conseguimos juntas tudo o que temos e construímos O Azul Além. O trabalho duro só traz recompensas, querida.

Dashay havia sobrevivido a mais corações partidos do que eu já havia encontrado. Mesmo assim, senti uma ponta de inveja dela. Inalei os odores picantes das bocas-de-dragão, imaginando se algum dia eu teria uma melhor amiga de novo.

Depois que encontrei o jardim da tristeza, passei menos tempo na cama. Eu fazia companhia para Mãe e Dashay e, às vezes, para Bennett, na hora das refeições na cozinha. Eu não falava muito, mas, ao menos, conseguia comer. Por dentro, ainda me sentia amortecida.

Certa tarde, Dashay e eu estávamos tomando um lanche – pedaços de favo de mel, queijo e maçãs –, quando Mãe chegou com papéis nas mãos. Seus amigos haviam mandado novas fotos do túmulo de meu pai. Desta vez, podíamos ver a garrafa claramente: uma garrafa de Picardo, meio cheia, perto de três rosas de caules longos.

---

[14] Apelido carinhoso para "Homosassa". (N. R.)

– Como o túmulo de Poe – disse Mãe. – Você sabe, o conhaque e as rosas.
Eu não entendi.
– Todos os anos, no dia 19 de janeiro, aniversário de Poe, alguém deixa uma garrafa de conhaque e rosas vermelhas em seu túmulo em Baltimore – disse ela.
– Eu ouvi algo sobre isso – disse Dashay. – Bem misterioso.
Minha mãe disse:
– Na verdade, não. Os Membros da Sociedade Poe fazem isso. Eles fazem turnos. Raphael era um membro e ele mesmo fez isso um ano. Ele me fez prometer não contar nada para ninguém. Acho que guardar o segredo não significa nada agora.
– É um sinal – eu disse. – Quer dizer que ele está vivo. Papai disse que Poe era um de nós.
Elas olharam para mim com pena, e eu não queria ver isso.
– O que mais você descobriu? – perguntei. – Foi Dennis quem assinou o atestado de óbito?
– Não – disse ela. – Foi assinado pelo dr. Graham Wilson.
Deixei-me imaginar uma história na qual Dennis o havia assinado, ajudando meu pai a encenar sua própria morte. Agora minhas convicções começavam a desmoronar.
– Ariella – disse ela –, desculpe por desapontá-la.
– Meu pai não estava vendo o dr. Wilson – cruzei os braços. – Meu pai nunca ia a nenhum médico.
Mãe e Dashay trocaram olhares. Depois de alguns segundos, Dashay disse:
– Descubra quem é o dr. Wilson. Perguntar não machuca.
Minha mãe balançou a cabeça, mas foi para o computador. Dashay me entregou outra fatia de favo de mel:
– Como você se sente para levarmos os cavalos para passear?
Eu sabia que ela estava tentando me distrair, mas não deu certo. Fiquei pensativa enquanto cavalgávamos.
Quando voltamos do passeio (Dashay em Abiaka, e eu em Johnny Cypress), andamos com os cavalos ao redor do padoque para acalmá-los, e lhes demos grãos e água.
Mãe estava sentada na varanda da frente, esperando por nós. Estudei seu rosto e tentei ouvir seus pensamentos, mas não consegui. Ela tinha uma folha de papel na mão, que me entregou.

Era a cópia de um *e-mail*: "Sara, não há nenhum problema. Nós checamos com o agente imobiliário, que disse que os pertences da casa estão em um armazém. Aparentemente, o testamento deixa tudo para sua filha e o executor é Dennis McGrath. Você não o conhece? Houve alguns comentários quando Ariella não apareceu para o funeral, mas agora já esqueceram. Sullivan está cuidando dos preparativos. Diga-me se precisar de mais alguma coisa. XO, Marian.

P.S.: Você nunca conheceu Graham Wilson? Uma boa pessoa. Bom médico. Um de nós."

Mandei um sorriso triunfante para minha mãe, e ela me mandou de volta um pensamento: Talvez.

Não concordamos sobre o que fazer em seguida. Eu queria ir para Saratoga Springs falar com Dennis e com o dr. Wilson. Mãe disse que não seria muito sábio. Michael havia lhe contado sobre o agente Burton (eles tiveram uma boa conversa, disse ela), e podíamos nos arriscar.

– Então *você* deve ir – eu disse.

– Ariella, pense por um minuto. A qual propósito isso irá servir? Se você estiver certa, se Raphael ainda estiver vivo, ele não quer que o mundo saiba disso. Afinal, se ele encenou sua morte, ele teve suas razões.

– Por que um vampiro faria uma coisa dessas? – Dashay balançou a cabeça.

– Porque ele quer que as pessoas pensem que era mortal? – eu disse, pensando em voz alta. – Por que alguém iria revelar quem ele era?

– Os motivos dele não nos preocupam – Mãe soava mais e mais autoritária, e parte de mim se ofendeu por ela se impor. – Se ele estivesse vivo, teria nos contatado. Mas ele não o fez.

– E por que faria? – o *e-mail* era um pedaço de papel amassado na minha mão, e comecei a desamassá-lo – *Nós* abandonamos *ele*. Nós duas. E nenhuma de nós nunca ligou ou disse onde estava.

– Ele podia ter me encontrado quando quisesse – Mãe cruzou os braços: o mesmo gesto que eu sempre fazia quando ficava na defensiva. Ela me ouviu pensando isso e colocou enfaticamente os braços ao lado do corpo – Eu sempre usei meu nome verdadeiro. Você não demorou muito para me encontrar.

– A tia Sophie ligou para ele depois que viu você pela última vez. Ela disse que você não queria ser encontrada.

– Na época, eu não queria. Eu estava honrando meu trato com Malcolm – ela cruzou os braços de novo. – O que te faz pensar que Raphael quer ser encontrado?

– A garrafa de Picardo – eu disse. – E as três rosas. E a inscrição: "Deixe-
-nos regozijar / Enquanto ainda somos jovens". Era um tipo de piada que nós
tínhamos – tentei soar persuasiva, mas percebi que não tinha provas de que
ele estava vivo. Tudo que eu tinha era um palpite teimoso.

15

Meu pai havia expressado mais de uma vez seu profundo ceticismo quanto às tentativas de distinguir o pensamento positivo do raciocínio analítico. Não é óbvio, ele perguntava, que a ciência e a arte precisem dos dois? Ele gostava de citar Einstein: "Eu não tenho talentos especiais, sou apenas apaixonadamente curioso". Sua própria mente era por natureza tão lógica e, mesmo assim curiosa, que, para ele, a criatividade e a análise *eram* a mesma coisa.

Mas eu tenho um tipo diferente de cérebro, um que prossege da intuição e da imaginação mais do que da lógica. Minhas descobertas sempre são inesperadas e dependem tanto das surpresas quanto da lógica ou da paciência.

Uma vez, decidi acreditar que meu pai estava vivo, o problema era como encontrá-lo, porque eu também decidi que ele, gostando ou não, seria encontrado. Eu não conseguiria dizer por que eu estava tão determinada. Talvez fosse orgulho da minha parte. Eu havia chegado tão perto de terminar o quebra-cabeça que não podia aceitar a perda dessa peça.

E então, importunei minha mãe com perguntas: "Onde meu pai havia sido mais feliz?", "Alguma vez ele falou sobre viver em outro lugar?", "Que coisas ele precisava, além das óbvias?"

Ela estava trabalhando nas colmeias, puxando gavetas e checando para ver se as colônias estavam sadias. Ao contário do sr. Winters, ela não precisava de um fumegador para sedar as abelhas e se prevenir de ser picada. Tudo que ela precisava fazer era andar até elas.

– Olá, minhas lindas. Vocês sentiram o cheiro das flores do limoeiro esta manhã?

E entre os comentários para as abelhas, ela respondeu às minhas perguntas. Ele havia sido mais feliz nos velhos tempos, quando estava no sul da América. Ele gostava do clima quente e do jeito de falar devagar da cultura do sul. Falou algumas vezes sobre "se aposentar" na Flórida ou na Geórgia, perto do oceano. Quanto às coisas, ele não precisava de muito. Vestia os mesmos tipos de roupas e sapatos desde os dias em Cambridge e, quando elas estão gastas, os alfaiates e sapateiros de Londres fazem mais. Ele tem seus livros e diários, desenvolve seu próprio suplemento de sangue e tem Mary Ellis Root para cozinhar para ele.

— O que aconteceu com ela? – perguntei – Ela ainda está em Saratoga Springs?

— O nome dela não foi mencionado – gesticulou para mim. Eu parei bem atrás dela e espiei por cima do seu ombro abaixado – Bom dia, Rainha Mãeve – disse.

Levei um segundo para avistá-la. O corpo inferior da rainha era grande, mais pontudo do que das outras abelhas. Ela se movia de célula a célula do favo, colocando pequenos ovos da cor de arroz.

— Como ele faz os suplementos?

— Você provavelmente sabe o mesmo que eu – ela olhou para a rainha com afeto – Ele extrai o plasma do sangue de cadáveres...

— Eu não sabia disso!

Ela olhou para mim:

— Por que ficou tão alarmada? Não é como se ele os matasse. Quando eu morei lá, o sangue vinha da Casa Funerária dos Sullivan. Quando eles embalsamam um corpo, o sangue geralmente é descartado, jogado nas pias. Seu pai pagava Sullivan para entregar para ele. A reciclagem tem várias formas.

— Então ele usava sangue humano.

— E animal também. Ele recebe entregas duas vezes por semana, assim como nós. Você deve ter visto os furgões da Cruz Verde. Eles são o serviço de entrega mais confiável quando se trata de transportar sangue – cuidadosamente, ela colocou a tela de volta na colmeia.

— Ele usa o plasma para fazer os suplementos; alguns em forma de tônico, outros como partículas congeladas. Ele guarda o que precisa e vende o resto para uma companhia em Albany. Eu tenho um pouco do negócio congelado a seco na cozinha; eles vendem com o nome de Sangfroid.

Eu havia visto a caixa vermelha e preta na cozinha.

— Onde você compra Sangfroid?

— A Cruz Verde entrega – minha mãe olhava seriamente para dentro da colmeia seguinte. – Venha ver, Ariella. Você já viu um grupo de abelhas mais bonito?

Centenas de abelhas agrupavam-se no favo de mel, que brilhava como ouro, fazendo pequenos movimentos inteligíveis para mim.

— Tão espertas — ela arrulhou para elas.

— São adoráveis — eu disse, sentindo-me inesperadamente com ciúmes. — Quando é a próxima vez que o furgão das entregas virá?

✦

Minha mãe me deu um presente: meu próprio telefone celular. Ela disse que tinha sentimentos confusos a respeito da tecnologia, mas como elas usam o telefone de casa para os negócios, eu deveria ter o meu próprio número.

Por sua sugestão, minha primeira ligação foi para Michael, para dizer a ele que eu estava bem. Obcecada em encontrar meu pai, eu queria perguntar para ele sobre Dennis e Mary Ellis Root, mas ele nunca os conheceu e não tinha como saber se estavam na cidade. Eu não tinha muito mais para dizer.

— Eu senti sua falta — Michael disse, com um tom de dúvida na voz.

— Eu senti sua falta, também — de certo modo eu estava dizendo a verdade: eu sentia falta do garoto que ele era antes da morte de Kathleen. — Talvez você possa vir nos visitar algum dia.

— Talvez — mas do jeito que ele disse, fez parecer que era uma possibilidade bem remota —, Ari, eu preciso te perguntar uma coisa. Kathleen disse algumas coisas sobre você. Ela disse que eu deveria tomar cuidado perto de você, que você não é... — ele parou de falar.

— Ela disse para você que eu não sou normal? — eu disse. — Bem, é verdade.

— Ela disse... uma coisa estúpida. Ela estava muito dentro daquele jogo de RPG esquisito e das bruxarias, e quem sabe do que mais. Mas, às vezes, ela agia como se fosse real. Ela disse que você era uma vampira.

Na minha cabeça, a palavra brilhou como brasa.

— E eu sei que é ridículo, mas eu ainda preciso te perguntar se você sabe alguma coisa sobre a maneira como ela morreu. Você sabe alguma coisa?

— Tudo que eu sei é o que eu li, e o que você me contou — eu disse. — Não tenho nada a ver com a morte dela, Michael. Eu queria ter estado lá naquela noite. Às vezes, eu acho que poderia ter sido capaz de salvá-la. Mas eu fiquei enjoada e você me levou para casa, e a próxima coisa que eu soube foi do seu pai ligando para o meu perguntando se ela estava comigo.

— Foi o que pensei — disse ele. — Desculpe por falar disso.

– Não precisa se desculpar.

Perguntei se havia alguma evolução no caso. Ele disse que a polícia estava questionando os tratadores do estábulo.

Uma vez que selecionei tudo o que sabia sobre meu pai e o que minha mãe havia me contado, alguns fatos emergiram como formas possíveis de encontrá-lo. E os escrevi em meu diário.

Primeiro, todo mês de janeiro meu pai vai para Baltimore. Ir para Baltimore no próximo janeiro pode ser útil. Mas janeiro estava há meses de distância e eu não estava inclinada a ser paciente.

Segundo, meu pai era devotado à sua pesquisa. Para conduzir os negócios da Seradrone, e para ficar vivo, ele precisava de um suplemento pronto de sangue. Isso significa que perguntas deveriam ser feitas à Cruz Verde, e talvez às casas funerárias. Mas onde?

Terceiro, ele contava com seus ajudantes: Dennis McGrath e Mary Ellis Root. Teria que encontrá-los, e a trilha poderia levar ao meu pai.

Quarto, contatar seu alfaiate.

Esses eram os caminhos mais imediatos e óbvios para encontrá-lo. É claro que ele pode ter feito algo inesperado: fugir para a Índia, ou começar uma vida nova como professor ou escritor. Mas eu acho que não. Como minha mãe disse, a maioria dos vampiros são criaturas de hábitos.

Naquela noite, depois do jantar, Mãe, Dashay, Harris e eu nos sentamos lá fora no jardim da lua que ficava no lado norte da casa. (Joey havia sido mandado para a cama por Dashay; a lua o excitava e ele fazia muito barulho.) Mãe havia plantado um grupo de flores brancas – trombeteiros, boas-noites, flores de tabaco e gardênias – em um terreno circular. Nós nos sentamos em dois bancos, um de frente para o outro, feitos de teca envelhecida, olhando as flores que pareciam brilhar quando o céu escurecia. Uma meia lua pendurava-se baixa no céu de junho e o perfume forte das plantas de tabaco me deixava com sono. Ao nosso redor, mosquitos zumbiam, sequer esbarravam em nossa pele. Seu barulho me lembrava os instrumentos de corda que têm os agudos altos. Eu sei que não é um som agradável para os humanos, que temem suas picadas.

Contei aos outros sobre meu plano para encontrar meu pai. O Plano de Recuperação, como o chamei. Eles escutaram sem comentar.

– Eu planejo começar a fazer ligações amanhã – disse. – Já me sinto bem o suficiente, e minha mente está limpa novamente.

– Isso é bom – Dashay disse. Ao meu lado, Harris fez um ruído de consentimento.

Mãe disse:

– E o que acontecerá se você o encontrar, Ariella? E depois?

Eu não tinha uma resposta. Metade de seu rosto estava na sombra, e Dashay se sentou atrás dela, quase invisível. Tentei imaginar meu pai sentado no banco perto da minha mãe, tomando o ar noturno, admirando o brilho parecido com lanterna das flores, mas não consegui. Eu não conseguia imaginá-lo conosco.

A criança dentro de mim perguntou: E se ele não gostar de macacos?

Ninguém falou. E então, o silêncio foi quebrado por um som:

– Wha-wha-wha!

Fui a única que pulou. Harris puxou minha mão e deu batidinhas nela. O barulho se repetiu, e dessa vez foi respondido por outro som:

– Who-*whoo*.

As trocas continuaram por quase um minuto. Eu não conseguia dizer de onde elas vinham. E então, elas sumiram, até que tudo que escutávamos era o zumbido dos mosquitos novamente.

– Corujas? – sussurrei, e os outros assentiram.

– Corujas listradas – disse Dashay.

De repente, pensei na canção de ninar do meu pai. Na minha frente, os olhos de minha mãe brilharam na luz do luar. Ela começou a cantar na melodia que ele cantava para mim: *Jacaré tutu / Jacaré mandu / tutu vai embora / não leva minha filhinha /Murucututu*. Sua voz era prata-escura – tão assombrosa quanto a dele, mas mais afiada, mais triste, e cintilava na luz da Lua. Quando ela parou, houve silêncio. Até os mosquitos ficaram quietos, por um momento.

E, então, eu ouvi minha voz:

– O que significam essas palavras?

Ela disse:

– Uma mãe está pedindo pela proteção de seu filho. Ela pede para o jacaré e as outras feras da noite irem embora, para deixarem a criança em paz. Murucututu é a coruja, a mãe do sono.

– Como você sabe disso?

– Seu pai – disse ela. – Ele cantava isso para você, antes de você nascer.

Na manhã seguinte, decidi começar, sem levar em consideração as consequências.

Comecei com a Seradrone e a Cruz Verde. As duas tinham *websites* – chatos e técnicos, mas pelo menos ofereciam os números de contato.

A Seradrone tinha um código de área de Saratoga Springs. Mas, quando liguei, ouvi a gravação familiar: o número não estava mais em serviço. Em seguida, liguei para a Cruz Verde. Supunho que um terrorista ligando para o Pentágono conseguiria obter mais informações.

Eu disse:

– Eu ouvi dizer que a Seradrone fechou, e me pergunto se ainda seremos capaz de conseguir Sangfroid.

– Onde você ouviu isso? – a voz do outro lado era cortada, precisa como a de um simulador de falas de um computador. Não era possível nem dizer o sexo de quem falava.

– Minha mãe me disse – eu falei, mantendo minha voz jovem e inocente.

– Qual é o nome dela?

– Seu nome é Sara Stephenson – Será que eu deveria ter dito isso?, perguntei-me.

– Você deve dizer à sua mãe que as entregas continuarão conforme foram agendadas – a voz disse e a conexão foi desligada.

Muito obrigada, pensei. Entrei na cozinha. Mãe estava amassando pão na mesa. A massa tinha uma cor vermelha profunda.

– Por que as pessoas da Cruz Verde são tão rudes? – perguntei para ela.

– Bem, para começar, não são *pessoas* – ela olhou para mim, suas mãos ainda trabalhando na massa – Quer tentar?

– Hoje não – de qualquer forma, eu não tinha muito interesse em cozinhar. Nisso, acho que puxei ao meu pai. – Mãe, quem faz Sangfroid? Você não havia dito que ele vem de Albany?

– Olhe na lata.

Tirei o recipiente fino, preto e vermelho da prateleira de panelas e li: Fabricado nos EUA. © LER Co., Albany, NY.

De volta à mesa de trabalho de Mãe, usei seu computador para achar o número de telefone da LER Co. Um operador me conectou a um ramal para o "atendimento ao consumidor", cujo correio de voz anotou meu pedido para que me ligassem de volta.

Voltei para a cozinha:

– Mãe, como ligo para Londres? Eu quero ligar para o alfaiate do meu pai.

Ela estava lavando as mãos na pia. O pão devia estar no forno.

– Gieves & Hawkes – disse ela. – Número Um Savile Row. Eu vi *aquela* etiqueta até demais – ela pegou uma toalha e virou-se para mim. – Ariella, você vai mesmo ligar para eles?

– Por que não iria?

– Eles não vão falar nada – ela esfregou as mãos secas. – Os alfaiates britânicos são tão discretos quanto a CIA, provavelmente até mais.

– Eles não podem ser piores do que a Cruz Verde – pensei em dizer a ela que eu havia usado seu nome, mas pensei que era melhor não dizer.

Porém, ela balançou a cabeça como se já soubesse.

– A Cruz Verde não dá informações, mesmo para outros vampiros – disse ela. – As entregas médicas têm de se manter confidenciais.

Eu estava ficando sem ideias.

– Talvez eu ligue para Dennis – mas eu não queria falar com ele, o homem que ajudou Malcolm a roubar minha mãe.

Minha mãe abriu a porta do forno e olhou para seu pão de forma vermelho-escuro:

– Consegue sentir o cheiro de mel?

– Tem o cheiro rosa – eu disse.

– Para mim é da cor das papoulas do jardim lá de trás – ela fechou a porta do forno.

⁓⁓

Outra ligação, outra mensagem de voz. Dennis estaria fora do escritório até 15 de agosto. Não deixei mensagem e desliguei me sentindo mais aliviada do que desapontada.

Mas as opções do Plano de Recuperação estavam acabando.

Alguns dias depois, o furgão de entregas da Cruz Verde apareceu. Recebi o motorista com um sorriso e várias perguntas. Ele disse que não sabia nada sobre a fabricação do Sangfroid e deu a entender fortemente que, se soubessse, não contaria a um estranho.

Afastei-me. Minha mãe veio dos estábulos carregando duas cestas grandes com folhas e raízes de podofilo, que havíamos colhido no dia anterior na floresta. O outro nome do podofilo é mandrágora-americana. Os índios americanos o usam como remédio, agora está sendo testado como possível tratamento para câncer. Minha mãe o trocava com a Cruz Verde por suplementos de sangue.

– Precisamos de duas caixas de Sangfroid – disse ela. – Confio que a qualidade seja tão alta quanto a do último lote.

O entregador colocou as cestas na parte de trás do furgão e entregou duas caixas com a inscrição LER Co.

– Não se preocupe – disse ele. – Nada mudou.

– Eu fico imaginando onde vou morar quando eu crescer – eu disse. – Quer dizer, quando estiver mais velha.

Minha mãe e eu nos sentamos na sala de estar. Uma fraca melodia musical vinha de fora. Dashay e Bennett estavam lá fora no gramado com um rádio de pilha, dançando.

Mãe me olhou séria:

– Você não vai envelhecer. Você já se deu conta disso, não é? – sua voz soou frutrada. – Seu pai não te ensinou nada?

Claro que ele havia ensinado. Mas eu nunca pensei sobre as implicações: uma vez que você é um *outro*, seu relógio biológio é parado. Você não envelhece. Você não cresce. Apenas sua mente pode crescer.

– Eu pareço ter qual idade? – perguntei.

– Em alguns dias, você parecerá ter vinte – sua voz estava seca. – Hoje, você parece ter doze.

Um pouco insultada, levantei-me e fui até a janela. Bennet e Dashay estavam nos braços um do outro, valsando tão graciosamente que eu me arrepiei. Perguntava-me se seria capaz de dançar daquele jeito.

Por que aquela que lembramos por último é sempre a resposta mais óbvia para o problema?

Dentro do campo de consciência de uma pessoa, certos elementos são o foco da atenção, e certos elementos são deixados na periferia. Minha atenção tende a se focar no que me parece incomum ou problemático. É assim para você? Bem agora, estou me concentrando em como descrever a consciência; estou prestando pouca atenção no gato que está sentando em meu pé, ou no aroma do ar úmido ao meu redor.

Você pode dizer que estou inconsciente dessas coisas familiares. Mas elas fazem parte da minha consciência periférica. A prova é: eu consigo mudar meu foco para fazer carinho no gato ou esfregar a testa. Essas coisas estão repousando na minha consciência, mesmo que eu escolha não prestar atenção nelas.

Por que não notei os exemplares do *Diário de Poe* na mesa de café da minha mãe? Eram uma visão familiar. Meu pai tinha uma edição similar na mesa perto de sua poltrona na nossa sala de estar. Acredito que se você me perguntasse, quando eu estava crescendo, se as famílias comuns americanas assinavam o *Diário de Poe* ou o *Guia da TV*, eu teria respondido que elas prefeririam Poe.

E, tendo conhecido o mundo, agora eu sei mais.

Disquei o número que havia no topo do *Diário de Poe*.

– Meu pai ainda está doente – eu disse para o homem que atendeu. E sua voz decididamente pertencia a um macho humano. – Ele disse que não tem recebido sua cópia do diário. Eu disse que ligaria para vocês.

– Deixe-me ver se posso ajudar – a preocupação do homem soou como sendo genuína.

Passei-lhe o nome de meu pai e o endereço de Saratoga Springs.

Em poucos minutos, ele voltou à linha:

– Sra. Montero? – disse ele.

– Ariella Montero – eu disse.

– Sim – disse ele. – Bem, parece que a assinatura do seu pai foi transferida. Isso é muito estranho. Alguém ligou em fevereiro e pediu para que a assinatura fosse transferida.

– Oh – eu disse, pensando rápido. – Para meu tio?

– Que seria o sr. Pym?

– Qual é o endereço?

– 6.705 Midnight Pass Road[15] – disse ele. – Está correto?

– É claro – eu disse. – Ele deve ter esquecido que fez a mudança. Desculpe incomodá-lo.

---

[15] O nome da estrada é uma brincadeira que poderia ser traduzida como Estrada "Depois da Meia-Noite". (N. R.)

– Espero que seu pai melhore de saúde – disse o homem. – Se ele decidir que quer receber o diário novamente, por favor, avise-nos.

Eu o agradeci e me despedi. Eu nunca descobri o nome do homem do *Diário de Poe*, mas ele me deu a certeza de que as boas maneiras não estão totalmente obsoletas. Pena que tive de mentir para ele.

16

Uma das pequenas ironias da minha educação teve lugar no dia em que meu pai lecionava sobre John Dewey e os pragmatistas. Dewey, disse meu pai, acreditava que aprender tinha origem na ação e na investigação. O conhecimento crescia com a experiência e com os acontecimentos. Apenas alguns anos depois, vi que tudo que aprendi anteriormente havia sido passivo, graças a uma vida planejada para ser ordenada, previsível, maçante. Desde que deixei Saratoga Springs, meu aprendizado certamente se tornou mais ativo.

Levei aproximadamente um minuto no computador de Mãe para localizar a Midnight Pass Road, em Siesta Key, região de Sarasota, Flórida, e outro minuto para checar a lista *on-line* e me informar que não havia telefone listado para nenhum Pym naquela rua. Mas o número poderia estar fora da lista, pensei, ou listado no nome de outra pessoa.

Saratosa! Meu pai era realmente uma criatura de hábito – se Pym era, de fato, meu pai. De um jeito ou de outro, eu iria encontrá-lo e descobrir.

Tudo o que eu precisava descobrir agora era o melhor jeito de viajar, e se eu contaria ou não para Mãe que estava indo.

Comecei a gostar de usar os mapas. Sarasota não era longe, apenas uma centena de quilômetros ao sul de Homosassa. Eu conseguiria chegar lá em algumas horas.

Por que, então, eu estava deitada no chão da sala de estar, comendo amendoins com meu macaco favorito? Eu culpava o calor pela minha inércia. Andar lá fora parecia como atravessar uma tigela de sopa. O ar cheirava a fruta passada, pronta para apodrecer. Estava muito quente para qualquer ação, disse a mim mesma.

Mas eu sabia a verdadeira razão para minha hesitação, a pergunta que minha mãe havia feito: E se você o encontrar, Ariella?

Lembrei-me de algo que ele havia dito, há apenas alguns meses: *A vida são as pessoas partindo.*

Naquela noite, enquanto Mãe e eu lavávamos a louça, eu disse:
– Acho que sei onde meu pai está.

Mãe deixou um prato escorregar da sua mão para a água cheia de sabão. Ela o pegou de novo e começou a lavá-lo.

– Eu acho que ele está em Sarasota – sequei o último copo e o coloquei no escorredor.

Minha mãe disse:
– Ele sempre gostou de lá – sua voz estava lisa, sem emoção. Eu não conseguia ouvir seus pensamentos, apenas um zumbido de confusão.

– É claro que ainda não estou certa se o nome que eu descobri é o dele – peguei o prato que ela havia lavado e o sequei.

Ela estava lavando outro prato.

– Por que você não liga para ele? – disse ela.

Expliquei minha tentativa fracassada de descobrir qualquer número de telefone para sr. Pym.

– Pym – disse ela. Ela tirou a tampa da pia, e observamos o redemoinho de água descendo pelo cano. – Então, o que você vai fazer agora, Ariella?

Eu esperava que ela me disesse o que fazer.

– Eu acho que devo ir para Sarasota – respondi. Pendurei o pano de prato de linho. – Eu acho que preciso saber se ele ainda está vivo, Mãe.

– Nesse caso – disse ela –, eu acho que é melhor eu ir com você.

Sarasota é uma mistura estranha de riqueza e pobreza, belezas naturais e ostentação – um lugar difícil de conhecer porque, a cada quilômetro, suas impressões mudam. Em seus arredores, passamos pelas mesmas lojinhas e placas de condomínios fechados que caracterizam quase todas as cidades da Flórida. Mas, dentro da cidade, amontoam-se pequenas construções antigas que parecem ter vindo de outra época.

Quando paramos em um semáforo no centro da cidade, vi duas mulheres, provavelmente mãe e filha, usando vestidos de verão brilhantes e estampados e óculos escuros, lendo o cardápio colocado na janela de um restaurante. Invejei que elas não tivessem nada mais importante para decidir do que onde almoçar e fazer compras.

Mãe disse:

– Nós podíamos usar umas roupas novas.

Ela desviou a caminhonete para fora do tráfego e a estacionou.

– Vamos lá, Ariella. Você não quer encontrar seu pai com uma aparência horrível.

Eu disse:

–Então, você *acha* que ele está aqui.

– Quem sabe? – disse ela. – De qualquer forma, é bom estar em Sarasota de novo.

Minha mãe provou ser uma compradora poderosa. Em segundos, avaliou o que havia disponível e fez suas escolhas, sem se incomodar em experimentar as coisas. Eu era lenta. Além de furtar com Jane, eu não tinha feito nenhuma compra desde que circulei pelo *shopping* de Saratoga Springs com Kathleen.

As lojas eram menores, mais especializadas, caras. Era divertido se sentir uma garota novamente.

Eu experimentava vestidos e minha mãe balançava a cabeça, aprovando e desaprovando. Gostei de uma camisa estampada com hibiscos, mas ela disse:

– Pense bem. Você sabe como ele é sobre as estampas. Isso aí vai deixar ele doido.

E isso teria continuado por horas, mas nós duas começamos a ficar com fome.

Decidimos usar duas de nossas aquisições – um vestido azul de seda com decote quadrado, e um vestido com laço para mim – e colocamos as outras coisas na caminhonete, recarregamos o parquímetro e seguimos para o restaurante que anunciava frutos do mar.

Minha mãe pediu Picardo com gelo e colocou metade da bebida em meu copo de Coca-Cola.

(Se alguém se preocupa com os altos níveis de consumo de álcool pelos vampiros, deve ler a monografia do dr. Graham Wilson: "Aspectos metabólicos do álcool em testes de nutrição clínica". Aparentemente, nós temos fígados extraordinários.)

Pedimos peixe – garoupa para ela e camarão empanado com coco ralado para mim. Quando a comida chegou, ela pegou um pequeno frasco em sua bolsa e o agitou sobre nossa comida. Parecia pequenos flocos de pimenta, mas tinham gosto de Sangfroid.

– Congelado a seco – disse ela. – Eu levo condimentos onde quer que eu vá.

<center>~~~</center>

No caminho para a Midnight Pass Road, minha mãe mostrou paisagens familiares para ela:

– A oeste, fica o Jardim Botânico Selby. Foi lá que nos casamos.

– Eu sei – eu disse. – Eu vi as fotos.

Mãe disse:

– Eu não via essas fotos há anos.

Imaginei como é sentir a perda de todas as suas coisas, até mesmo seu álbum de casamento. Eu deveria dar o álbum para ela? Ou isso a deixaria triste?

Passamos por uma ponte construída sobre um terreno lamacento. Os veleiros pontuavam a baía, e eu tentava imaginar meu pai vivendo à beira de uma praia de areia branca. Minhas expectativas começaram a sumir quando entramos na Midnight Pass Road, passando filas e mais filas de prédios altos.

– Isso não parece com um cenário para ele.

– *Cenário* para ele? – ela estava sorrindo. – Como é exatamente um cenário para seu pai?

– É mais como a casa em Saratoga Springs – eu disse: – velha e cinzenta e depressiva.

– Você não encontrará depressão aqui – minha mãe virou o carro na entrada de uma casa. – E nem muito daquela coisa velha. Você disse que era número 6.705, certo?

O prédio se erguia diante de nós, treze andares feitos de estuque rosa-claro. Seu nome, entalhado em uma placa de pedra colocada dentro de um círculo de capim-do-texas, era Xanadu.

Mãe e eu olhamos uma para a outra. Nós duas conhecíamos o poema de Coleridge e mentalmente trocamos os versos: "*Em Xanadu fez Kubla Khan / Uma majestosa cúpula de prazer e decretou: / Aqui Alfa, o rio sagrado, corre / Através de cavernas sem medidas para os homens / E direto para uma praia sem sol*".

Não me senti otimista. O último lugar no mundo que eu esperava encontrar meu pai era em um condomínio na Flórida chamado Xanadu. Os versos exuberantes, supostamente escritos quando Coleridge estava entre os espamos de um sonho induzido pelo ópio, não eram do gosto de meu pai.

Mas minha mãe estava sorrindo:

– Lembra da frase sobre a mulher lamentando por seu amante demônio? – perguntou. – Ariella, se ele realmente mora aqui, imagine quão embarassado ele deve se sentir.

Depois que paramos a caminhonete, Mãe e eu percebemos que não tínhamos ideia de onde meu pai poderia estar. Tudo que tínhamos era o número da rua. Olhávamos para as portas anônimas e varandas sobre nós. Eu não havia previsto esse problema, pois o imaginava vivendo em uma casa.

Por um tempo, ficamos no estacionamento quase vazio, perguntando aos estranhos se eles poderiam nos ajudar a encontrar nosso amigo, o sr. Pym. Os estranhos eram poucos e apareciam em intervalos bem espaçados. A terceira pessoa para quem eu perguntei olhou para mim com tanta suspeita que voltei para a caminhonete.

– Onde está todo mundo? – perguntei para Mãe.

– Os pássaros de inverno devem ter voado para o norte – disse ela. – É um fenômeno da Flórida. Quando chega maio, muitos condomínios estão desertos.

Ela havia se esticado no banco, ouvindo rádio. Johnny Cash cantava uma canção chamada "Hurt"[16], uma regravação de uma música do Nine Inch Nails. Agora eu já conhecia a maioria das músicas dele. Não importava quais botões se apertasse no *jukebox* do Flo, sempre saíam músicas do Johnny Cash ou do Nine Inch Nails.

– O Plano de Recuperação precisa de uma estratégia nova – disse a ela.

– Hmm? – ela se sentou. E então me fez um sinal para lhe entregar meu celular.

Ela apertou alguns botões, perguntou pelo escritório local da Cruz Verde. E então, apertou alguns outros, e, finalmente, deve ter ouvido uma voz.

– Onde está a nossa entrega? – disse ela, sua voz alarmantemente parecida com a de Mary Ellis Root. – Estou ligando em nome do sr. Pym da Midnight Pass Road, Siesta Key, Flórida.

---

[16] Em português, dor.

Ela piscou para mim.

– Já fez? – disse ela. – Onde ela foi feita?

Alguns segundos depois, ela disse:

– Bom, não é aqui. Sim, é melhor fazer isso. Estaremos esperando.

Ela finalizou a ligação e me devolveu o telefone:

– É o número 1.235 – disse ela. – E amanhã, o sr. Pym, ou seja quem for que vive lá, receberá outra entrega de sei lá o quê.

<hr />

Enquanto esperávamos o elevador, minha mãe trocou seu peso de um pé para outro. Ela tirou os cabelos da testa e fez um som engraçado (meio tosse, meio imitação do som feito por um gato surpreendido) com sua garganta. Ela nunca tinha estado nervosa perto de mim antes. Estava me deixando nervosa. Levantei os cabelos do pescoço e os movi de lá para cá, daqui para lá.

O elevador chegou vazio. Ele tinha paredes de vidro e, enquanto subia, a cidade de Sarasota emergia e encolhia pela baía.

– Nós podemos descer agora – eu disse. – Nem precisamos sair do elevador.

– Sim, precisamos – ela soou tão seca quanto quando fez sua imitação de Mary Ellis Root.

As portas do elevador se abriram, e ela seguiu por um corredor aberto – portas à esquerda, parapeitos de ferro à direita. Não havia janelas na parede. Eu podia ver o teto de nossa caminhonete lá embaixo, estacionada na vaga de visitantes.

A porta da unidade 1.235 era pintada de branco e tinha um olho mágico, como todas as outras.

Minha mãe tocou a campainha. Esperamos. Ela tocou novamente.

Ou não havia ninguém em casa ou os ocupantes do 1.235 não queriam companhia.

– E agora? – disse Mãe. Não tive a presença de espírito de bater na porta.

Voltamos para o elevador. Sentia-me evitada, mas não surpresa. Como seria possível encontrá-lo baseada em palpites e mentiras?

Enquanto descíamos, não olhamos uma para a outra. Eu observava o chão crescendo em nossa direção, quando eu a vi: uma mulher pequena e obesa vestida de preto. Ela cruzava lentamente o estacionamento, carregando um saco de papel com as duas mãos. Ninguém mais na face da Terra balançava-se como ela. O sol fez seus cabelos oleosos brilharem.

Minha mãe a viu também. E disse:

– Quando eu imaginaria ficar feliz por ver Mary Ellis novamente – ela não parecia tão surpresa quanto eu esperava. – Eu devo ter evocado sua aparição quando imitei sua voz.

– O que vamos fazer? – eu perguntei.

Mãe apertou o botão do quarto andar. O elevador havia acabado de passar pelo sexto. Quando ele parou no quarto andar, eu a segui para fora. Ficamos paradas, por um momento, olhando para um anúncio de aulas de dança de salão colado na porta do elevador. Números digitais em cima da porta marcavam que o elevador descia. Ele chegou ao um, parou e começou a subir novamente.

Ela disse:

– Isso vai ser interessante.

O que Root fará quando nos ver? – perguntei-me. Passei minha infância sendo ensinada sobre a importância da compaixão. Mas por ela eu não sentia nada além de desprezo, e eu sabia que era mútuo.

Meu queixo endureceu, minhas costas tencionaram.

– Ela é uma de nós? – perguntei para minha mãe.

– Quem sabe o que ela é – os lábios de Mãe estavam bem apertados.

Então, o elevador parou em nosso andar. A porta se abriu e nós entramos.

Mãe se moveu para trás de mim bloqueando qualquer saída. Ela disse:

– Imagine encontrar você aqui.

Root apertou o saco de papel. Ela não parecia nem um pouco mais velha, apenas mais sebosa. Será que lavava aquele vestido? Mas algo nela havia mudado, eu notei na hora: ela havia cortado os três cabelos que cresciam em seu queixo. Eles tinham pouco menos de um centímetro agora; meras penugens, se comparadas ao que eram antes.

Nem minha mãe nem eu sabíamos o que dizer, então, dissemos coisas infantis, coisas óbvias.

– Surpresa! – eu disse.

– Olha o que o gato trouxe – Mãe cruzou os braços.

E eu finalizei com:

– Que mundo pequeno, não é mesmo?

Os olhos de Root se moviam do rosto de minha mãe para o meu. Suas pupilas pareciam negras e profundas, como sempre.

– Sim – ela disse, falando diretamente para mim – É um mundo pequeno, muito pequeno. Nós as esperávamos ontem.

<center>~~~</center>

Quando Root destrancou a porta do 1.235, um odor metálico familiar flutuou para nos receber. O cheiro da cozinha noturna de Saratoga Springs, pensei. Seja lá qual era a coisa que ela preparava no porão, estava sendo preparada aqui.

O condomínio era moderno e minimalista: carpetes brancos e paredes brancas, móveis cromados e em couro preto. Passamos pela cozinha – e sim, uma enorme panela estava fervendo em fogo brando em um fogão elétrico – e seguimos por um corredor com várias portas fechadas. Ele acabava em uma sala enorme com uma das paredes feita inteiramente de vidro; do lado de fora, uma varanda com vista para a baía. De frente para o vidro, três homens estavam sentados em um sofá seccionado.

O primeiro a notar nossa presença foi Dennis; quando ele se virou para nós, os outros dois também se viraram. Os olhos de meu pai me fulminaram, mas se tornaram surpresos e suaves quando ele olhou para Mãe. Se eu estava sendo esperada, ela claramente não estava. Respirei fundo, vendo-o olhar para ela.

O terceiro homem era alguém que eu não conhecia. Ele era alto e loiro, usava um terno de linho cor de ferrugem, e sorriu como se gostasse de ser quem é. Do meu lado, minha mãe subitamente pareceu mais alta, mais dura.

O estranho se levantou:

– Nós já nos encontramos, mas nunca fomos apresentados formalmente – disse ele para mim. Ele se aproximou e estendeu a mão: – Sou Malcolm.

Seu sorriso e sua voz pareciam artificiais, pensadas para criar um efeito carismático. Eu sabia que já o havia visto antes e, um segundo depois, eu me lembrei de onde: ele era o homem que estava sentado no bar do hotel Marshall House, em Savannah, bebendo Picardo.

Não apertei sua mão.

Ele deu de ombros e a retirou. Cumprimentou minha mãe com a cabeça, e se virou para Root, pegando o saco de papel dela. Eu vi a parte de cima de duas garrafas de Picardo dentro deles. Ele disse:

– Se você pegar o gelo, eu preparo os *drinks*.

Às vezes, a habilidade de ouvir pensamentos nos confunde, mais do que esclarece. Tantos pensamentos voavam pela sala, todos eles carregados de emoção. Olhei para meu pai e pensei: Eu sabia que você não estava morto.

Nenhum de nós se incomodou em bloquear nossos pensamentos, com exceção de Malcolm e Dennis, que não sabia como. Malcolm se sentou novamente, com a bebida na mão, tinha um ar de satisfação que eu achei intolerável. Eu suspeitava que ele havia engendrado esse encontro, fazer com que todos nos reuníssemos por uma razão que só ele conhecia.

Os sentimentos de meu pai eram os mais silenciosos, mesmo assim, os mais fortes. Ele estava exatamente igual – cabelos negros caindo na testa, perfil tão severo e elegante quanto o de um imperador romano em uma moeda antiga. Qualquer alívio que sentiu ao me ver – e eu senti que houve algum – foi enterrado pelo desapontamento. A minha visão parecia machucá-lo.

Sobre minha mãe, seus sentimentos eram crus, confusos, como eram os dela por ele. Os únicos pensamentos que eu conseguia captar eram explosões de estática, voando entre eles como centelhas.

E Dennis? Ele era o mais fácil de todos para se ler. Ele se sentia culpado. Não havia nos cumprimentado, mas olhava para Mãe e para mim com vergonha nos olhos. Estava sentado no fim do sofá, com uma garrafa de cerveja na mão, pouco à vontade.

Root me entregou um copo de Picardo com gelo. Quando o peguei, vi algo em seus olhos que não faziam sentido: respeito. Root me *respeitava*?

A sala, gelada por conta do ar-condicionado, subitamente pareceu sufocante. Afastei-me de Root e fui para fora, para a varanda. Ali, o sol estava mais intenso e o ar mais tropical do que em Homosassa. Lá embaixo, a água cintilava e os barcos deslizavam como brinquedos. Respirei fundo.

– Você sabia que eu salvei sua vida? – a voz de Malcolm tinha uma característica levemente nasal.

Não me virei.

– Você era bem pequena. Pequena demais para ficar sozinha lá fora no escuro. Mas os outros estava muito concentrados em algum experimento, uma das tentativas de Dennis, eu aposto, porque acabou com uma explosão. Madeira e fogo voaram, e lá estava você, olhando. Você mal conseguia andar. Carreguei você em segurança e lhe trouxe de volta quando apagaram o fogo. Você se lembra?

Eu me lembrava da explosão e do casaco de lã do homem que havia me carregado. E, pela primeira vez, lembrei-me porque eu estava vagando lá fora naquela noite. Da minha janela, eu havia visto vaga-lumes no jardim e queria tocar um deles.

– Então, aquele era você – eu disse.

Ele se aproximou, e eu me virei para olhar para ele. Eu acho que ele era bonito, com sua pele macia, olhos grandes e uma testa alta. Mas seu sorriso parecia zombador e seus olhos eram clinicamente calculistas. Afastei-me até a grade.

– Eu não espero que você me agradeça – disse ele. – Ah, deve ter sido um gesto de bondade. Mas não é importante. Além disso, você tem muito pelo que me agradecer. Eu fiz sua família o que ela é.

– Deixe-a em paz – minha mãe estava parada na porta.

Ele virou para ela e a olhou de cima a baixo:

– Um vestido adorável, Sara – disse ele. – Sentiu minha falta?

– Deixe-nos em paz – ela deu um passo em nossa direção.

Então, meu pai apareceu. Eu achei que seu terno era negro, mas agora eu via que era cinza com riscas de giz:

– Vocês estão fazendo muito *barulho* – disse ele, embora as vozes estivessem baixas – Malcolm, está na hora de você ir embora.

– Mas ainda temos negócios...

– Os negócios vão esperar – apesar do tom baixo de sua voz, ela ressoou.

Malcolm olhou para mim:

– Conversaremos de novo.

Meu pai deu um passo em nossa direção. Malcolm saiu sem dizer mais nada.

<hr />

Meu pai sentou no sofá de camurça, inclinado para frente, com os cotovelos apoiados nos joelhos e a cabeça entre as mãos. Minha mãe e eu sentamos do outro lado, olhando para ele.

Dennis e Root nos deixaram a sós. Em algum lugar, o sol estava se pondo; nossa janela estava virada para o leste, mas a luz de fora começou a diminuir, e algumas poucas nuvens carmesins deslizavam pelo céu.

Nada no quarto era familiar. O lugar devia ter sido alugado já com os móveis. As paredes estavam vazias, mas aqui e ali vi ganchos para quadros.

Quando ele finalmente se recostou, os olhos de meu pai estavam negros e eu não conseguia ler seu humor.

– Bem – disse ele –, isso tudo é muito complicado, não é? Por onde começar?

Eu abri minha boca para dizer: Com a sua morte?

Mas Mãe falou primeiro:

– Malcolm contou para você sobre como ele me levou embora?

Sua boca torceu. Ele olhava para ela, ouvindo seus pensamentos.

Eu os ouvi, também. Ela contou sobre a noite em que eu nasci, sobre Dennis ter ajudado a levá-la para o carro de Malcolm, sobre a casa em Catskills e tudo que se seguiu.

Ele ouviu. Quando ela parou, ele olhou como se quisesse enfiar a cabeça entre as mãos novamente:

– É pior do que eu pensei – as palavras soaram ainda mais severas porque não havia nenhum sentimento em sua voz.

– Mas é melhor saber, não é? – Mãe se inclinou para frente. As luzes do teto fizeram seus longos cabelos brilharem.

Não mencionei quão excitante era vê-los na mesma sala, mesmo que eles não estivessem... – como eu posso expressar isso? – Não estivessem *juntos*. É claro que me entreti com a fantasia sentimental deles se abraçando, todos os anos de separação caindo por terra. Eu não acreditava que isso poderia realmente acontecer, mas me entreguei àquelas fantasias muitas vezes.

Mesmo que eu não conseguisse ler seus olhos, senti que os sentimentos de meu pai corriam soltos.

Ele olhou da minha mãe para mim:

– Eu suponho – disse ele – que é melhor irmos jantar.

17

Sentamo-nos em um restaurante ao ar livre chamado Ophelia's, que ficava na estrada para Xanadu. Comemos ostras e caranhos-vermelhos e tomamos vinho tinto sob a luz das velas. A baía de Sarasota marulhava há alguns metros dali. Devíamos formar um quadro bonito, pensei: uma bem-vestida e bonita família americana.

Nosso garçom pensou a mesma coisa.

– Ocasião especial? – ele perguntou, quando meu pai pediu o vinho. – Que família adorável.

Se ele soubesse o que estávamos pensando – ou o que nós *éramos* – teria derrubado a bandeja. Sentia-me feliz que ele não soubesse, que alguém pensasse que éramos comuns.

Meu pai nos deixou ler que ele não estava chocado pelo que achou ser a "traição dos meus melhores amigos", e pensou na palavra *amigos* com uma ironia negra. (Quando eu ouço pensamentos, sarcasmo e ironia soam vermelho-escuro ou roxo, dependendo do grau. É igual com você?)

– Eu devia ter deduzido isso pela maneira como Dennis se comportou – disse ele. – Eu suponho que escolhi não compreender. Era mais conveniente para mim não saber.

Minha mãe torceu um guardanapo entre as mãos. Ela queria que ele a perdoasse por partir, por se tornar *outra*. Mesmo se seus pensamentos não tivessem sido altos, seus sentimentos estavam claros em seu rosto. O casal na mesa mais próxima olhava curioso para ela enquanto estava saindo.

Mas, em vez disso, meu pai se virou para mim. E sobre esses assassinatos?, ele pensou.

Sem dizer nenhuma palavra, nós discutimos a morte de Robert Reedy. Eu o matei, pensei. Mas eu não queria cortá-lo em pedaços. E os outros assassinatos... não tenho nada a ver com eles.

O garçom perguntou se queríamos mais alguma coisa. Meu pai olhou para Mãe e para mim:

– Traga mais ostras – disse ele. – E outra garrafa de água mineral.

Mas, neste momento, éramos o único grupo restante na varanda.

– É seguro falarmos agora – disse Mãe. – Eu gosto de ouvir suas vozes.

– Eu nunca te vi comer antes – eu disse para meu pai, sentindo-me tímida. – Você não é um vegetariano.

– Não.

– Então, por que você me criou sendo uma?

– Eu queria te dar todas as chances possíveis de crescer como uma *humana normal* – ele disse as palavras como se parte dele estivesse ouvindo e desaprovando seu fraseado. – Eu temia que a carne pudesse superestimular seu apetite.

As velas tremeluziam com a brisa da baía. Uma lua crescente surgiu baixa no céu.

– Um belo ambiente para se falar sobre sangue e assassinato – disse meu pai.

– Como você ficou sabendo sobre o assassinato? – eu sabia que não havia sido lendo o jornal.

– Meu *amigo* Malcolm me contou tudo sobre as mortes – meu pai comeu uma ostra com uma elegância impressionante. E, em contraste, Mãe e eu chupamos as nossas.

– Como ele soube? – eu também não imaginava Malcolm como um leitor de jornais.

– Ele sabia porque ele estava lá – meu pai levou outra concha até os lábios e habilidosamente ingeriu seu conteúdo sem franzir os lábios. – Ele tem seguido você há anos, Ari. Você sentiu sua presença, lembra?

Mãe disse:

– Espere um minuto. Você sabia que ele estava perseguindo ela e deixou isso acontecer?

– Não foi bem assim – ele completou nossos copos de vinho –, Malcolm me contou tudo quando ele apareceu semana passada para falar de negócios.

– Você está fazendo negócios com *ele*? – Mãe balançou a cabeça.

– Espere, vamos voltar à perseguição – eu disse.

– Obrigado, Ari. Sim, vamos tentar resolver esta *bagunça* de uma forma parecida com a coerência.

Eu não gostava da tensão entre eles.

– Quando eu senti um *outro* na casa de Sarasota, era o Malcolm?

– Provavelmente. Mas não necessariamente. Vampiros estão sempre tomando conta uns dos outros, você sabe. Acontece que não sou do tipo...

Minha mãe fez um som engraçado, como se ela estivesse suprimindo uma risada.

E, então, meu pai fez algo que não era de seu feitio, tão sem precedentes, que eu quase caí da minha cadeira: ele piscou.

Assim é como eles eram, pensei. Ele exagerava seus maneirismos para divertir minha mãe. Ela fingia estar irritada. Eles eram quase *bonitinhos* – uma palavra que eu nunca havia usado antes. Isso me deixou desconfortável.

– Malcolm me contou sobre os assassinatos – disse meu pai. Sua voz estava profunda e calma. – Ele disse que viu você os cometendo, enquanto ele estava invisível. Ele até comentou sobre o jeito delicado que você fatiou os corpos; disse que lembrava o *ikezukuri*, uma técnica usada pelos *chefs* de sushi japoneses que ele observou no Japão. Um peixe inteiro é fatiado vivo, remontado no prato e consumido enquanto seu coração ainda está batendo.

– Mas eu não...

– Ela não poderia...

– Você acha que eu acreditei nele? – ele bebeu seu vinho. – Minha filha, capaz de tal barbaridade?

Minha mãe estava sacudindo a cabeça novamente.

– Estou confusa.

– Pense como ele, Sara – seus olhos se encontraram e continuaram um no outro –, Malcolm criou uma narrativa na qual ele era o herói. Por anos, ele esteve agindo voluntariamente como guardião de Ari, se você preferir, preocupado apenas com seu próprio bem-estar. Agora, ele vem para mim com uma proposta: ele nos quer colaborando no desenvolvimento de um novo sistema de entrega de oxigênio. E, a propósito, menciona que minha filha por acaso é uma assassina em série, mas que ele certamente não contará para mais ninguém. É um tipo de chantagem, e ele é terrivelmente bom nisso.

– Então, você está brincando com ele?

– Eu não sei se colocaria desse jeito. Sim, estou indo adiante com seu esquema, por enquanto. Eu quero saber onde ele vai chegar.

Empurrei minha cadeira:

– Pai, quem matou essas pessoas? Você acha que foi o Malcolm?

– Acho que pode muito bem ter sido o Malcolm – ele olhou para a toalha de mesa branca, manchada com um respingo perto de seu prato. – Ele é capaz de matar sem nenhum escrúpulo. Ele não tem nada a não ser desprezo pelos humanos.

– Então, ele matou Kathleen – eu disse suavemente, mas por dentro senti facas me rasgando. Mãe colocou seus braços ao meu redor e eu me inclinei para ela.

Meu pai se recostou e ficou olhando para nós. Não precisávamos falar mais nada.

De volta a Xanadu (eu aproveito para usar o nome sempre que possível), meu pai me mostrou o quarto onde eu passaria a noite. Ele disse que minha mãe ficaria do outro lado do corredor.

– Nós vamos conversar um pouco mais – disse ele.

Meus pais foram para o quarto que meu pai usava como escritório, e eu fui para a varanda. As estrelas brilhavam no céu da noite; eu podia ver Polaris e Ursa Menor. Em algum lugar lá fora, eu sabia, havia nebulosas negras, nuvens de pó que absorviam a luz e bloqueavam nossa visão das coisas que havia além delas. Pensei em pedir um telescópio como presente de aniversário.

Um som atrás de mim me fez girar para trás. Não era Malcolm, como eu esperava. Dennis estava parado ali, seus olhos turvos, segurando uma garrafa de cerveja. Sua camisa estava apenas metade enfiada no jeans. Seu rosto não havia sido barbeado e ele precisava de um corte de cabelo.

– Então, você a encontrou – disse ele.

Levei um segundo para entender.

– Sim, eu a encontrei – eu disse. – Não foi difícil.

Ele disse:

– É?

– Uma coisa levou a outra – respondi. – E lá estava ela. Não foi difícil. Você e meu pai poderiam ter achado ela quando quisessem.

Ele se aproximou para ficar perto de mim. Olhamos para a água escura e para as luzes dos prédios do outro lado da baía.

– Ari, eu preciso te pedir uma coisa – ele disse. – Eu preciso da sua ajuda.

Eu esperei. Era difícil de lembrar o quanto eu gostava dele, há não muito tempo.

– Eu quero que você me faça ser – ele hesitou – como você – disse.

Com muito esforço, eu mantive minha voz baixa e firme:

– O que te faz pensar que eu faria algo assim?

Ele tossiu:

– Não finja. Eu sei que você já fez isso. Malcolm nos contou sobre o que você fez. Não apenas os que você matou, mas o garoto em Asheville.

Então, Malcolm estava por perto quando eu estava com Joshua, também.

– Eu não o transformei em vampiro – eu disse. – Ele era um doador. Um doador por vontade própria.

– Deixa *eu* ser seu doador – ele se aproximou de mim, levantando sua mão como se fosse tocar meus cabelos, mas mudou de ideia – Mesmo que você não tenha feito isso antes, eu posso te dizer como fazer.

De todas as esquisitices da minha vida até agora, essa ganhou o bolo (uma expressão que a sra. McG havia usado em mais de uma ocasião). Olhei para seu afável rosto de homem de meia-idade, para os músculos em seu pescoço. Por um segundo, considerei mordê-lo. Porém, uma onda de náusea me atingiu, tão forte que eu tive que me segurar na grade da varanda com as duas mãos.

– Você está bem? – sua voz parecia estranhamente distante.

Joguei o cabelo para trás e olhei para cima – para o homem que um dia havia me carregado em seus ombros, que havia me ensinado Física e os fatos da vida.

– Você sabe tudo sobre isso, não sabe? – minha voz soou roca. – Você observava meu pai e Malcolm. Então, por que não pediu para Malcolm fazer isso?

Dennis não disse nada, mas seus pensamentos eram fáceis de ouvir. Ele pediu para Malcolm, mais de uma vez, e Malcolm se recusou.

– Como você pôde ajudá-lo a levar minha mãe embora?

– Ele criou um bom motivo para ela ir embora. Ela não estava feliz, Ari – mas seus pensamentos iam além. Malcolm havia feito um acordo com ele.

– Então, ele te deixou na mão – sentia-me mais forte agora. – Ele fez uma promessa e depois a quebrou.

Malcolm havia usado Dennis para conseguir minha mãe, mas depois ele se recusou a cumprir sua parte no trato. Apesar disso, ele continuava dizendo para Dennis que poderia mudar de ideia se Dennis provasse seu valor. Dennis manteve a esperança. Agora, ele estava ficando velho e impaciente.

Na hora, não senti nem um pouco de simpatia por ele. (Desde então, eu reconsiderei. Quem não suplicaria para ter vida eterna? Ele estava cansado de ser deixado de fora, exatamente como minha mãe havia se sentido.)

– Por que você não pede para Root?

Ele se encolheu:

– Não posso suportar que ela me toque.

Seus olhos estavam vazios, ainda que suplicantes.

– Você bebeu demais – eu disse, tentando encontrar uma desculpa para seu comportamento.

– Ari – disse ele –, por favor?

– Seu... – eu não conseguia pensar em um nome ruim o suficiente para xingá-lo. *Traidor* chegou perto. – Eu pensei que você era meu amigo – eu disse, e o deixei para trás, na varanda.

⁂

Quando acordei na manhã seguinte, pude sentir a tensão antes de sair do quarto. Root passou por mim no corredor, indo na direção oposta. Ela balançou a cabeça. Eu não me acostumava com ela me cumprimentando. Minha reputação como uma vampira assassina deve ter gerado uma bela impressão positiva.

Os outros estavam na sala de estar, assistindo a uma grande tela de televisão embutida na parede. Meus pais se sentaram bem separados no sofá. Dennis estava em pé à esquerda. Ele não olhou na minha direção.

Na televisão, um mapa mostrava uma massa espiralada vermelha e laranja se movendo no Golfo do México.

– Uma tempestade tropical? – perguntei.

Mãe olhou para mim:

– Não, um furacão. É previsto que ele caia bem perto de casa.

A rotação incessante da tempestade era quase hipnótica.

– Um furacão é uma coisa linda, até você estar em um – disse ela.

Ela falou pelo telefone com Dashay. Dashay e Bennet estavam fechando a casa e se preparando para levar os cavalos para uma fazenda, ao sul de Orlando, fora do caminho previsto para o furacão.

– Eu preciso voltar para ajudar – disse ela.

Essa não era uma parte aceitável da minha fantasia sobre a reunião da família. Não vai, pensei, e ela pensou de volta: Eu tenho de ir.

– Eu vou com você – eu disse, mas ela balançou a cabeça.

– Você está segura aqui. Sarasota vai receber um pouco de chuva, mas nada igual aos ventos que estão indo para Homosassa e para Cedar Key. Você não sabe o quanto isso pode ser ruim, Ariella. A tempestade já está na "Escala Quatro".

A imagem na televisão mostrava linhas pontilhadas que emanavam da tempestade, projetando-se para a terra. O locutor chamava a área iluminada de "cone de incerteza do furacão Barry". Homosassa estava perto de seu centro. Avisos de evacuação haviam sido ordenados.

– Haverá tornados – a voz de meu pai fez a profecia se tornar poética. – A oscilação do Atlântico Norte é uma fase fortemente positiva. Sara está certa, Ari. Você estará segura aqui.

Notei um olhar de contentamento em Dennis, mas seus olhos estavam na tela da televisão. Minha mãe captou o olhar e me enviou uma pergunta: O que é isso?

Mas ela tinha coisas demais na cabeça.

– Você vai voltar? – perguntei.

Ela me abraçou:

– Claro que vou voltar. Vou alugar um segundo reboque para cavalos, carregá-lo e descer até Kissimmee. Depois, volto para cá. A tempestade não irá atingir a terra em menos de três dias ou mais. Eu estarei de volta depois de amanhã. Enquanto isso, comece a pensar sobre o que você vai querer de aniversário. Percebeu que só falta uma semana?

– Que tal uma tatuagem? – eu disse.

O choque no rosto dos meus pais me agradou. Eu disse:

– É uma brincadeira. O que eu realmente quero é ver um show de fogos de artifício – pensei na noite do meu primeiro beijo.

Claramente aliviada, Mãe me beijou.

– Eu acho que podemos conseguir fogos de artifício.

Ela trocou um olhar cheio de segredo com meu pai e saiu.

Num momento, minha família estava na sala. Em outro, ela havia sumido.

Dennis saiu com Root na direção do laboratório no fim do corredor.

Meu pai e eu nos sentamos um na frente do outro, e eu o deixei saber o que Dennis havia me pedido na noite anterior.

A expressão de meu pai mudou, seus olhos se estreitaram, sua mandíbula tensionou e seu corpo endureceu, como havia sido na noite em que Michael veio me buscar para a festa.

– Você deveria ter me contado na hora.
– Eu não queria interromper você e Mãe.
Ele balançou a cabeça:
– E pensar o quanto eu confiei nele – disse, lentamente – Ele tem de ir embora.
Sua voz estava tão fria que me assustou.
– E a sua pesquisa?
Durante o jantar na noite anterior, ele havia falado sobre o andamento de seu trabalho: desenvolvimento de microcápsulas de polímero contendo hemoglobina, um projeto considerado "realmente promissor".
– Não posso trabalhar com alguém em quem não confio – disse ele. – Primeiro, esse negócio com a sua mãe, agora você. Ele pode voltar para Saratoga, para seu emprego na faculdade. Ele vai se dar bem em casa, naquele ambiente. Acadêmicos são mais venenosos do que vampiros jamais serão.
Eu me perguntava se um dia eu iria para a universidade.
– Terei de mudar meu testamento – disse meu pai. – Dennis é o executor, você sabe.
– Como você vai ter um testamento se você já está morto?
– Raphael Montero morreu – disse ele. – Arthur Gordon Pym vive.

———

Enquanto meu pai conversava com Dennis no laboratório, tentei não escutar. Mas as paredes do prédio eram finas. Eu ouvia a voz de Dennis de tempos em tempos, beligerante no começo, e depois apologética. E então, tudo ficou em silêncio. Eu não conseguia ouvir meu pai. Às vezes, os sons mais macios são os mais poderosos.
Para passar o tempo, abri as portas do armário em meu quarto. Um armário estava vazio. O outro estava cheio de figuras emolduradas e vasos grandes com plantas artificiais. Fechei essa porta rapidamente.
Quando meu pai se juntou novamente a mim, ele estava como sempre: rosto composto, olhos distantes, terno apertado, camisa engomada. Apenas a velocidade na qual ele se movia sugeria algo fora do normal. Root vinha atrás dele, um olhar de espanto eu seu rosto.
– Precisamos fazer nossos próprios preparativos para a tempestade – disse. – Mary Ellis, assegure-se de que temos as provisões adequadas de comida e bebida. Sem mencionar as de suplementos.

— Eu fiz um novo lote essa manhã – disse ela. – E eu posso fazer mais. A Cruz Verde entregou soro pela manhã. Novamente. Algum tipo de erro.

Eu poderia ter explicado, mas fiquei quieta.

— Eu deixo tudo pronto antes de ir – Root estava dizendo. – Vou passar a noite com um amigo em Bradenton.

Root tinha um amigo?, pensei.

— Ari, você está com todas as coisas de que precisa?

Que coisas?, perguntei-me. Eu comia e bebia o mesmo que ele, exceto pela carne. Então, percebi que ele se referia aos absorventes. Eles eram a única necessidade especial que eu tinha.

— Eu posso precisar de mais – disse.

— Você vai encontrar uma farmácia na praça de lojas virando a esquina – disse ele. – Melhor ir hoje do que esperar – ele me entregou dinheiro e uma chave. – Quando você voltar, Dennis já terá ido embora.

Já vai tarde, pensei. Mas uma pequena parte de mim perguntou se, com o tempo, eu não sentiria sua falta.

Na farmácia, fiquei matando o tempo vasculhando as revistas e as prateleiras de maquiagem. Eu não queria topar com Dennis quando voltasse.

A fila no balcão era grande; as pessoas estavam estocando remédios e garrafas de água. O farmacêutico deixou o rádio ligado e o locutor dizia que o furacão Barry estava agora na "Escala Cinco". Isso significa "ventos de mais de 200 km/h, ou uma tempestade com 24 metros além do normal". Eu não tinha experiência suficiente em tempestades para saber o que *normal* significava, mas a preocupação no rosto dos clientes era assombrosa.

Quando paguei por minhas compras, percebi o quanto era engraçado, mas não surpreendente, que meu pai, que sabia tanto sobre sangue, não conseguia dizer a palavra *absorventes*.

Eu fui para casa, subindo por uma rua lateral. Xanadu estava diferente agora. Placas de metal à prova de furacões tapavam a maioria das janelas. Nossa unidade era uma das poucas cuja visão ainda estava aberta.

Esperei no cruzamento pelo sinal de "Siga". Enquanto eu cruzava a Midnight Pass Road, um homem com uma bengala saiu da calçada oposta. Ele era mais obeso do que gordo, e usava um terno preto, óculos escuros, e chapéu. Enquanto ele se aproximava, sua bengala batia no caminho à sua frente, delineando seu cone de incerteza. Então, ele sorriu para mim e eu soube que ele não era cego.

A compreensão da maldade começa na base de seu crânio e viaja rapidamente espinha abaixo. Oscilei de repulsa, mas de algum modo continuei andando. Quando cheguei ao outro lado, comecei a correr.

Recuperei o fôlego no elevador de Xanadu. Então, entrei e coloquei a sacola da farmácia em meu quarto. Vozes vinham da sala de estar; esforcei-me para ouvir se alguma delas pertencia a Dennis. Mas, em vez disso, ouvi a voz de Malcolm.

Gosto de pensar que os vampiros se comportam de forma mais racional e ética do que os humanos, mas, como todas as generalizações, esta é discutível. Sim, fiquei escutando atrás da porta. Como eu disse antes, as paredes do apartamento eram finas.

– Eu podia ter matado ela – ele estava dizendo. – Eu podia ter matado as duas.

Então, a voz de meu pai, baixa, ainda que mais dura do que jamais havia ouvido:

– Você está me dizendo que poupou as duas por razões altruístas? Eu duvido disso.

– Eu nunca aleguei ser um altruísta.

Eu conseguia imaginar seu sorriso.

– Eu as poupei para que você as visse como elas são e caísse em si.

– E o que elas são?

– Uma vergonha. Uma lembrança constante da sua própria fraqueza.

Meu rosto queimou. Eu tive que me conter para não irromper pela sala e...

E o quê? O que você pode fazer com alguém como ele?

– Todas as mentiras que você contou – a voz de meu pai estava ainda mais baixa agora. Eu mal conseguia escutá-lo – Quantas vezes você disse que estava tentando ajudar minha família. E, ao invés disso, você tentou destruí-la.

Malcolm riu, um som horrível sem nenhum divertimento nele:

– Ouça o que está dizendo. O que você sabe sobre *família*? Você é igual a mim, e você sabe. As mulheres não têm sido mais do que obstáculos para você. Elas te distraem de coisas importantes: o seu trabalho.

– Ao contrário – as palavras de meu pai estavam cortadas –, Ariella e a mãe dela me deram mais discernimento do que você é capaz de saber.

— Tomar conta dela, ensiná-la. Todas aquelas horas, desperdiçadas. Você sabe, em Cambridge, todos pensam que você nunca vai cumprir suas promessas. Mas nós encontramos o sistema de entrega que você precisa. Nós podemos fazer um substituto *melhor* do que o sangue humano. Pense no que isso vai significar para nós. Pense nas vidas que serão salvas.

— E você se importa em salvar vidas? Você mata pessoas sem razão. Você matou até aquele gato do vizinho.

Ele matou Marmelada. Senti-me culpada por suspeitar que meu pai havia feito aquilo.

— O gato estava no meu caminho. E quanto às pessoas, cada uma morreu por uma boa razão. Você sabe quantas mulheres Reedy estuprou? E aquele cara em Savannah... ele matou três adolescentes e as enterrou no porão.

— E quanto à garota? — a voz de meu pai estava quase inaudível agora. — E quanto a Kathleen?

— Ela era irritante.

Não pensei, simplesmente entrei na sala de estar:

— Você matou ela — eu disse.

Malcolm estava parado diante da janela, com as mãos nos bolsos, seu terno de linho contornado pelo céu cinzento.

— Ela pediu por isso — ele não parecia surpreso em me ver. Ele provavelmente sabia que eu estava ouvindo tudo. — Ela pediu para que eu a mordesse.

— Você não tinha de fazer isso! E você não tinha que matá-la!

Ele tirou a mão esquerda do bolso e examinou as unhas:

— Ela implorou para que eu a transformasse em uma vampira. Você e seu pai são culpados por isso. Ela queria ser como você — ele se voltou para meu pai. — E ela queria *se casar* com você. Imagine, ela, uma vampira! A ideia me dá enjoo. Ela era uma *menina estúpida*.

Kathleen queria se casar com meu pai? Eu balancei a cabeça, pronta para defendê-la.

Meu pai levantou a mão, avisando-me para não responder.

— Estamos perdendo tempo aqui — ele disse para mim. E então, falou para Malcolm:

— Você age como um psicopata qualquer. Saia daqui!

Eu via agora que os olhos de Malcolm estavam injetados de sangue. Sua voz permanecia deliberada, calma.

— Você prefere sacrificar milhões de vidas por causa de uma garota e um gato? Que tipo de princípios são esses?

– São os meus princípios – disse meu pai. – Baseados nas virtudes que eu estimo.

Eu queria ficar do lado dele:

– Que *nós* estimamos – eu disse.

Malcolm afastou os olhos de nós, com a boca meio aberta. Quando ele saiu da sala, olhou mais uma vez para meu pai, e eu não pude acreditar no que vi nos olhos de Malcolm. Era amor.

18

Certa noite, em Saratoga Springs, quando eu estava prestes a subir na bicicleta para voltar da casa dos McGarritt, vi seus vizinhos discutindo. O pai da família falava alto, a esposa implorava e o filho adolescente respondia gritando.

– Você nunca me quis! – disse ele. – Eu queria nunca ter nascido.

Eu me sentia assim, às vezes. E você? Meu nascimento fez acontecerem coisas que seria melhor que não tivessem acontecido. Para cada escolha que eu fiz, havia infinitas outras escolhas que poderiam ser melhores. Às vezes, eu antevia essas outras escolhas como sombras das minhas ações, sombras que me definiam pelo que eu fazia.

Bertrand Russel escreveu: "Toda infelicidade depende de um tipo de desintegração ou da falta de integração". A falência da unidade, ele disse, impede a felicidade de uma pessoa. Mas, uma vez que essa pessoa se separa da "corrente da vida", sente-se integrada com uma cultura e seus valores, ela se torna "uma cidadã do mundo".

O dia em que meu pai se confrontou com Malcolm foi o primeiro dia que deve ter alegado tal cidadania. Meu pai e eu estávamos unidos, e tínhamos que agradecer a Malcolm.

※

Meu pai e eu jantamos gaspacho, salmão defumado e salada na sala de estar, vendo na TV o furacão Barry se aproximando. A grande espiral laranja e vermelha havia formado o cone da incerteza uma vez e então outra, enquanto o canal do tempo repetia o mapa do furacão. A previsão era de que a tempestade atingisse a latitude de Sarasota no meio da noite e chegasse à zona norte de Homosassa no começo da manhã do dia seguinte.

Não falamos sobre Malcolm, apesar de eu ter tentado. Enquanto terminávamos de jantar, eu disse:

– Como ele pôde fazer tais coisas?

Meu pai disse:

– Malcolm nunca adquiriu o hábito da virtude – seus olhos me disseram que a conversa estava encerrada.

Mãe telefonou enquanto meu pai limpava os pratos. Ela e os cavalos estavam a salvo em Kissimmee, com Dashay, Bennett, Harris, Joey e Grace, a gata. Minha mãe estava vendo a previsão do tempo na televisão também.

Meu pai falou da cozinha:

– Avise-a para não viajar até amanhã.

Repassei a mensagem.

– Vamos ver – disse ela. – Pergunte a ele como se sentiria em morar com macacos.

Depois de desligar, assisti à previsão do tempo novamente. Um furacão "Escala Cinco" é dos mais fortes na escala de furacões Saffir-Simpson, e a ladainha sobre as desgraças relacionadas a ele vai bem além do que o raio dos ventos e da tempestade. O locutor começou a recitar a lista com um prazer impróprio. Ele começou com:

– Queda total do telhado de diversas residências e edifícios industriais. Alguns edifícios sucumbiram completamente, junto com pequenas construções, que foram arrasadas pelo vento. Todos os arbustos, árvores e placas foram arrancados.

Meu pai voltou e desligou a televisão:

– Chega de melodrama por hoje – disse.

Eu estava prestes a contar para ele sobre o homem "cego" no cruzamento. Eu havia planejado dizer: eu devo ter encontrado com o demônio hoje. Mas ele estava certo, não precisávamos de mais melodrama naquela noite.

Por alguns poucos minutos, fomos para a varanda, mas estava muito úmido e ventando demais para continuar ali. A água da baía lá embaixo se jogava na direção da praia em ondas espumantes, e a chuva começava a cair fina, como pequenas agulhas.

Quando entramos novamente, meu pai trancou a porta. Depois, ele apertou um botão na parede e uma porta antifuracão desceu, centímetro por centímetro, cortando nossa visão do mundo. Ele já havia fechado as outras janelas.

– Eu vou para a cama em um minuto – eu disse. – Mas eu quero saber por que Raphael Montero teve de morrer.

Ele franziu a testa:

– É bem simples, na verdade. Eu não tinha nenhuma boa razão para continuar da maneira que era. Você e sua mãe haviam me deixado. O que eu poderia querer com uma casa em Saratoga Springs? E aquele homem, o Burton, continuava rodeando e fazendo perguntas. Ele me incomodava.

– Então, como você fez aquilo?

Ele se recostou no sofá:

– Foi fácil arranjar o negócio todo. O dr. Wilson, você lembra dele, o médico que tratou a sua insolação, é um de nós, e ele assinou a certidão de óbito. Um velho Sullivan (outro que é um de nós) cremou um caixão vazio e enterrou as cinzas. Dennis – ele disse o nome com uma expressão de desgosto – organizou a venda da casa e a tranferência do laboratório para cá. Aliás, todas as suas coisas estão no depósito.

Respirei fundo:

– É uma brincadeira cruel para se fazer. Nós vimos fotografias de seu túmulo.

Ele parecia surpreso.

– Bem, eu *achei* que você o veria. Eu achei que o epitáfio alegraria você, que certamente ele lhe diria que minha morte era uma farsa.

– E foi o que aconteceu. No fim – bocejei –, junto com a garrafa de Picardo e as rosas.

Ele ficou confuso.

Eu contei a ele sobre a garrafa pela metade e as flores deixadas em seu túmulo.

– Você não deixou essas coisas lá como sinal?

– Não – disse ele. – Pergunto-me quem foi que deixou.

Eu tinha mais uma pergunta.

– Posso contar para Michael sobre o Malcolm?

– Não acho que seja uma boa ideia, Ari. Não agora, de maneira nenhuma. Os McGarritt merecem saber quem a matou, é claro, mas pense na repercussão disso para nós. Teremos aquele homem, Burton, atrás de nós novamente. Arthur Pym teria que desaparecer ou morrer, e eu já morri uma vez este ano.

Eu insisti:

– Quando vamos deixar que eles saibam?

– Quando nós nos restabelecermos – disse ele. – Eu duvido que continuemos aqui – ele franziu a testa –, em Xanadu. Não é mesmo o tipo de lugar que gosto. Assim que encontrarmos um novo lar, você pode contar a verdade para Michael. Deixe o agente Burton ficar no encalço de Malcolm por um tempo.

※

Guardar segredos não é difícil para mim. Mas eu queria ligar para o Michael naquela noite, contar para ele o que eu havia descoberto.

Em vez disso, fui para a cama, mas não consegui dormir. Lá fora, o vento se movia como uma locomotiva superabastecida, fazendo o prédio ranger e suspirar quando passava. Minha mente corria em espirais. Perguntava-me quando minha mãe ia chegar. Eu acabaria vivendo com ela ou com meu pai? Seria possível que eu nunca fosse viver com os dois? Como seria essa vida?

Quando o sono chegou, foi difícil dormir. Sonhei com sombras tão altas quanto Xanadu, com eclipses do sol, com incenso, gelo e música. E então com coisas reais, lembranças de Saratoga Springs: a lâmpada de litofone no meu antigo quarto, o relógio do meu avô na biblioteca, o quadro na parede. Mas, no meu sonho, os pássaros do quadro eram reais. Eu ouvia suas asas batendo contra o vidro.

Acordei em um quarto cheio de fumaça. Não havia janelas no quarto e, quando abri a porta, havia fumaça ainda mais grossa no corredor. Ela tinha um cheiro estranhamente doce. Uma onda de calor atingiu meu rosto. O ar-condicionado não estava funcionando e as luzes estavam apagadas.

Chamei meu pai. Eu conseguia ouvir o pulsar das chamas vindas da direção da cozinha. Chamei-o novamente e comecei a tossir.

No banheiro, molhei uma toalha e a enrolei em volta da minha cabeça. Engoli um pouco de água. A torneira deixou sair uma corrente no começo, mas diminuiu rapidamente, e então parou.

No banheiro também não havia janelas. A parte central inteira do condomínio era sem janelas – um projeto comum em condomínios que ficam de frente para a água, vim a saber depois. Uma "vista direta para a água" é a propaganda de venda; fora isso, as unidades se parecem com canis.

Respirei fundo e corri para o quarto do meu pai. Sua porta estava aberta, e o quarto, pelo que consegui ver através da fumaça, estava desocupado.

Segurando a respiração, corri até a sala de estar, destranquei a porta da varanda. Forcei a maçaneta, mas ela não cedeu. Apertei o botão que abria a porta antifuracão. Nada aconteceu.

Pense, pense devagar, disse para mim mesma. Mas minha mente e meu pulso estavam acelerados. Meus pulmões queimavam, e eu comecei a ofegar. Andando apoiada nas mãos e nos joelhos, saí da sala e entrei no escritório, e tentei abrir as portas de lá. Nada.

Estamos sem eletricidade, pensei. É comum em uma tempestade ficar sem eletricidade. Ficar sem eletricidade não é nada incomum.

Arrastei-me até o final da sala, o ponto mais longe da porta, segurando a respiração, minha mente cantando uma pequena canção: Nada incomum. Nada incomum. Nada.

– Nós só nascemos apenas uma vez.

Mãe disse que essas foram minhas primeiras palavras no hospital. E ela disse que respondeu:

– Ele não te ensinou sobre reencarnação?

Mas duvidei que foi isso que ela realmente disse. Não era momento para brincar, de verdade. Passei mais de uma semana recebendo oxigenoterapia hiperbárica (OHB). Os tratamentos eram intermitentes e eu fiquei inconsciente durante os dois primeiros. Recobrei a consciência durante o terceiro tratamento, acordando no que parecia ser um caixão cilíndrico e transparente.

Meu corpo estava cercado por 100% de oxigênio, que se dissolvia em meu sangue e tecidos do corpo em concentrações muito maiores do que o normal – grande o suficiente para sustentar a vida num corpo sem nenhum sangue. Fui informada de tudo isso durante o terceiro tratamento, por uma enfermeira que falava clara e lentamente por um microfone conectado à câmara OHB.

Quando recuperei a habilidade de pensar e falar, eu acho, fiz uma centena de perguntas sobre o tratamento. Imaginei se meu pai sabia disso. Que era possível que não precisássemos de sangue se tivéssemos nosso próprio caixão de vidro em casa. Então, perguntei-me, onde era casa?

– Os olhos dela estão abertos – ouvi a enfermeira dizer. – Ela está tentando dizer alguma coisa.

E, então, o rosto da minha mãe apareceu do outro lado da câmara.

Seus olhos azuis pareciam alegres e cansados.

– Não tente falar agora, querida – disse ela. – Apenas respire.

O que aconteceu?, enviei o pensamento para ela. Onde está meu pai?

Houve um incêncio, ela começou.

Isso eu sei! Se ela pudesse ver as palavras, elas seriam roxas.

Não há necessidade de sarcasmo, ela disparou de volta. Eu acho que você já deve estar se sentindo bem.

Abri minha boca, mas ela disse:

– Silêncio! Seu pai está vivo.

Naquele que chamamos de "O filme", o dr. Van Helsing faz um pronunciamento que não existe no romance de Bram Stoker: "A força do vampiro está nas pessoas não acreditarem nele".

Para muitos vampiros, esse enunciado é mais do que um aforismo favorito, é o credo principal da filosofia dos "não mortos". Apesar de todas as evidências indicando o contrário, os humanos sentem-se mais confortáveis com as mais enroladas teorias que contradizem nossa existência do que com o simples fato de que nós dividimos o planeta com eles. Nós estamos aqui, e não vamos embora.

Meu pai, recuperando-se de queimaduras de terceiro grau, havia recebido uma traqueostomia e enxertos de pele que ele não precisava. Os médicos não conseguiam aceitar o que seus olhos viam: apesar de ser encontrado inconsciente e gravemente queimado em um enorme incêndio químico, ele havia sofrido danos mínimos nos pulmões e na pele e estava se curando rapidamente. Mesmo assim, eles o mantinham em observação na unidade de terapia intensiva, e não permitiam visitantes.

Comemorei meu aniversário no hospital. Um pão de mel com uma vela em cima foi entregue em uma bandeja.

Meu presente foi ver meu pai pela primeira vez desde o incêndio. Minha mãe me levou de cadeira de rodas até seu quarto, cheio de aparelhos de monitoramento conectados ao seu corpo. A silhueta do corpo dele embaixo dos lençóis era muito fina para um homem tão alto. Ele estava dormindo. Eu nunca o havia visto dormindo antes. Seus cílios, longos e negros, pousados sobre suas bochechas, como asas de borboleta, pensei.

Ele abriu os olhos:

– *Asas de borboleta?* – disse ele, com voz incrédula.

Mãe e eu rimos, e ele sorriu; seu sorriso real, e não o literato.

– Feliz aniversário – ele disse para mim. Sua voz soou macia.

– Seus fogos de artifício chegaram alguns dias antes.

Tentei não perguntar nada, mas meu cérebro gerava as perguntas mesmo assim.

– Eu não sei – disse, quando eu perguntei: Quem começou o incêndio?

– Eu não sei – repetiu, quando eu perguntei: Quem nos resgatou?

– Bem, eu posso responder essa – disse Mãe. – Fui eu. Junto com a ajuda do melhor esquadrão de bombeiros de Siesta Key.

Mãe estava dirigindo pela I-4 no que ela chamou de "chuva abominável" quando captou meu "sinal de perigo".

– Eu não conseguia respirar – disse ela. – Veio direto para mim, tão claro como se você não houvesse nascido ainda – ela se virou para meu pai: – Lembra daquela vez quando as batidas do coração dela aumentaram, e você pensou que ela estava em perigo fetal? E eu te disse que não, eu *saberia* se aquilo acontecesse.

– A ideia de *saber* tal coisa não é um pouco clichê? – minha voz saiu tão inocente quanto consegui.

Ela esfregou os olhos:

– Você deve estar se sentindo melhor.

Meu pai levantou a mão no ar e olhou para a agulha intravenosa enfiada nele. Pensou em arrancá-la, mas minha mãe e eu dissemos juntas:

– Não!

– Está bem – disse ele. – A agulha fica. Mas contanto que Sara conte a história de um jeito linear, sem um milhão de digressões. É possível?

Ela tentou.

Quando ela chegou em Xanadu (meu pai balançou a cabeça ao ouvir o nome), as chamas que saíam da unidade 1.235 eram visíveis da rua. Os elevadores não estavam funcionando, e, de qualquer modo, ela sabia que a porta para o condomínio estaria trancada. Ela não tinha a chave, ou um telefone celular, mas se lembrou de ver o corpo de bombeiros no cruzamento da Midnight Pass Road com a Beach Road. Então, ela foi até lá.

– Eles estavam sentados na estação vendo o canal do tempo – disse ela. – Tinham apagado um incêndio uma hora antes – ela olhou para o meu pai. – Está bem, não vou contar sobre isso.

Quando os caminhões chegaram a Xanadu, disse ela, um caminhão autoescada se dirigiu para a parte de trás do prédio, e outra equipe foi pelas escadas, carregando extintores, uma mangueira e outros equipamentos. Eles pediram para que ela ficasse afastada, mas ela os seguiu.

– Sempre a mais obediente – disse meu pai.

E, então, uma enfermeira entrou no quarto, usando um avental brilhantemente estampado. Meu pai estremeceu ao ver o desenho e fechou os olhos.

– Acabou o tempo das visitas – a enfermeira sorriu para nós, sem muita sinceridade.

Minha mãe suspirou e abruptamente a hipnotizou.

– Só mais alguns minutos – disse ela. – Deixe-me terminar de contar isso. Então, eles estavam tentando entrar pelas portas de metal nos fundos, e os outros usavam machados para quebrar a porta da frente. Eu fiquei *muito* impressionada com os bombeiros de Siesta Key, especialmente com aqueles da Estação 13. Eles arrombaram as portas de algum modo, encontraram Ari no escritório e a levaram para baixo naquela coisa parecida com uma cesta. Ou era um balde? Como você chamaria aquilo? Não importa. E você foi o primeiro que *nós* encontramos – ela olhou para meu pai como se quisesse chorar. – Você estava muito mal. Muito pior do que você-sabe-quem, e muito mais do que a Ari. Você estava negro de fuligem, e ah... as queimaduras em suas costas...

– Quem é você-sabe-quem? – seus ombros se afastaram dos travesseiros, como se ele tentasse sentar.

Eu nunca soube de meu pai interrompendo alguém. Ele sempre dizia que, não importa quão horrível seja a situação, a grosseria é imperdoável.

– Fique deitado – minha mãe esticou as mãos como se fosse empurrá-lo, e seus ombros recostaram.

– Malcolm – disse ela. – Você-sabe-quem é Malcolm. Você está muito fraco para ler meus pensamentos.

– Ele estava lá? – perguntei.

– Eles o encontraram na entrada, não muito longe de seu pai – seu olhar estava no rosto dele, não no meu. – Você não sabia? Ninguém havia lhe dito?

– Como ele conseguiu entrar? – meu pai perguntou para ninguém.

– Ele deve ter se feito invisível – eu disse. – Ele deve ter entrado quando eu levei o lixo para fora. E então, quando o fogo começou, ele deve ter perdido a concentração e se tornado visível de novo. Mas o papai pode não tê-lo visto na fumaça.

– Eu acho que Raphael deve ter deixado ele entrar – Mãe jogou os cabelos para trás e endireitou a camisa.

– Eu não vi ninguém – ele levantou a mão novamente, olhou para a TV com desgosto. – Eu acordei com fumaça no meu quarto. Encontrei o incêndio perto da cozinha e tentei apagá-lo, mas ele crescia muito rápido. A fumaça estava tomando conta de tudo.

– Éter etílico – disse Mãe. – Foi assim que começou. Os bombeiros encontraram um tubo na cozinha. Quem planejou isso fez um trabalho perfeito. Ele até tirou as baterias do interruptor de reserva das portas antifuracão.

– Malcolm começou isso – eu disse. – Faz sentido.

Meu pai disse:

– Pode ter sido o Dennis, eu suponho. Mas eu concordo com você: é mais parecido com Malcolm. Por que ele não saiu depois que começou o incêndio?

Mãe disse:

– Eu suspeito que ele queria assistir – sua voz estava amarga.

– Onde ele está agora? – eu esperava que ele estivesse morto.

– Quem sabe? – a expressão da minha mãe parecia distante. – Eles o colocaram numa ambulância para levá-lo ao hospital, mas de um jeito ou de outro o perderam. Quando abriram as portas, a ambulância estava vazia.

– Ele fugiu – meu pai se afundou no travesseiro e fechou os olhos.

– Você precisa descansar – minha mãe despertou a enfermeira e nós dissemos boa noite.

De volta ao meu quarto, contei para ela sobre a discussão que houve no dia do incêndio, e sobre a expressão no rosto de Malcolm quando ele saiu.

Ela não demonstrou surpresa:

– Sim, ele ama Raphael – disse ela. – Eu sei disso há anos.

E seu rosto, e sua voz, quando ela disse seu nome, disseram-me também que ela amava meu pai.

19

Em uma tarde de muito calor, cerca de um mês depois, Harris e eu estávamos deitados cada um em um lado de uma rede na varanda da frente da casa dos amigos de Mãe, em Kissimmee. Os amigos estavam passando o dia em Orlando, então, estávamos com o lugar só para nós. Um ventilador de teto mantinha o ar circulando o suficiente para nos manter toleravelmente frescos, e nós bebíamos limonada em grandes copos com canudinhos longos e dobráveis.

Eu estava escrevendo em meu diário. Harris estava folheando um livro de arte: *As maiores pinturas do mundo*.

O furacão Barry não havia sido bom com Homosassa Springs. Não existia mais O Azul Além. Uma tempestade vinda do rio havia destruído a maior parte da casa, disse Mãe, e as árvores e jardins haviam sido destroçados pelos tornados. Felizmente, todos os animais haviam sido evacuados com segurança – até mesmo as abelhas, cujas colmeias haviam sido levadas para um terreno mais alto e seguro, antes da tempestade. A estátua de Epona havia sobrevivido intacta e, atualmente, guardava a porta da frente da casa onde estávamos hospedados.

Mãe e Dashay ficaram acordadas até tarde, conversando sobre quais estruturas poderiam ser reconstruídas. Elas haviam voltado para Homosassa duas vezes e, a cada vez, voltavam para Kissimmee com itens resgatados e mais histórias. O Cantinho da Flo e o Riverside Resort estavam em ruínas, com paredes e tetos faltando, janelas estilhaçadas apesar dos compensados que foram colocados para protegê-las. A ilha dos macacos acabou virando apenas uma pedra, suas árvores e pontes de corda haviam sumido. O farol havia sido encontrado flutuando no rio há vários quilômetros dali.

Hoje, elas saíram há cerca de uma hora, para fazerem outra avaliação dos estragos e limparem um pouco. Elas me convidaram para ir junto. Eu declinei. Não queria ver a destruição.

Meu pai estava na Irlanda. Ele me mandou um cartão-postal de uma ilha em um lago; a mensagem dizia: "A paz chega em gotas lentas", uma linha de poema de Yeats "A ilha do lago de Innisfree". Depois de sua longa (demais) convalescência no hospital, ele decidiu que estava cansado da Flórida. Root saiu de férias no verão, e meu pai voou para Shannon para explorar e, possivelmente, encontrar uma nova casa. Ele me convidou para ir junto. Essa oferta eu também declinei. Eu precisava de tempo para pensar nas coisas.

Pela primeira vez na minha vida, perguntava-me sobre minha vida no futuro. Eu iria para a faculdade? Conseguiria um emprego? Havia meses que eu não passava um tempo com adolescentes. Ao me tornar *outra*, perdi as pessoas da minha idade, meus amigos.

Amigos humanos, de qualquer modo. Em algum ponto, Harris me cutucou e apontou para uma pintura em seu livro: *A dama de Shallot*, de John William Waterhouse. Esse podia ser um retrato de minha mãe, pensei, e Harris pensou a mesma coisa. Contente por termos concordado, ele voltou para seu canto da rede, e eu voltei para meus pensamentos.

Eu imaginava se teria um namorado. Michael e eu havíamos conversado pelo telefone algumas poucas vezes, mas cada vez encontrávamos menos para dizer. Eu não podia contar para ele que eu sabia quem havia matado Kathleen, e esse conhecimento forçava que eu terminasse logo nossas conversas.

E eu imaginava se Malcolm estava por aí, em algum lugar. Eu passaria a vida sendo perseguida por ele?

Ou eu a passaria tentando reconciliar meus pais? Eu não sabia como as coisas haviam ficado entre eles. Meu pai havia partido para a Irlanda sem me contar nada. Quando perguntei para minha mãe, seu rosto se tornou enigmático.

— O verão ainda não acabou — disse ela.

A campainha do portão da frente tocou, e fiquei feliz por ter de parar de pensar.

— Fique aqui — eu disse para Harris. Foi permitido que ele continuasse com a gente durante o verão, como um presente para mim. E, na verdade, ele parecia gostar mais da Flórida agora. Joey havia sido mandado para o centro de reabilitação algumas semanas antes, e alguns relatórios do Panamá alegavam que sua personalidade estava desabrochando.

Fui até a entrada do portão, sem ressentimento por ser perturbada, acenando para os cavalos que pastavam no campo. Grace emergiu de debaixo de uma moita de jasmim-do-imperador e me seguiu, parando frequentemente para cheirar o chão ou para se lamber.

Mas meu coração afundou quando eu vi o homem no portão. O agente Burton estava parado na estrada, falando ao telefone celular. Seu terno era escuro demais para o verão da Flórida, e sua testa brilhava com o suor. Havia um Escort branco vazio parado atrás dele.

No espaço de dez metros, criei uma estratégia.

Ele colocou o telefone no bolso:

– Srta. Montero – sua voz explodiu. – Há quanto tempo.

Continuei andando em sua direção. Abri o portão.

– Você quer vir até a casa? – eu disse. Fiz minha voz soar jovem e alegre. – Minha mãe não está aqui, mas ela deve voltar mais tarde. Estamos ficando com amigos. Perdemos nossa casa no furacão.

Eu devia ter mencionado que estava usando uma roupa de banho de duas peças, porque ele notou isso. "A garota está crescendo", ele pensou.

Ele sorriu:

– Eu estava visitando a área, você sabe, e eu ouvi dizer que você estava aqui...

– Onde você ouviu isso? – mas seus pensamentos me contaram: ele havia rastreado uma das minhas ligações para Michael.

– Alguém me contou. E, hum, nós pensamos que você pudesse ter alguma novidade sobre a morte da sua amiga Kathleen. Você deixou Saratoga tão repentinamente.

– Eu precisava visitar minha mãe – mantive o portão meio aberto.

Ele estava pensando que seria estratégico se ele entrasse na casa, mas que também seria arriscado. Melhor fazer isso na presença de um adulto.

– Tem certeza de que não quer entrar? A casa está mais fresca.

Ele queria entrar. Não se mexeu.

– Não, está tudo bem. Aliás, eu sinto muito. Fiquei sabendo do falecimento do seu pai.

Ele não sentia muito, mesmo.

– Obrigada – eu disse. – Mas, você sabe, ele não está morto.

Seus pensamentos começaram a girar em sua cabeça, porque todo o tempo ele achava difícil de acreditar na morte de meu pai: Um homem no auge do vigor, morrendo tão repentinamente. Mas não havia indicação de crime.

– Ele não está morto – ele repetiu. – Você quer dizer que ele ainda está vivo?

– *Ele vive, ele desperta – sua morte está morta, não ele* – eu citei.

Ela está doida?, ele pensou.

Não, eu queria dizer para ele. Eu estou com quatorze.

Recitei mais algumas linhas, abrindo bem os olhos e usando todo o alcance da minha voz:

Paz, paz! Ele não está morto, nem faz ele dormir –
Ele sim despertou do sonho da vida –
E nós, que nos perdemos em visões tempestuosas do porvir
Com os fantasmas mantemos uma disputa sem saída

Claramente, o agente Burton não conhecia o poema de Shelley, *Adonais*.

Pobre criança, ele pensou. Ela chegou além dos limites. E não me surpreende, depois de tudo que passou.

Eu podia ter continuado. Podia ter recitado o poema inteiro. Ou podia ter contado para ele: Aliás, meu pai é um vampiro. Assim como minha mãe. Assim como eu. Eu podia ter contado para ele quem matou Kathleen.

Podia ter contado para ele sobre o incêndio. Os investigadores não estavam seguros se havia sido Malcolm que o começara, ou se havia sido uma vingança de Dennis. Talvez o agente Burton tivesse resolvido essa. Ou talvez ele pudesse descobrir quem deixou as rosas no túmulo do meu pai.

Eu podia ter contado para ele como as coisas são, aos quatorze anos, sob o aspecto da eternidade.

Mas, em vez disso, repeti:

– *Paz, paz! Ele não está morto.*

Dei um sorriso triste. Na prática da arte de confundir alguém, não há arma melhor do que a poesia.

– Sim – disse ele. – Paz – ele fez o sinal de V com sua mão direita, virou-se, andou até seu carro branco alugado. Eu o ouvi pensar: Este caso nunca vai ser solucionado.

E eu me virei e andei pelo caminho de volta para a casa, com Grace me seguindo. Voltei para a rede por um tempo, sonhando a tarde toda. Por enquanto, isso era o suficiente.

Epílogo

Há muito tempo, quando meu pai me disse:
– É uma pena que mais vampiros não escrevam sobre os fatos verdadeiros – eu pensei: Bem, estou fazendo a minha parte.

Mas eu decidi parar de escrever. Registrei todos os fatos que eu sabia, e era hora de descobrir o que fazer com eles – de dar dois passos para trás e considerar o quebra-cabeça como uma figura completa, com luz e escuridão e sombras. Mais tarde, copiei todas as partes úteis para este novo caderno de anotações.

Gosto de pensar que alguém irá ler minhas anotações e achá-las úteis – que *você* irá lê-las. Eu dedico este livro a você, a criança que eu espero ter um dia. Talvez você cresça de um jeito menos tumultuado do que eu. Talvez este livro ajude.

Talvez, um dia, os humanos também o leiam. E uma vez que eles deem o primeiro salto – acreditando que nós existimos –, talvez comecem a nos entender e a nos tolerar, e até a nos valorizar. Eu não sou tão ingênua para acreditar que vamos viver juntos em total harmonia. E sei agora que minha vida nunca será *normal*.

Mas imagine o que pode acontecer se todos nós sentirmos que somos cidadãos do mundo, comprometidos com um bem maior? Imagine se todos se esquecerem de si mesmos, e esquecerem que somos mortais e *outros*, e, em vez disso, focarem-se em construir pontes nos lugares que nos separam. Eu acho que posso fazer isso, servindo como um tipo de tradutora entre as duas culturas.

No último capítulo de *Walden*, Thoreau escreveu: *Cada parafuso apertado deve ser como outro rebite na máquina do Universo, é você continuando o trabalho.*

Esse era o meu plano, de um jeito ou de outro: continuar o trabalho.

Grace ainda estava comigo, mas Harris havia ido embora para o santuário no Panamá, onde ia aprender a ser selvagem novamente. Haverá um dia um santuário para nós?

Descubra o que irá
acontecer em

O Ano dos Desaparecimentos

O próximo livro de
Susan Hubbard

A agência dos correios servia como centro de Sassa, um lugar de onde você via a cidade inteira se permanecesse lá tempo suficiente.

Duas garotas da minha idade estavam encostadas no prédio. Assim como eu, elas usavam jeans rasgados e tops que deixam à mostra as tiras das roupas de banho que estavam por baixo. Seus olhos eram invisíveis por conta dos óculos muito grandes, mas eu sabia que elas estavam me avaliando.

A mais alta, com os cabelos na altura do ombro, mexeu a cabeça para me olhar da cabeça aos pés. A outra garota tinha cachos dourados que emolduravam seu rosto, que parecia com o de uma boneca, e uma tatuagem de uma rosa em seu pulso direito. Seus olhares eram mais discretos.

Mas a de cabelos escuros olhava para mim com mais interesse. A maneira que ela estava parada, a maneira que usava suas roupas, fazia parecer mais velha, sofisticada, bacana.

Por um segundo, pensei em parar e falar com ela. Talvez elas fossem novas na cidade, como eu. Eu não tinha uma amiga da minha idade há muito tempo.

Um furgão pintado de bege parou no estacionamento do correio. O motorista baixou o vidro da janela. Ele era um homem grande com a cabeça raspada e lábios grossos. Mesmo usando óculos, eu sabia que seus olhos estavam nas garotas.

Mas, quando uma garota completa quatorze anos, ela começa a se acostumar com os homens encarando. Porém, esse homem mostrava mais do que interesse casual. Ele havia virado seu torso gigante para olhar pela janela, e havia se inclinado para frente, com a boca entreaberta.

Outra coisa sobre o homem: ele não era humano. Mas não era um vampiro – eu conseguia sentir isso mesmo a quinze metros de distância, mas não saberia dizer como sabia disso. Ele era um tipo diferente de *outro*.

As duas garotas olhavam para mim, não para ele. Tirei meus óculos escuros e deixei que vissem para onde meus olhos estavam direcionados. Fiz um sinal com a cabeça na direção do homem, para me certificar que elas haviam entendido a mensagem.

Foi quando o motorista me viu. Quando ele tirou seus óculos escuros, eu hesitei. Seus olhos eram completamente brancos; não havia pupilas. Ele deve ter visto minha reação porque, subitamente, a *van* deu ré e saiu do espaço do estacionamento para deficientes.

Antes de ir embora, ele sorriu para mim, – e a pior parte era que eu reconheci o sorriso. Eu já havia visto ele antes naquele verão, atravessando uma rua em Sarasota, mais ou menos um dia antes do incêndio e do furacão. E então, agora, eu sentia algo difícil de descrever, uma combinação de náusea, paralisia e medo, escurecendo e revirando dentro de mim. Sentia que havia encontrado o mal.

A garota de cabelos escuros disse:

– Relaxa. É só um pervertido – sua voz era aguda e baixa, quase monótona.

Eu gostaria que ela soubesse o quanto estava errada.

Ela disse:

– Meu nome é Autumm – a parte mais expressiva do rosto dela eram os óculos escuros.

– Seu aniversário deve estar chegando – eu disse.

– Meu aniversário é em maio – ela chutou a parede atrás dela com seu chinelo. – Minha mãe apenas me deu o nome em inglês da sua *estação favorita* – o sarcasmo em sua voz fez a expressão *estação favorita* sair num tom escuro de vermelho, com bordas roxas. Mas eu senti que ela não compartilhava de minha habilidade de ver palavras em cores.

– Meu nome é Ari – virei-me para a garota loira.

– Mysty – ela era capaz de falar e mascar chiclete ao mesmo tempo. – Escrito com a letra y – ela pronunciou *escrito* como *ecrito*.

Autumm disse:

– Com dois.

Olhei para elas, e elas olharam para mim.

– Eu vou nadar – disse, depois de vários segundos de análise mútua – Querem vir?

Mysty bocejou, mas pensou *Por que não?*

Autumm disse:

– Tanto faz – não consegui ouvir o que ela estava pensando.

Ouvir os pensamentos dos outros é uma das vantagens de ser um vampiro. Mas isso pede concentração e funciona muito melhor com algumas mentes do que com outras.

Depois de um breve mergulho no rio – a água rasa estava quente demais para refrescar – sentamo-nos em uma velha pedra para nos secar. Eu havia trazido uma toalha grande demais que tinha espaço suficiente para nós três. Autumm e Mysty deitaram para tomar banho de sol enquanto passavam mais camadas grossas de protetor solar. Elas falavam como se se conhecessem desde sempre, mas, pelos seus pensamentos, eu sabia mais.

A família de Autumm, os Springer, moravam em Sassa há mais de vinte anos, e Mysty era relativamente recém-chegada, como eu; ela havia chegado há alguns meses. As duas eram muito mais espertas do que eu em relação às coisas do mundo.

– Vai ver o Chip hoje à noite? – Mysty perguntou, com a voz preguiçosa.

– Ele disse que tem de trabalhar – a voz de Autumm era desprezível.

– Você passa todo esse negócio, assim nunca vai se bronzear.

Levei um segundo para perceber que Mysty estava falando comigo.

– Eu nunca me bronzeio – eu disse. – Sou muito suscetível a queimaduras.

Autumm disse:

– Sou muito suscetível a queimaduras – numa versão da minha voz com o tom mais agudo.

– Que diabos é *suscetível*? – disse ela com sua própria voz, baixa e rouca.

Mysty se virou com a barriga para baixo.

– Por Deus, me deem um cigarro – disse ela.

Autumm pegou um pacote amassado de Salems no bolso do seu jeans. Ela tirou um cigarro e jogou na direção de Mysty. Então, jogou um segundo para mim. Peguei o cigarro e olhei para ele.

Autumm se sentou, um cigarro enfiado na boca, e pescou uma caixa de fósforos em outro bolso. Ela acendeu o cigarro de Mysty. Fez uma proteção com suas mãos pequenas ao redor do fósforo, mesmo não tendo vento.

Autumm se virou para mim:

– Não, segura desse jeito – disse ela. E abriu os dedos da sua mão direita em largos Vs e inseriu o cigarro entre o indicador e o dedo médio. – Quantos anos você tem, afinal?

– Quatorze – eu disse.

– E você nunca fumou?

Mysty olhava para nós, fumando. Ela não precisava de instrução.

– Relaxe os dedos – os cabelos castanhos de Autumm eram tão compridos quanto os meus, eu achei. Os meus chegavam na cintura.

– Balance ele, parece que você está segurando uma caneta. Assim, olha.

Ela tirou o cigarro apagado da boca e o segurou, seus dedos soltos, quase moles. Com a outra mão, ela segurou um fósforo e o acendeu. Jogou o fósforo na água, a outra mão levando simultaneamente o cigarro até sua boca. Deu uma profunda tragada. Então, ela assoprou a fumaça no meu rosto e entregou o cigarro para mim. Cuidadosamente, coloquei-o nos lábios e o suguei rapidamente. A fumaça secou minha boca e garganta; senti como se houvesse voltado para o condomínio cheio de fumaça, na noite do incêndio. Tossi com tanta força que achei que ia desmaiar.

Suas risadas pareciam tossidas artificiais. Elas devem ter ensaiado aquelas risadas, pensei. Autumm ria tanto que seus óculos escuros caíram, e eu vi seus olhos – castanhos-escuros, alongados, com uma expressão cansada, e uma centelha de algo em seu olho esquerdo que capturou minha atenção, brilhando, e então resplandecendo.

Ela voltou a colocar os óculos.

Entreguei seu cigarro e peguei a garrafa de água na minha mochila. A água ajudou, mas depois minha garganta continuou doendo. Eu sabia que nunca ia pegar o jeito de fumante. Então, teria que provar de outra maneira que eu valia a amizade delas. Elas sabiam coisas que eu não sabia.

**INFORMAÇÕES SOBRE NOSSAS PUBLICAÇÕES
E ÚLTIMOS LANÇAMENTOS**

Cadastre-se no site:

www.novoseculo.com.br

e receba mensalmente nosso boletim eletrônico.